KB062777

Avenge

어벤지 :푸른 눈의 청소부

어벤지 : 푸른 눈의 청소부

《바보엄마》 최문정 작가의 신작 장편소설

유전무죄 무전유죄의 법칙을 깨는
푸른 눈의 청소부 이야기…….

창해

차례

'나의 동생 최재성에게
네가 사는 세상이 선으로 가득하기를 바라며!'

제1장

괴물

Ungeheuer

누구든 괴물과 싸우는 자는 그 과정에서 자신이 괴물이 되지 않도록 주의
해야 한다. 당신이 오래도록 나락을 들여다보면 나락 또한 당신을 들여다
보는 법이다.

- 프리드리히 니체, 《선악의 저편 : 미래 철학의 전주곡》 중에서

* 본문 중의 1) 2) 3) … 번호는 <인용 출처>로 책 뒤편 358~359쪽에 있습니다.

1-1

그것은 깊이 잠들어 있었다. 아기처럼 순하고 평화로운 표정이었다. 손과 발에 수갑을 채우고 입에 재갈을 물리는 동안에도 그것은 규칙적으로 코를 골았다. 어젯밤 정수기 물통에 노이로렙틱과 벤조디아제핀 계열의 리보트릴* 가루를 잔뜩 뿌려놓았다. 벤조디아제핀 계열과 노이로렙틱을 함께 사용하면 서로 효과를 증진시킨다. 그러니 그것은 아마 온종일 비몽사몽이었을 것이다.

클로로포름에 적신 수건으로 입과 코를 막으며 동시에 가슴을 약간 눌러주었다. 헉, 그것이 본능적으로 숨을 들이쉰다. 클로로포름은 마취 효과가 느리다. 클로로포름을 적신 수건을 입에 대자마자 쓰러지는 장면은 영화에서나 펼쳐진다. 마취가 빨리 되도록 다시 수건으로 입과 코를 막고 가슴을 약간 눌러 숨을 들이쉬

---

* 벤조디아제핀은 불안완화, 불면증, 흥분, 발작, 경련 등에 사용되는 향정신성 의약품이다. 리보트릴은 수면제이자 항경련제인 클로나제팜의 상표명이다. 노이로렙틱은 환상이나 환청 등 급성 정신장애에 사용되는 의약품이다.

게 했다. 하, 하, 하아. 하아, 거친 숨소리가 점점 느려진다. 척척한 느낌이 싫은 듯 그것이 이맛살을 찌푸리며 돌아누우려 하자 묶여 있는 손목이 뒤틀렸다. 끙끙, 소리를 내면서도 그것은 깨어나지 못했다. 젖은 수건은 얼굴에 달라붙은 채였다.

병뚜껑에 물을 채우고 헤로인 덩어리와 솜뭉치를 올려놓은 뒤 라이터로 달구었다. 헤로인이 녹으며 솜이 젖었다. 솜을 꽁꽁 뭉쳐 주삿바늘을 꽂은 뒤, 피스톤을 당겼다. 추출된 헤로인은 그것을 몇 번이나 죽이고도 남을 양이었다.

팔에 주삿바늘을 찔러 넣는 순간, 그것이 드디어 눈을 떴다. 초점이 맞지 않는 눈동자가 나를 향했다. 어리둥절한 표정이다. 꿈인지 현실인지 헷갈리는 모양이었다. 팔다리에 채워진 수갑을 향한 멍한 시선이 몇 번의 깜박거림 끝에 초점을 찾는다. 주위를 두리번거리는 눈빛에 갑작스러운 깨달음이 스쳤다. 자신의 처지를 인식했는지 놀라고 두려운 기색이다.

번들거리는 눈을 똑바로 마주 보며 피스톤을 천천히 눌렀다. 그것은 겁에 질려 온몸을 뒤틀며 반항했다. 마약을 주입할 때 최적의 각도인 30도가 흔들린다. 하지만 헤로인은 이미 정맥 안으로 주입된 상태였다. 그것이 주사기를 뽑기도 전에 발악하는 바람에 주삿바늘이 뒤틀리며 상처가 벌어졌다. 그것이 뱀처럼 꿈틀대자 주삿바늘이 꽂힌 자리에서 새어 나온 피가 후드득 사방으로 흩어졌다.

다행히 그것은 반항이 소용없다는 것을 금세 깨달을 만큼 똑똑했다. S대 출신의 성공한 벤처 사업가는 역시 달랐다. 그것은 부질

없는 몸부림을 멈추고 나를 바라보았다. 공포가 가득한 눈동자에 간절한 애원이 담겨 있었다. 살려주세요, 재갈을 물리지 않았다면 그것은 그렇게 빌었겠지.

헤로인은 효과가 빨랐다. 나를 향한 눈동자가 빠르게 흔들리기 시작했다. 그것의 눈꺼풀이 파르르 떨리며 내려앉았다. 그것은 어떻게든 눈을 뜨려고 애썼다. 피가 날 정도로 입술을 깨물며 내려앉는 눈꺼풀을 몇 번이나 들어 올렸다. 마지막으로 보인 그것의 눈동자에는 체념만 가득했다. 마침내 그것이 눈을 감았을 때, 눈가에 고여 있던 눈물이 주르륵 흘러내렸다.

그것은 내가 누구라고 생각했을까? 문득 궁금했다. 나를 단순 강도로 여겼을까? 내가 자신을 죽일 거라고 예상해 겁에 질렸던 걸까? 그것도 죽음을 두려워한다는 게 이상했다. 무엇에도 흔들리지 않을 것 같던 견고한 악(惡)이 겨우 죽음의 공포에 벌벌 떨다니, 믿을 수 없었다.

넓은 침실은 빅토리아시대에나 볼 법한 예스러운 가구로 꾸며져 있었다. 들어오자마자 감탄했다. 특히 원목침대는 소녀들이 읽는 그림 동화책에 나오는 모양 그대로 우아하고 고풍스러웠다. 침대머리 부분의 원목 장식은 부드러운 아치 모양으로 휘어졌지만 중심 부분에 세로로 긴 틈이 있어 여성성과 남성성이 오묘하게 조화를 이루었고, 모서리에 솟아 있는 네 개의 기둥은 세밀한 조각이 돋보이는 데다 침대를 또 하나의 공간으로 분리하는 효과가 있었다.

안락하고 포근한 잠자리. 나는 한 번도 가져본 적 없는 것이었다. 그것은 아마도 언제나 금세 잠들었을 것이다. 그것은 아마도 악몽에 시달리거나 가위에 눌리지 않았을 것이다. 이 아늑한 침대에서는. 그것은 언제나 자신의 미래를 상상하며 달콤한 꿈을 꾸었을 것이다. 아니, 그것이 꿈꾸던 미래는 이미 오래전 현실이 되었는지도 모른다. 그것이 개발한 게임에 열광하는 사람들은 그것에게 모든 것을 안겨주었다. 명예, 권력, 부……. 자본주의 사회에서 돈은 모든 것을 끌어당긴다. 행운까지도. 부익부 빈익빈. 부유한 자는 자신이 가진 돈을 이용해 더 많은 것을 얻게 되지만, 가난한 자는 더 밑바닥으로 떨어지지 않기 위해 그나마 가진 것을 내놓아야 한다.

힘이 빠져 널브러진 그것의 다리에 엉켜 있는 이불을 바닥으로 던지고 반듯이 눕혔다. 바지와 팬티를 한 번에 끌어내리자 그것의 아랫도리가 고스란히 드러났다. 본능적으로 시선이 돌아갔다. 하지만 가까이 있는 그것의 존재는 모든 감각을 날카롭게 일깨웠다. 지독한 비린내와 지린내가 뒤섞여 나를 덮쳤다. 우욱, 목을 넘어오는 신물을 도로 삼켰다. 우욱, 구역질은 본능이었다. 다행히 먹은 것이 없어 토사물이 나오지는 않았지만 식도를 타고 넘어오는 신물 때문에 가슴까지 쓰렸다.

눈을 감고 심호흡을 했다. 후각은 가장 예민하지만 가장 빨리 피로해지는 감각이기도 하다. 이제껏 그래왔듯 그것에게서 풍기는 누린내에도 금세 익숙해질 것이다. 문득 후각처럼 살아야 했다는 생각이 들었다. 나에게 달려드는 세상의 모든 악에 익숙해져 악이 뭔지조차 깨닫지 못하고 살았어야 했다. 그래서 악과 뒤섞여서도 아무것도 모른 채 살 수 있었다면 삶은 훨씬 쉬웠을 것이다.

어느새 구역질이 멈췄다. 더는 악취가 느껴지지 않았다. 매끈한 라텍스 장갑을 낀 채 그것의 고환을 잡았다. 따뜻하고 물컹하고 보들보들했다. 마치 인간처럼. 그것을 인간이라 생각하다니, 기가 막혔다. 그 착각을 몰아내려고 고개를 세차게 저었다.

오른쪽 고환을 잡아당기자 몸과 연결된 부위의 주름이 펴지며 길게 늘어났다. 황산이 든 주사기의 바늘을 잘 조준한 뒤 피스톤을 눌렀다. 조금씩. 촘촘히. 거무튀튀한 피부가 하얀 연기를 내며 타들어갔다. 고환 주위의 음모를 타고 황산이 주르륵 흘러내렸다. 살집이 있는 가랑이가 벌겋게 부풀어 올랐다. 살이 타는 냄새와 뿌연 연기가 방 안을 가득 채웠다. 마침내 고환과 몸이 연결된 부위가 지글지글 녹아서 눌어붙었다.

외과수술용 가위를 끝부분에 살짝 갖다 대고 조심스레 가위질했다. 도려낸 부분은 완전히 익어 피 한 방울 나지 않았다. 그제야 안심하고 가위질을 했다. 싹둑, 경쾌한 소리를 내며 가윗날이 맞부딪쳤다. 고환을 도려낸 자리는 마치 원래 그랬던 것처럼 깔끔했다.

우웅, 신음 비슷한 소리를 내며 그것이 뒤척였다. 반쯤 감긴 눈꺼풀 사이로 빠르게 진동하는 눈동자가 보였다. 벌어진 입술 사이로 침이 질질 흘렀다. 헤로인의 환각 때문인지 그것의 성기가 곤두섰다. 철커덕철커덕, 수갑을 채운 손이 하나밖에 없는 고환을 쓰다듬다가 성기를 움켜쥐고 흔들었다. 그것은 묶인 손이 답답한지 이맛살을 잔뜩 찌푸린 채 온몸을 비틀며 돌아누웠다. 아무리 똑바로 눕히려 해도 그것의 힘을 당해낼 수는 없었다. 그것은 나보다 덩치가 최소한 두 배는 컸다. 나는 할 수 없이 뒤로 물러났다.

벽시계는 벌써 새벽 네 시를 향해 가고 있었다. 조금 초조했다. 마취 효과가 언제까지 지속될지 예측할 수 없었다. 그것의 몸무게를 정확히 알 수 없었기 때문에 헤로인 양을 결정하는 데 꽤 애를 먹었다. 절대로 그것이 죽게 내버려둘 수는 없었다. 차라리 작업 도중 마취에서 깨어나는 편이 나았다. 그것은 아직도 매트리스에 성기를 비벼대며 끙끙거리고 있었다.

불안감을 없애려 고개를 돌렸다. 침대 맞은편 벽에는 체리 빛깔의 화장대가 있었다. 물결이 꼬여 흐르는 듯 섬세한 조각이 아름다웠다. 벽에 기대어 있는 반원 모양의 커다란 거울에 비친 텅 빈 눈동자가 마음에 들지 않았다. 방에 들어오면서 일부러 마스크와 모자를 벗었다. 맨얼굴 그대로 그것과 마주하고 싶었다. 밝은 조명 아래서는 눈동자가 더 옅어 보인다. 거울을 보는 게 참 오랜만이다. 눈처럼 하얀 피부, 피처럼 붉은 입술, 어둠처럼 검은 머리카락, 황금빛 눈동자…… 아무리 쳐다보고 있어도 질리지 않았다.

반반한 얼굴은 내 인생의 축복이자 저주였다. 미(美)에 대한 본능적 숭배는 인간을 나약하게 만든다. 아름다운 것을 대하면 인간은 방어와 경계를 허물고 먼저 다가서는 법이다. 미를 유혹하고 픈 본능만이 인간을 지배한다. 낯선 타인이 내 얼굴에 홀려 먼저 다가오는 경우는 아주 흔했다. 내가 미모를 이용해 낯선 타인에게 접근하는 경우는 더 자주 있었다. 어떤 경우든 인간들은 나를 거부하는 법이 없었다. 언제나 상대가 더 적극적이었으며 더 끈질겼다. 나는 손가락 하나 까닥하지 않고 미모만으로 그들을 유혹했고, 그들에게서 아낌없는 호의와 신뢰를 끌어냈다. 하지만 빼어난 미모는 타인에게 치명적인 만큼 본인에게도 위험한 법이다.

'내가 말했지? 너같이 예쁘장한 애들이 세상에서 어떤 일을 당하는지.'

느닷없이 아버지의 목소리가 울린다. 덕분에 바들바들 떨리던 손이 경련을 멈췄다. 반복적인 외상성 경험은 감정 중추인 편도체를 손상시킨다. 그래서 전전두엽은 공포와 같은 부정적 감정을 관리하는 능력을 잃어버린다.* 한마디로 아버지 덕분에 나는 겁 없는 인간이 되었다. 하필, 지금, 여기에서, 아버지가 내 두려움이 사라지게 도와주다니. 갑자기 웃음이 터졌다.

순간, 정신이 들었다. 모든 것을 까맣게 잊고 거울을 보면서 공주놀이를 하다니 황당했다. 의사의 예상대로 집중력이 흐트러지는 경우가 점점 더 늘어나고 있었다.

그것은 진이 빠졌는지 널브러진 채였다. 다시 작업을 서둘렀다. 정액이 묻어 미끈거리는 나머지 고환을 자르고 왼쪽 발목 아킬레스건 부위에 황산을 주사했다. 지익, 살이 타들어가도 아무 냄새가

---

* 편도체(amygdala)는 공포, 불안, 고통 등을 조절하는 대뇌의 한 부분이다. 전전두엽 (prefrontal cortex)은 생존본능, 성격, 이성적이고 고차원적인 사고를 담당하는 대뇌의 한 부분이다. 편도체가 손상되면 전전두엽이 제 기능을 하지 못해 생존에 관련된 공포와 같은 감정을 느끼지 못한다.

나지 않았다. 이미 살이 타들어가는 냄새에 익숙해진 모양이었다.

두껍고 질긴 힘줄은 쉽게 잘리지 않았다. 날카로운 롱저*의 날
은 피부 아래로 드러난 힘줄에 긁힌 자국만 냈다. 크게 심호흡을
한 뒤 양손으로 손잡이를 잡고 체중까지 실었다. 몇 번을 시도하
고 나서야 겨우 아킬레스건이 끊겼다. 수술이나 보존적 치료가 불
가능하도록 힘줄을 손가락 두 마디 정도 더 잘라냈다.

너덜너덜해진 발목 상처에서 피가 솟아올랐다. 호텔에서나 사
용하는 얇고 하얀 시트 위로 시뻘건 핏물이 번져갔다. 젠장, 욕이
저절로 나왔다. 아킬레스건 부위는 저혈구간이라 혈액순환이 느
린데도 어느새 침대 시트가 흥건히 젖었다.

상처를 헤집어 확인해보니 정맥이나 동맥을 건드린 것 같지는
않았다. 하지만 만약의 경우를 무시할 수는 없었다. 그것을 과다
출혈로 죽게 할 수는 없었다. 그것에게 죽음은 과분한 안식이었
다. 미리 준비한 의료용 바늘을 꺼냈다. 실은 이미 꿰놓은 상태였
다. 한 땀 한 땀 정성스레 꿰맸다. 봉합을 해본 지 꽤 오래되었는
데도 손이 저절로 매듭을 지었다. 봉합된 상처에서 스며 나온 핏
방울이 굳어가는 것을 확인하고 나서야 안도의 한숨을 내쉬었다.
역시 굵은 혈관을 자르지는 않은 모양이었다.

피로 얼룩진 시트는 금세 말라서 뻣뻣해졌다. 피범벅이 된 범죄
현장은 딱 질색이었다. 역시 피를 보지 않는 건 무리였다. 깔끔하

---

* 롱저(rongeur)는 뼈나 연조직을 절단하는 집게 모양 수술도구이다. 펜치와 비슷하다.

게 끝내고 싶었는데 아쉬웠다. 아킬레스건을 자르려고 어찌나 힘을 줬던지 손목이 아팠다. 사용한 주사기, 가위, 롱저 등 모든 도구를 침대 옆 탁자에 가지런히 놓아두었다. 흐물흐물 녹아가는 거무스름한 고환 두 개와 아킬레스건이 담긴 황산 병도 정렬했다.

마지막으로 혹시 흔적을 남기지는 않았는지 침실을 한 바퀴 둘러보았다. 상상 속에서는 작업이 끝나면 속이 시원할 것 같았다. 하지만 여전히 가슴속 답답한 체기는 가시지 않았다. 뭔가 허전하고 부족해서 발걸음이 떨어지지 않았다.

물끄러미 거울 속의 나를 바라본다. 피범벅인 가위를 집어 들어 거울 속 아름다운 내 얼굴 위에 휘갈겨 썼다.

기다려. 꼭 다시 돌아올게.

거칠게 그은 선 아래로 피가 주르륵 흘러내렸다. 검붉은 핏덩어리가 더덕더덕 붙은 글자가 마음에 들었다. 거울 속 글자 위에서 황금빛 눈동자가 반짝였다. 이제야 가뿐하다. 그것이 깨어나서 맨 처음 마주한 것이 거울 속 메시지였으면 좋겠다. 그것도 언제 닥칠지 모르는 고통에 두려워하며 매 순간을 공포로 채우기를 바랐다. 내가 그랬던 것처럼……

1-2

경기도 원남시 안곡구는 일산과 함께 제1기 신도시가 조성된 곳이었다. 허허벌판 버려진 땅에 텃밭을 가꾸던 시골 동네 사람들은 대부분 땅주인이 아니었다. 병자, 노인, 장애인에다 월세도 감당할 수 없어 비닐하우스에 사는 사람도 많았다. 정부의 개발 소식이 알려진 다음 날, 덩치 큰 사람들이 잔뜩 몰려와 비닐하우스를 뜯어내고 텃밭의 작물을 뽑았다. 가난하고 아픈 이들은 저항보다 체념과 포기에 익숙했다.

강남의 재개발이 지지부진한 사이, 오래되어 낡은 아파트에 질린 부유층이 안곡에 새로 지어진 주상복합아파트로 몰려들었다. 집값이 순식간에 치솟았다. 그렇게 안곡구는 대한민국에서 가장 부유한 동네가 되었다.

안곡구에 사는 사람들은 절대로 원남시에 산다고 말하지 않았다. 반드시, 나는 안곡에 살아, 하고 거주지를 분명하고도 자세히 설명했다. 안곡 거주민들은 재개발이 진행 중인 분정구와 하서구 주민들과 자신들을 구분하고 경계를 명확히 했다. 심각한 빈부격차는 극단적 이기주의와 개인주의로 무장하고 천민자본주의의 문제점을 당당하게 드러냈다. 덕분에 안곡구의 범죄율은 전국에서 손꼽을 정도로 높았다.

자동차가 안곡 중앙로를 벗어나 탄천 방향으로 좌회전하자마자 안곡경찰서 옥상의 입간판이 보인다.

"정의실현."

일부러 소리 내어 읽었다. 의지와 노력으로 만들어낸 출근길 버릇이다. 어린 시절, 민수는 만화 주인공처럼 악당을 물리치고 위험에서 지구를 지켜내는 영웅이 되고 싶었다. 슈퍼맨, 배트맨, 스파이더맨……, 꿈에서도 꿈꾸었다. 하룻밤 자고 일어나면 장래희망이 바뀌는 아이들과 달리 민수의 꿈은 흔들리지도 변하지도 않았다. 하지만 형사가 된 지 20년, 이제 모든 것이 시들하고 지겨웠다. 슬럼프를 극복하려 정의실현을 매일 되뇌었지만 소용없었다.

멋없이 직사각형으로 지어진 회색 건물 앞 지상 주차장은 이미 자동차로 꽉 찼다. 출근 시간까지는 30분이나 남아 있었다. 형사들의 이른 출근은 간밤에 큰 사건이 터졌다는 뜻이다. 민수는 주차장을 두 바퀴나 돌고서야 간신히 낡은 은색 자동차를 주차했다.

예상대로 강력팀 사무실은 어수선했다. 민수의 파트너 희성도 철규 무리에 섞여 심각한 얼굴로 이야기를 나누고 있었다. 민수의 시선을 느낀 희성이 고개를 돌렸다. 민수와 눈이 마주치자마자 희성이 환히 웃으며 다가온다. 순수하게 긍정적인 에너지로 충만한 미소에 월요일 출근길의 짜증이 그나마 희미해진다.

"선물이에요."

옆자리에 앉자마자 희성이 알록달록한 달걀을 내밀었다.

"이게 뭐야?"

"어제가 부활절이었잖아요. 공평하게 다들 하나씩 줬지만, 짜잔, 선배님은 파트너니까 특별히 두 개. 다른 사람들한테는 비밀이에요. 선배님 건 좀 어려운 그림이라 한 시간이나 걸렸어요. 진짜 예쁘죠?"

희성은 성화가 그려진 달걀을 돌려 보여주면서 자랑한다. 민수가 멈칫하는 사이, 희성은 재빨리 달걀을 책상 서랍에 숨겨주기까지 한다. 대부분의 사람들은 민수의 무뚝뚝한 대답이나 부정적 태도에 금세 지쳐 사적 거리를 침범하려는 시도를 멈춘다. 하지만 희성은 민수의 반응 따위는 개의치 않았다. 파트너가 된 지 반년, 희성은 거절하기도 무시하기도 애매한 친밀감을 드러내며 조금씩 다가왔다.

"너, 기독교였나?"

"아뇨. 전 종교 없어요. 크리스마스를 기독교만 즐기나요? 전 명절이나 기념일은 무조건 챙겨요. 고아라서 가족이 없으니까 기념일도 없는 게 서러워서요."

서럽다는 말과 달리 목소리는 밝고 쾌활하다. 자신의 사생활을 스스럼없이 드러내는 것도 신기하다. '고아'라는 말에 어떻게 반응해야 할지 몰라 민수는 못 들은 척 말을 돌렸다.

"무슨 일로 이렇게 뒤숭숭해?"

"분정경찰서에 큰 사건이 하나 터졌거든요."

"뭔데?"

열의 없이 물었지만, 희성은 기다렸다는 듯 의자 바퀴를 굴려 민수에게 다가왔다.

"7년 전 어떤 미친 새끼가 중 2 친딸을 성폭행한 사건 기억나요? 주거지가 안곡인데 분정경찰서에 신고해서 관할 문제로 말썽이 있었다고 하던데요."

"친딸 성폭행하는 새끼가 한둘이야? 그걸 어떻게 일일이 기억해? 설마 겨우 그 사건 때문에 이 난리야?"

성폭행 사건 중 10%가 친족 간 성폭행이고, 그중 35%는 친아버지가 범인이다. 통계상 하루에 한 명 이상이 친족에게 성폭행을 당한다. 그것도 드러난 경우만 해당하는 통계 결과다. 숨겨진 사건은 드러난 사건의 8~9배 정도로 추측된다.

윤리를 깨부수고 도덕을 짓밟는 범죄는 지겨우리만큼 익숙했다. 끔찍하고 잔혹한 사건은 평범한 일상이었다. 언젠가부터 민수는 어떤 사건에도 무덤덤해졌다.

"아마 들으면 선배도 기억날 거예요. 아버지 측 변호사들이 사춘기 딸이 반항심으로 거짓 신고를 했다고 몰고 갔거든요. 나중에는 딸한테 망상장애가 있다고까지 했죠. 수사 중에도 아버지란 새끼는 당당했어요. 성폭행 사실도, 딸의 발목에 쇠사슬을 채워 침실에 가두었다는 사실도 부인했죠. 아버지의 변명은 꽤 논리적이었어요. 딸이 등교를 거부해서 학교에는 유학으로 인한 유예 신청을 했고, 딸이 유학도 거부해서 설득하는 중이었다고 진술했죠. 거짓말탐지기 검사에서도 아버지의 진술은 진실로 나왔어요. 오히려 딸의 증언이 거짓으로 나왔죠. 그렇게 당연히 재판이 흐지부지 끝날 것 같았는데, 반전이 일어났어요."

희성은 극적 효과를 원하는지 잠시 말을 멈추었다.

"다행인지 불행인지 딸이 임신을 했거든요. 결국 태아 유전자 검사를 통해 아버지의 유죄가 증명되었죠. 그러면 뭐 해요? 유전무죄 무전유죄, 겨우 3년 실형 받았어요."

"3년? 친딸을 임신시켰는데?"

"우리나라에서 제일 잘나가는 K&P 로펌 소속의 빵빵한 변호사들이 다섯 명이나 붙었어요. 모두 판사나 검사를 그만둔 지 일 년도 안 된 변호사들이었죠."

전관예우방지법까지 만들어졌지만 관행은 여전했다. '전관예우'라는 불의를 자신들이 누려야 할 당연한 권리라고 여기는 법조인들은 정의실현을 꺼린다. 덕분에 친족 간 성폭행 재판에서 범인이 구속되는 경우는 겨우 10% 정도다.

친족 간 성폭행을 신고하는 경우는 실제 발생사건의 약 10%로 추정된다. 피해자가 용기 내서 신고를 한다 해도 수사가 진행되는 경우는 드물다. 핏줄로 엮인 이들은 어떻게든 피해자를 설득하고 협박해 사건을 무마시키려 한다. 가해자를 보호하고 피해자를 압박하는 가장 효과적인 수단이 바로 '가족의 사랑'이다. 내가 널 얼마나 사랑하는데, 나를 봐서라도 한 번만 그냥 넘어가자, 잘못했다고 다시는 안 그런다고 했어, 나를 조금이라도 사랑한다면 나를 위해서…… 결국 피해자가 신고를 철회하며 진술을 번복하면 수사는 불가능하다. 그렇게 친족 간 성폭행은 절대적 확률로 죄가 사해진다.

"신상 공개를 금지한 재판부 덕분에 그 새끼는 출소하고 나서도 멀쩡히 잘 지냈다고 하더라고요."

친족관계에서 발생하는 성폭력은 대부분 성범죄자 신상 공개 고지 명령이 면제된다. 다른 성범죄에 비해 훨씬 악질이지만 피고인의 신상 정보가 공개되면 피해자의 신상 정보까지 노출될 수 있기 때문이다.

"그런데 쾅! 천벌이 내린 거죠. 어제 새벽, 누군가가 그 새끼 고환을 떼어내고 왼쪽 아킬레스건을 잘랐대요. 엠바고 때문에 저녁에 보도했다는데, 선배는 못 보셨죠?"

뉴스 따위는 질색이다. 사건 사고는 형사라는 직업 덕분에 충분히 경험하고 있었다. 그래서 자신이 맡은 사건과 관련된 뉴스만 인터넷에서 따로 챙겨 보는 편이었다.

"일요일인데도 분정경찰서 강력팀 전부 비상소집이 걸렸는데, 그 많은 형사가 모조리 수사를 거부하는 바람에 야단법석이었대요. 형사과장이 열받아서 강력팀 다 뒤집어버린다고 펄쩍펄쩍 뛰고, 서장까지 나서서 설득했는데도 지원자가 없었대요."

형사들이 가장 싫어하는 범죄유형이니 당연했다. 피해자는 비열하고 잔인했으며, 가해자의 범행 동기는 공감할 만했다. 시비(是非)를 흔들고 선악(善惡)이 모호한 사건은 수사 의욕을 떨어뜨린다.

"결국 제비뽑기까지 해서 남천식 선배가 억지로 떠맡았다는데, 아무래도 친딸이 복수했을 가능성이 커서 유력한 용의자로……."

복수……. 목덜미에 뻐근한 떨림이 느껴졌다. 두통의 전조현상이다. 책상 서랍에서 타이레놀을 꺼내려는데, 갑자기 성훈이 민수와 희성 사이로 얼굴을 들이밀었다.

"이희성! 너 작년까지 분정경찰서에서 근무했지? 친딸 성폭행범 사건 담당 형사랑 아는 사이야? 뭐 더 들은 거 없어? 딸이 복수한 게 맞아?"

바로 귓가에서 들리는 큰 목소리에 머리가 흔들린다. 어느새 형사들이 주위에 잔뜩 모여들었다. 다들 호기심에 눈을 반짝였다. 민수는 슬그머니 자리를 피했다. 담배가 절실했다.

1-3

완벽한 범죄는 언제 어디서나 가능하다. 비상한 두뇌, 기상천외한 상상력, 꼼꼼한 성격, 예민한 직감, 끈질긴 노력……. 나는 완벽한 범죄자의 자질을 모두 갖추고 태어났다. 게다가 반복되는 외상성 스트레스는 편도체를 손상시켜 공포나 고통 등의 부정적인 감정을 느끼지 못하게 해주었다. 교육학자들의 주장대로 유전과 환경의 적절한 조화와 상호작용의 결과 나는 인간의 한계를 뛰어넘는 범죄자가 될 수 있었다.

글을 배우고 난 뒤 나의 유일한 친구는 추리소설이었다. 추리소설은 내가 꿈을 꾸게 해주었다. 아버지가 없는 세상이 나의 꿈이었다. 새로운 살인 방법을 알게 될 때마다 희망이 부풀어 올랐다. 애거서 크리스티, 코난 도일, 히가시노 게이고……. 추리소설 작가들은 내 인생의 스승이었다. 그들은 꿈을 포기하고 싶을 때마다 나를 격려하고 북돋아주었다.

호기심과 탐구욕은 점점 확장되었다. 독극물 관련 전공 서적을 탐독했고, 다양한 범행도구를 수집하거나 만들었으며, 정교한 범행 기술을 익히기 위해 연습을 게을리하지 않았고, 일기 대신 새로 접한 범죄 방법을 정리하는 것이 나의 일상이었다. 그 모든 순간이 현재의 나를 만들었다.

어떻게 복수할지에 대해 꽤 오랫동안 고민했다. 아무리 생각해도 그것들에게 죽음은 너무 과분했다. 게다가 죽이는 건 너무 간단하고 쉬웠다. 검시해도 들키지 않는 살인 방법은 수도 없이 많았다. 사실 완벽한 범행을 위해서라면 살인이 가장 좋다. 하지만 나는 기어이 어려운 방법을 선택했다. 어차피 내 삶은 언제나 힘들었다. 이제 와서 쉽고 편안한 방법을 찾는다는 것도 우스웠다. 그것들이 살아서 고통과 절망으로 무너져가는 것, 그것이 나의 새로운 꿈이었다.

복수를 계획하고 준비하는 동안 난생처음 들뜨고 설레고 흥분했다. 복수는 상상만으로도 뇌의 쾌락 중추를 자극해 행복 호르몬인 도파민을 뿜어낸다. 무기력하던 삶에 활기가 돌았다. 복수만 생각하면 나도 모르게 쿡 웃음이 나왔다. 복수만 생각하면 심장이 쿵쿵 뛰었다. 복수만 생각하면 간질간질 온몸이 붕 뜨는 것만 같았다. 처음으로 내가 살아 있다는 사실을 실감했다. 살아 있다는 게 이런 거구나, 감동했다. 단순한 생존이 아니라 삶이었다.

사건은 완벽하게 내 예상대로 흘러가고 있었다. 모두 친딸 유효리가 범인이라 생각했다. 잔인하고 엽기적인 범죄일수록 원한 관계에서 발생할 확률이 높다. 어리석은 인간들은 논리적이고 과학적인 추론이라며 통계와 확률을 맹신한다. 하지만 확률은 때로 사실을 왜곡시킨다.

범행 시각은 새벽 3시 무렵, 누구나 자고 있을 시간이었다. 혼자 사는 효리도 당연히 그 시간에 잠들어 있었다. 효리가 사는 가난한 달동네에는 CCTV조차 없었다. 그나마 달동네 아래 편의점 CCTV에 효리의 모습이 찍혔지만, 알리바이가 성립되기엔 시간대가 애매했다.

언론은 끈질기게 효리의 인생을 역추적해 방송했다. 효리의 인생은 대중이 원하는 바로 그 드라마였다. 그 무엇을 상상하든 그 무엇보다 막장인 현실은 최고의 시청률을 기록하며 다양하게 변주되었다.

효리는 출산 직전까지 임신 사실을 깨닫지 못했다. 매달 같은 날짜에 생리를 했고, 배도 불러오지 않았다. 수사 중 실시한 임신 테스트 검사에서도 한 줄만 선명하게 나왔다. 드물게 발생하는 태동으로 툭 튀어나오는 배를 만지면서도 가스가 찬 거라고 변명했고, 초음파 검사로 태아를 보면서도 고개를 저었다.

콘돔을 사용했다는 아버지는 유죄를 인정하고도 유전자 검사 결과만은 끝까지 부정했다. 콘돔의 평균 실패 확률은 15~18%다. 보통 올바르게 사용하지 않아서 실패하는 경우가 많지만, 올바르게 사용해도 2%나 실패하는 피임법이다. 게다가 성폭행을 당한 여성의 임신율은 월등히 높다. 공포심이 배란을 촉진하기 때문이다.

권력 다툼을 거쳐 무리에서 새로운 지배자가 된 알파 수컷은 무조건 많은 암컷과 교미한다. 무리 중에 자신의 새끼가 많아질수록 지배 권력이 강해지기 때문이다. 그런데 특이하게도 영장류의 경우 새로운 지배자가 암컷과 교미하기 전 반드시 그 암컷의 어린 새끼들을 죽이는 습성이 발견되었다. 자신의 새끼가 아닌 과거 지배자의 새끼들을 잔인하게 죽임으로써 암컷에게 공포심을 안겨 배란을 유도하고 자신의 새끼를 임신할 확률을 높이기 위해서다.

누가 가르쳐주지도 않았는데 본능적으로 알고 있는 것일 수도 있고, 우연히 그런 경우가 반복되어 관례로 굳어졌을 수도 있다. 과학자들은 다양한 가설을 내놓았지만 무엇이 진실인지는 알 수 없다. 단 한 가지 확실한 것은 영장류가 잔인하다는 사실뿐이다. 그리고 그 지배자의 잔인한 성품은 새끼들의 유전자에 새겨져 퍼져간다. 약자 생존. 더 잔인하고 악한 것만이 살아남는다.

효리의 아기는 잔뜩 웅크린 채 몰래 자라났다. 경찰 쪽에서 절차를 밟아 강간 인정을 받기까지는 두 달이 넘게 걸렸다. 그나마 세간의 시선 때문에 최단시간이 소요되었다. 하지만 이미 낙태가 가능한 시기를 넘긴 상태였다.

출산은 성폭행의 기억을 떠올리게 한다. 그래서 성폭행 경험이 있는 여자는 반사적으로 출산 과정을 지연하거나 멈추려 한다. 결국 효리도 배를 갈라야만 했다. 효리는 진통을 하면서도, 제 배 안에서 꺼내지는 아기를 보면서도 끝까지 임신을 부정했다.

태어난 아기는 1kg도 되지 않았다. 새파랗게 질려 밭은 숨을 몰아쉴 뿐 울지도 못했다. 여러 질병과 장애를 동시에 안고 태어난 아기는 세상에 나온 지 5분도 안 되어 시체안치실로 옮겨졌다.

효리는 마취에서 깨어나며 고통으로 신음했다. 엄마, 엄마…….
어린아이처럼 울었다.

친권과 양육권을 포기하고 이혼한 뒤 한 번도 효리를 찾지 않았던 엄마는 성폭행 신고 직후 달려와 효리를 붙잡고 울었다.

'모두 나 때문이야. 내가 널 데려와 키웠어야 했는데. 미안하다, 미안해.'

엄마는 그리워하던 모습 그대로였다.

'미안해, 몰라서. 엄마가 먹고사느라 힘들어서 우리 사랑하는 딸 상처 나고 아픈 것도 모르고 있었네. 돈 많이 벌어서 널 데려오려고 했는데. 내가 살아가는 단 하나의 이유가 넌데.'

엄마는 효리를 대신해 경찰조사나 재판 과정에서 필요한 모든 것을 해주었다. 효리는 엄마에게 완전히 의지했다.

'차라리 아버지한테 위자료 10억 원을 받고 탄원서를 쓰자. 괜히 재판 길게 끌어 봤자 너만 손해야.'

그렇게 효리를 설득했던 엄마는 사라져버렸다.

엄마, 아파, 엄마, 엄마……. 효리의 애달픈 울음소리는 다음 날 형사가 찾아올 때까지 그치지 않았다.

'효리 양의 어머니는 동거남과 함께 어제 미국으로 출국한 것이 확인되었습니다. 효리 양 통장에 있는 돈을 모두 인출하는 모습도 은행 CCTV에 잡혔습니다.'

효리는 아침에 억지로 먹은 미역국을 그대로 다 토해냈다.

다음 날, 쇠사슬에서 벗어나려고 스스로 부러뜨렸던 발목이 갑자기 퉁퉁 부어올랐다. 거의 완치되었던 발목에 다시 염증이 생겼다. 부정적 감수성은 사이토카인의 일종인 종양괴사인자-α를 증가시켜 상처 부위에 염증을 일으킨다.* 결국 효리는 절름발이가 되었다.

사람들은 불운과 불행으로 뒤범벅된 파란만장한 인생에 열광했다. 샤덴프로이데,** 타인의 불행을 보는 것은 불행한 자신을 위로하는 최고의 방법이다.[1] 연민과 동정은 그런 인간의 추한 본모습을 감추려는 수단일 뿐이었다. 공감과 희생은 인간의 본성에 어긋나는 비과학적이고 불합리한 선택이었다.

현생인류의 조상인 호모 사피엔스는 수만 년을 공존했던 호모 네안데르탈렌시스를 비롯해 다른 인간종을 모두 멸종시켜버릴 만큼 호전적이고 잔인한 종족이었다.[2] 호모 사피엔스의 악은 DNA에 새겨져 세대를 거듭되며 전해져 내려왔다.

하지만 어느 순간부터 호모 사피엔스는 내면의 악을 감추는 것이 유일한 공존 방법이라는 것을 깨닫는다. 생존을 위협하는 적은

---

* 사이토카인(cytokine)은 혈액 속에 함유된 비교적 작은 크기의 면역 단백질로 과다분비되면 염증, 발열 등의 증상이 나타난다. 종양괴사인자-α(Tumor Necrosis Factor-α, TNF-α)는 염증 반응에 관여하는 사이토카인의 일종이다.

** 샤덴프로이데(Schadenfreude)는 독일어 'Schaden(고통)'과 'Freude(환희)'의 합성어로 남의 불행이나 고통을 보면서 느끼는 기쁨을 말한다.

너무 많았다. 기아, 질병, 동식물 그리고 다른 인간들……. 공존은 오랜 시간 생존하고 다음 세대를 이어가기 위한 불가피한 선택이었다.

문명, 문화, 관습, 법 그리고 생존 본능……. 인간을 둘러싼 모든 것이 악한 본성을 억누르고 감추는 것이 유리하다는 사실을 일깨운다. 그래서 인간은 선(善)과 정의(正義)라는 개념을 창조했다. 권선징악과 정의실현은 애초부터 불가능했다. 창조는 신에게만 허락된 능력이었다. 인간이 만들어낸 선과 정의는 존재하지 않았다.

권선징악과 정의실현. 단 한 번도 바뀌지 않은 내 꿈을 그대로 포기할 수는 없었다. 불가능한 꿈을 꾸는 것은 자신을 학대하고 소모하게 만든다. 그래서 나는 파괴를 꿈꾸기 시작했다. 악을 제거하는 것, 그것이 내 꿈의 시작이었다.

1-4

하얀 원형 테이블 주위에 놓인 철제 의자는 이미 모두 주인이 있었다. 강력팀장은 나지막한 연단 위에서 출석을 체크하고 있었다. 민수는 벽에 기대어 휴대폰으로 인터넷 뉴스를 검색했다. 아무리 살펴보아도 강력팀 모두가 모여야 할 만큼 큰 사건은 없었다.

언제 왔는지 형사과장까지 회의실 뒤편에 서 있었다. 형사과장이 직접 나섰다면 정말 큰 사건이다. 흥분과 설렘으로 형사들의 눈이 반짝였다. 반면 민수는 뻐근한 목덜미를 문지르며 무관심한 얼굴로 강력팀장의 브리핑을 기다렸다. 요즘 들어 어떤 사건에도 흥미가 돋지 않았다. 자신이 맡은 사건도 꾸역꾸역 억지로 수사할 정도였다.

"자, 회의 시작할 테니 집중해주세요."

다들 긴장한 채 강력팀장의 입이 다시 열리기를 기다렸다.

"한인걸이 오늘 새벽 03시 16분, 119에 전화를 걸어 구급차를 요청했습니다."

"한인걸? 여섯 살 여아를 성폭행해서 12년 살다가 지난달 출소한 그 한인걸 말입니까?"

철규의 질문에 강력팀장이 고개를 끄덕였다.

"특별초소 야간근무 경찰에 따르면 한인걸은 고환 2개와 항문이 손상돼 안곡 S대병원으로 이송되었으며, 현재 목숨에 지장은 없는 상태입니다."

순간, 형사들이 참지 못하고 말을 쏟아내기 시작했다.

"우와, 범인 대단한데요? 경찰관 열두 명이 번갈아 지키고 있는데 어떻게 거길 잠입했데?"

"손상이면 잘랐다는 거예요? 인터넷에서 한인걸 기사마다 그런 놈은 거시기를 잘라야 한다는 댓글이 있었는데, 그걸 진짜 실행하는 사람이 나올 줄이야! 대단한 범인, 아니 의인이시네."

"속이 다 후련하네. 세금으로 그런 개새끼 신변 보호를 해주는 게 못마땅했는데."

"세금으로 신변 보호만 해줬냐? 기초생활보장 대상자라 쌀이며 반찬까지 배달해주고 생활비도 준단다. 노령연금까지 합치면 한 달에 120만 원씩 받는다더라. 출소 다음 날 바로 지원금 신청하러 간 놈이야. 내가 낸 세금으로 그런 새끼를 꼬박꼬박 먹여 살리고 있다는 생각만 하면 열불이 난다. 20년 넘게 형사 생활한 내가 퇴직하고 받는 연금도 그 액수가 안 되는데. 나 원 참, 더러워서."

안타까워하는 사람은 아무도 없었다. 강력팀장은 헛기침을 하고는 브리핑을 이어갔다.

"한인걸에 대해서는 범죄가 발생했던 그 당시는 물론이고 출소한 지난달 신문이나 텔레비전에서 수없이 보도되었으니 잘 알고 있으리라 생각합니다. 하지만 과거 범죄사실이 이번 사건의 동기로 추측되는 바, 한인걸에 대해 먼저 간략히 브리핑하겠습니다. 성명 한인걸, 남 65세. 2010년 6월, 당시 53세의 나이로 만 6세 여아인 정혜미를 성폭행했습니다. 아시겠지만 정혜미는 가명입니다. 혜미는 당시 질, 자궁, 방광, 항문까지 모두 손상된 채 발견되었습니다. 범행 장소는 안곡구 샛별교회 건물의 화장실로 혜미의 집과는 100m, 한인걸의 집과는 200m 거리였습니다. 화장실에서 한인걸의 피로 얼룩진 지문이 발견되었고, 주변 CCTV 탐문 결과 한인걸을 용의자로 특정 지었으며, 범행 사흘 뒤 한인걸을 거주지에서 구속했습니다. 하지만 한인걸은 성폭력범죄의 처벌 및 피해자보호 등의 법률이 아니라 일반 형법상 강간상해죄가 적용돼 12년형을 선고받았습니다.* 고령인 데다 술에 취해 심신미약이었던 상태가 고려되었습니다. 검찰은 항소하지 않았는데 한인걸은 형이 무겁다며 항소와 상고를 했으나 모두 기각되었습니다. 대법원은 징역 12년, 전자발찌 착용 7년, 신상 공개 5년 형을 확정 선고했습니다. 다들 아시는 대로 한인걸은 지난달 만기 출소를 했습니다."

강력팀장의 브리핑이 끝나자 형사과장이 회의실 앞으로 나섰다.

"아는 사람도 있겠지만, 지난달 분정구에서도 비슷한 사건이 있었다. 연쇄범이야."

"모방범일 수도 있잖아요?"

성훈이 끼어들자 형사과장이 고개를 저었다.

"아니, 분정구 사건 현장에 메시지가 남아 있었는데, 담당 형사와 강력팀장, 형사과장 말고는 아무도 모르는 수사 기밀이었어. 그런데 한인걸 사건에도 똑같은 메시지가 있었다. 게다가 고환을 제거한 수법도 너무 잔인해서 언론에는 자세히 알리지 않았는데 수법이 똑같았고. 새벽에 서장님을 비롯한 과장들이 모여서 대책회의를 한 결과, 분정경찰서처럼 강제로 사건을 배당했다가는 여러 문제가 생길 수 있어 지원자를 받기로 했다."

순간 고요해지며 형사들의 시선이 흩어졌다. 철저한 거부였다.

---

* '성폭력범죄의 처벌 및 피해자보호 등에 관한 법률(성폭력특별법)'을 적용하면 13세 미만 미성년자 강간죄는 가중 처벌되기 때문에 무기 또는 7년 이상의 징역으로 처벌이 훨씬 강하다. 하지만 형법상 '강간상해죄'를 적용하면 강간치상은 상해죄가 되어 무기 또는 5년 이상의 징역에 해당한다.

침묵은 쉽게 깨지지 않았다. 민수도 누군가가 자원해주기를 바라며 고개를 비틀고 벽만 바라보았다. 분명 엠바고가 풀리면 언론에서도 난리일 테고 상부에서도 닦달할 텐데, 이래저래 귀찮은 사건은 맡고 싶지 않았다.

긴 침묵을 깬 사람은 역시 막내 철규였다.

"전 어제도 잠복했습니다. 30억대 사기사건 해결이 코앞인데 다른 사건을 맡기는 힘듭니다. 게다가 분정경찰서 형사 얘기를 들어보니 친딸 성폭행범 고자 만든 범인을 잡지 말라고 매일 협박 편지랑 협박 전화가 온다던데요? 만약 잡으면 가만두지 않겠다는 편지가 하루에도 한 박스씩 쌓인다는데, 그렇게 죽기에는 제가 너무 어리잖아요."

"나이 많으면 죽어도 된다는 거야?"

"그건 아니죠. 하여간 우리는 맡은 사건이 여섯 건이나 된다고요. 더 이상은 못합니다."

"너희 팀만 사건이 많냐? 우리는 일곱 건이다. 사건 수는 우리가 제일 많아."

"사건 수가 뭐가 중요해요? 저희는 모녀살인사건 수사하잖아요. 한 건이라도 제일 힘들고 골치 아프다고요."

"저는 늦장가 가서 아직 초등학생 딸이 있습니다. 혹시나 어떤 미친놈이 진짜 위해를 가할지도 모르잖아요. 저 혼자 벌어서 부모님까지 먹고살아요. 저한테 무슨 일 생기면 큰일 납니다."

"뭐? 너만 가족 있냐? 나도 딸딸이 아빠야. 게다가 우리 마누라는 아파서 병원에 있어."

"여기 가족 없는 사람이 어디 있나? 좀 솔직히 말하자. 그냥 한 인걸 그렇게 만든 놈 잡기 싫은 거잖아. 저는 매일 야근에다 박봉이어도 나쁜 놈 잡는다는 사명감 하나로 버티고 있습니다. 다른 사람들은 어떤지 몰라도 전 범인 잡기 싫습니다. 한인걸 그 새끼는 당해도 싸요. 범인은 무슨, 진짜 의인이구먼. 저한테 맡기시느니 그냥 미결로 넘기세요."

"기자들 몰려와서 매일 귀찮게 굴 게 뻔한데, 전 그게 더 싫습니다."

누가 말을 하면 다른 누군가가 치고 나왔다. 너도나도 현재 맡은 사건이 힘들다는 불만과 한인걸 사건을 맡을 수 없다는 변명을 하기 바빴다. 보통 엽기적이거나 유명한 사건은 서로 맡으려고 경쟁하기 마련이다. 하지만 이번에는 달랐다. 한참 동안 경쟁적으로 변명하던 형사들이 서로 눈치를 보며 다시 침묵했다.

"형사가 사건을 골라서 하면 되겠어? 위험해서 싫고, 피해자가 나쁜 놈이라 싫고, 승진 점수에 도움 안 돼서 싫고……. 그딴 이유로 사건을 안 맡겠다면 형사로서 자세가 틀려먹은 거야."

형사과장은 팔짱을 끼며 두고 보자는 듯 벽에 기대섰다. 아무래도 자원자가 나오기 전에는 이 상황이 끝날 것 같지 않았다. 민수가 가장 싫어하는 상황이었다. 민주적이고 능동적인 역할 분담이라는 명목으로 반강제적으로 행해지는 횡포였다. 누군가가 나서주길 바라며 이어지는 침묵은 지겹고 지루했다.

민수는 물끄러미 벽시계만 바라보았다. 긴 바늘이 반 바퀴를 돌 때까지도 침묵은 깨지지 않았다. 형사과장과 강력팀장의 한숨 소리만 번갈아 들릴 뿐이었다. 형사들은 혹시라도 주목을 받아 사건을 맡게 될까 봐 작은 소리조차 내지 않았다. 시곗바늘이 움직일 때마다 짜증이 쌓였다. 범죄자를 의인이라 부르다니, 우스웠다. 악을 파괴했다고 무조건 선은 아니다. 오히려 더 강한 악일 수도 있었다.

'니 어렸을 적에 내가 보여줬던 옛날 홍콩영화 생각나나? 주윤발이랑 유덕화 나오는 거? 거어 나오는 것처럼 느그 아부지도 멋있고 훌륭한 사나이데이. 나쁜 놈들 잡아가아 혼내뿌고, 착한 사람들은 돌봐주고.'

초등학교 1학년, 부산 삼촌은 아버지의 직업을 묻는 민수에게 침까지 튀기며 말했다. 악과 싸우는 것은 무조건 선인 줄 알았다. 그게 모든 일의 시작이었다.

의로운 악이라니, 성립할 수 없는 모순이다. 지긋지긋하게도 민수를 따라다니며 괴롭히던 모순이었다.

'거짓말하지 마! 경찰? 웃기고 있네. 깡패 새끼 주제에!'

우승현의 목소리가 머리를 꿰뚫는다. 지긋지긋한 두통이 시작되었다. 헉, 날카로운 고통이 머릿속을 꿰뚫고 지나갔다. 숨을 쉬기 힘들었다. 민수는 이를 악물었다. 호주머니에 넣어두었던 타이레놀을 꺼내 우적우적 씹었다. 어이없는 모순과 착각은 모두를 불행으로 몰고 갈 뿐이다.

후우, 민수가 깊은 한숨을 내쉬자 시선이 쏠렸다. 흘끗거리는 눈동자들이 기대감으로 반짝였다. 후우, 다시 한숨을 내쉬자 형사과장도 민수를 바라보았다. 민수는 형사과장의 눈을 피하지 않았다.

형사과장의 눈빛도 다른 형사들의 눈빛도 간절했다. 민수는 천천히 오른손을 들었다. 간절한 눈들이 모두 휘둥그레졌다.

"제가 하죠."

무덤덤한 말투에 형사과장이 반색을 했고, 강력팀장이 못 믿겠다는 듯 다시 물었다.

"강민수 형사, 지금 한인걸 사건 수사하겠다고 자원하는 겁니까?"

강력팀장과 형사과장의 얼굴에는 안도의 기색이 역력했다.

"이희성 형사가 오늘 병지참이라 없는데, 만약 이 형사가 수사를 거부하면 혼자 수사를 지휘해야 할 수도 있습니다. 물론 우리 안곡경찰서 전체가 그 어떤 사건보다 우선적으로 한인걸 치상 사건에 협조할 테니 혼자서도 수사 지휘를 하는 데는 무리가 없을 겁니다."

강력팀장이 만약의 경우를 설명하며 미리 민수를 얽어맨다. 변명인지 부탁인지 구구절절 모호하다. 민수는 고개를 끄덕였다.

"언론 보도는 오늘 오후 6시에 안곡경찰서장님이 직접 하실 예정입니다. 그때까지는 대외비로 해주십시오."

강력팀장의 말이 끝나자마자 순식간에 회의실이 텅 비었다.

"넌 괴물이야!"

그것이 아버지가 마지막으로 내뱉은 말이었다. 아마 그랬을 것이다. 언제 어디서나 나만 보면 했던 말이기에 잇새에서 억눌리고 뭉개진 단어였지만 자연스럽게 해석이 되었다. 아버지가 그 말을 하지 않았다면 허전했을지도 모르겠다. 다행이었다. 아버지가 하고 싶은 말을 다하고 세상을 떠날 수 있어서.

"넌 괴물이야!"

아버지의 말에 단 한 번도 상처받지 않았다. 상처받는다는 건 그 말을 인정하는 거니까. 그래서 단 한 번도 아프지 않았다. 그저 아버지의 입버릇이라고 여겼다. 단 한 번도 그 말에 슬퍼하지 않았다.

하지만 아버지가 남긴 마지막 말은 내 머릿속에서 수시로 울린다. 처음에는 약간 성가시고 번거로운 정도였다. 아버지의 유언 아닌 유언이 머릿속을 울리는 횟수는 시간이 지나면서 점점 증가했다. 아버지의 억눌리고 쉰 목소리가 머릿속을 울릴 때마다 조금 짜증스럽다. 주의집중이 어려워 하던 일을 손에서 놓아야 했으니까. 아무리 단순한 일이라도 아버지의 목소리가 방해하면 그만둘 수밖에 없었다.

"넌 괴물이야!"

나는 아파트 베란다에 널어놓은 빨래를 걷으려다가 포기하고 거실로 들어왔다. 해 질 무렵 노을이 전면 유리창으로 쏟아져 들어왔다. 온 세상이 붉다.

"넌 괴물이야!"

선명하게 울리는 아버지의 목소리는 두통까지 몰고 왔다. 식탁 위 하얀 플라스틱 약병을 집어 드는데 손이 부들부들 떨렸다. 타이레놀 다섯 알, 데파스* 다섯 알을 입에 털어 넣고 우적우적 씹었다. 가늘게 빻인 가루를 혀 밑으로 몰아넣었다. 혀 밑을 지나가는 혈관은 피부 가까이에 있어 약물을 가장 신속히 흡수한다.

눈을 감고 거실 바닥에 앉아 소파에 기대었다. 심호흡을 하며 곤두선 신경이 가라앉기를 기다렸다. 반복되는 아버지의 쉰 목소리가 희미해져간다. 데파스가 효과를 보이는지 머릿속이 멍하고 전신에 힘이 빠졌다. 아직 이른 시간이었지만 아무래도 졸피뎀을 몇 알 먹고 자는 게 좋을 것 같았다.

검은 어둠 속에 숨어 안심하는 바로 그 순간, 아버지의 눈동자가 바로 눈앞에 떠올랐다. 깜짝 놀라 눈을 떴지만 아버지의 눈동자는 사라지지 않는다. 누런 흰자 가운데 연갈색 눈동자가 번뜩이며 나를 노려본다. 검은 동공이 깊은 어둠 속에 숨어 있는 나를 비춘다.

"넌 괴물이야!"

또다시 아버지의 목소리가 들린다. 눈을 감아도 눈을 떠도 아버지의 검은 동공이 나를 집어삼키려고 다가온다.

"넌 괴물이야!"

---

* 데파스는 공황발작 억제제이자 신경안정제의 상표다.

귀를 막아도 아버지의 외침은 선명하다. 드디어 검은 동공 속으로 내가 빨려 들어간다. 정신이 희미해진다. 아버지의 마지막이 검은 어둠 속에 펼쳐진다.

"넌 괴물이야!"

자신의 목을 조르는 나를 노려보며 아버지는 그렇게 외쳤다.

"넌 괴물이야!"

제2장

악마의 눈

Nazar boncuğu

너희 중에서 악을 제거하라. 그리하면 그 남은 자들이 듣고 두려워하여 다
시는 그런 악을 너희 중에서 행하지 아니하리라. 네 눈이 긍휼히 여기지 말
라. 생명에는 생명으로, 눈에는 눈으로, 이에는 이로, 손에는 손으로, 발에
는 발로이니라.
- 〈신명기〉 19장 19~21절

그러나 다른 해가 있으면 갚되 생명은 생명으로, 눈에는 눈으로, 이는 이로,
손에는 손으로, 발에는 발로, 화상에는 화상으로, 상처에는 상처로, 채찍질
에는 채찍질로 갚아주어라.
- 〈출애굽기〉 21장 23~25절

사람이 만일 그의 이웃에게 상해를 입혔으면 그가 행한 대로 그에게 행할 것
이니 상처에는 상처로, 눈에는 눈으로, 이에는 이로 갚을지라.
- 〈레위기〉 24장 19~20절

2-1

결국 아버지는 눈을 뜬 채 숨이 멎었다. 나를 노려보는 아버지 옆에 누워 사흘을 앓았다. 고열에 시달리며 꿈을 꿨다. 나는 끊임없이 아버지의 목을 졸랐다. 분명 숨이 멎은 것을 확인했는데, 뒤돌아서면 헐떡이는 아버지의 숨소리가 들렸다. 그러면 나는 또 아버지의 목을 졸랐다. 아버지가 죽었는지 확인하기 위해 코 밑에 손가락을 가져다 대고 기다리면 아버지가 벌떡 일어나 내 목을 졸랐다. 그러면 나는 또 아버지의 목을 졸랐다. 꿈은 끝도 없이 반복되었다.

깨어났을 때 가장 먼저 보인 것은 나를 노려보는 아버지의 연갈색 눈동자였다. 어찌나 열에 시달렸는지 옷이 식은땀으로 축축이 젖어 있었다. 사흘이나 먹지도 마시지도 못했는데 몸은 가뿐했다. 다행히 겨울이라 시체가 썩거나 날벌레가 꼬이지는 않았지만, 아버지의 모든 구멍에서 새어 나온 갖가지 배설물 냄새가 고약했다.

여기저기 무너진 기와집은 전통적인 ㄱ자 모양의 단층 구조였다. 부엌과 안방이 나란히 한 건물 안에 있고, 거기에 직각으로 지어진 건물에는 사랑방과 외양간이 있었다. 지은 지 백 년 가까운

집은 허물어지기 일보 직전이었다. 정확히 말하자면, 외양간과 사랑방은 이미 반쯤 무너진 상태여서 아버지와 나는 안방에서 함께 생활할 수밖에 없었다. 그나마 누가 버리고 간 집 가운데서는 가장 상태가 좋은 집이었다. 우리 집뿐만 아니라 동네에 있는 집들은 모두 성한 곳이 없었다. 언제 이뤄질지 모르는 재개발을 바라며 집을 수리하지 않아서였다.

안방 미닫이문을 열고 나서면 마당이었다. 싸늘했지만 맑은 공기를 마시니 열에 시달려 멍한 정신이 깨어났다.

주위는 고요했다. 겨울이라 풀벌레 소리도 짐승 소리도 들리지 않았다. 아직 저녁 8시, 대도시라면 휘황찬란할 시간이지만 시골 마을은 조용했다. 백여 채의 집 가운데 사람이 사는 집은 26가구에 불과했다. 그나마 모두 초저녁잠이 많은 노인들만 살았다. 나는 일단 집 밖으로 나섰다. 새벽잠이 없는 노인네들이 깨어나기 전에 서둘러야 했다.

원남시는 1기 신도시로 지정된 안곡구, 구원남이라 불리는 하서구와 분정구로 구성되어 있었다. 좁은 탄천을 사이에 두고 나뉜 안곡구와 하서구는 한눈에 보아도 대조적이었다. 안곡구는 여기저기 공사가 진행 중이긴 했지만 고층아파트가 군데군데 솟은 도시의 모습이었고, 하서구는 논과 밭 사이사이에 허물어져가는 단층 기와집이 있는 시골의 모습이었다.

얼어붙은 탄천을 건너 우리 집에서 가장 가까운 아파트 공사 현장으로 향했다. 아파트는 아직 외장 페인트칠을 하지 않아 회색 시멘트가 드러난 채였다. 여기저기 철근과 시멘트 자루가 굴러다니고, 정체를 알 수 없는 장비가 곳곳에 세워져 있었다. 공사 현장은 어지러웠지만, 나는 원하던 물건을 곧바로 찾아냈다. 구석에 주차된 굴착기 옆에는 어른이 들어가도 될 만한 크기의 금속 드럼통이 잔뜩 쌓여 있었다. 표면에는 '실리콘 수지'라고 크게 적혀 있었다. 운이 좋았다. 글루건 심 등을 만드는 데 사용하는 실리콘 수지는 시체 썩는 냄새가 퍼져나가는 것을 막아 시신이 발견될 확률을 낮춘다. 꽤 무거웠지만 비스듬히 들어 올려 둥근 밑바닥으로 굴리니 생각보다 옮기기가 어렵지 않았다.

마당에 드럼통을 놓고 안방에 들어가 아버지를 업고 나왔다. 안방의 미닫이문이 끼익 듣기 싫은 금속성 소리를 냈다. 아버지를 드럼통 안에 천천히 밀어 넣었다. 시간이 지나 굳어버린 아버지의 다리가 구부러지지 않아 온 힘을 쏟아야 했다. 우지끈, 아버지의 무릎이 부러졌다. 아버지는 실리콘 수지 안으로 천천히 가라앉으면서도 나를 노려보았다. 끈적끈적한 실리콘 수지가 드럼통 밖으로 넘쳐흘렀다. 투명했던 실리콘 수지가 희끄무레하게 굳어갔다. 실리콘 수지 안에 박제되어버린 아버지는 여전히 나를 노려보았다. 이제는 그 눈이 두렵지 않았다. 드럼통 뚜껑을 닫았다. 아버지의 눈도 사라졌다.

한겨울의 꽁꽁 언 땅은 쉽게 파이지 않았다. 땀이 흘러내려 흙바닥을 적셨다. 몸속에서 열기가 치솟았다. 너무 뜨거워서 그대로 온몸이 불타오를 것만 같던 그 순간, 차가운 바람이 불었다. 팔을 벌려 온몸으로 바람을 맞았다. 다행히 몸이 식었다. 동네 뒷산에 드럼통을 다 파묻었을 무렵, 해가 뜨기 시작했다. 하늘을 붉게 물들이며 떠오르는 태양을 보고 있자니 가슴이 벅찼다. 그렇게 내 과거를 묻고 내려오는 길, 발걸음이 가벼웠다.

집에 돌아와 뒤처리를 모두 마쳤을 때는 손가락 하나 까딱할 수 없을 만큼 지친 상태였다. 일단 좀 쉬어야지, 하는데 축축한 옷이 거슬렸다. 오줌이라도 싼 듯 속옷과 바지가 피부에 척척 달라붙었다. 옷을 갈아입으려 바지를 벗는데, 손이 붉게 물들었다. 피를 보기 싫어 아버지를 목 졸라 죽였는데, 결국 피를 보고야 말았다.

열여섯, 나의 첫 생리는 아버지의 죽음과 함께 시작되었다.

2-2

안곡경찰서의 유일한 흡연 구역은 지상 주차장 구석에 있는 정자였다. 담뱃값이 오른 뒤로 금연을 선언한 형사들이 많아 흡연 구역을 한 곳으로 줄였는데, 대부분 금연에 실패하는 바람에 흡연 구역은 언제나 붐볐다.

커다란 철제 재떨이를 둘러싸고 사람들이 빼곡히 몰려 있어 재떨이로 다가가지 못한 사람들은 그냥 바닥에 담뱃재를 털고 있었다. 무리 지어 신나게 떠들던 형사들은 민수가 담배를 입에 물며 다가오자 갑자기 입을 꾹 닫고는 슬그머니 흩어졌다. 아마 한인걸 사건 이야기를 하고 있었던 모양이다. 다들 호기심 가득한 눈빛이었지만 민수 곁으로는 쉽게 다가서지 못했다.

민수는 흘끔거리는 시선을 무시하고 담배연기와 함께 한숨을 내뱉었다. 희성이 병원에 들렀다 출근하면 민수를 쥐 잡듯 잡을 게 뻔했다. 적당한 변명거리가 필요했다. 과연 어떤 변명을 해야 희성의 불만을 잠재우고 수사에 동참할까? 그저 아무도 손들지 않고 눈치만 보는 상황이 너무 짜증 났다고 하면 믿어줄까? 너무 지루해서 그랬다고 하면 화를 내겠지?

민수가 담배를 세 대째 꺼내 물었을 때 희성이 씩씩거리며 다가왔다. 바닥이 울릴 만큼 발걸음 소리가 요란했다.

"정말이에요? 정말 선배님이 한인걸 사건 담당하겠다고 먼저 나섰어요?"

담배연기를 내뿜으며 민수가 고개를 끄덕였다. 젠장, 희성은 욕을 내뱉으며 민수를 노려보았다. 흡연 구역의 모든 시선이 둘에게 쏠렸다. 희성은 주위를 돌아보고는 당당하게 부탁했다.

"자리 좀 비켜주실래요?"

흠흠, 희성의 명령조 말투가 불만스러운지 몇몇 나이 든 형사들이 헛기침을 하면서도 아무 말 않고 담뱃불을 껐다. 사람들이 멀어지는 것을 확인하고 나서야 희성은 다시 입을 열었다.

"파트너인 나한테 물어보는 게 기본 예의잖아요. 게다가 우리가 맡은 사건들은 어쩌고요?"

"미정동 사건은 성훈 선배 팀이 맡기로 했고, 다른 자잘한 사건들도 모두 다른 팀에서 가져갔어. 우린 한인걸 치상 사건에 집중하는 걸로 결론 났고."

"젠장! 농담인 줄 알았더니 정말이었어요? 정말 우리가 그 사건 맡는 거예요? 아이 씨, 젠장!"

희성은 화가 치밀어 올라 쾅쾅, 발까지 구르며 신경질을 냈다. 흘낏 보니 얼굴까지 벌게져 있었다. 희성의 발길질에 담배연기가 흩어졌다가 다시 민수를 감쌌다.

"이 자식이! 아무리 불만이라도 선배한테 욕을 해?"

"선배한테 욕한 게 아니라 저 자신한테 욕한 겁니다. 하필이면 오늘 병원 가서 자리를 비우는 바람에 이 지경을 만든 제가 죄인이죠. 저는 싫어요. 솔직히 다른 사람은 몰라도 선배가 한인걸 사건을 맡겠다고 자원했다니, 직접 듣고도 못 믿겠네요."

"왜 못 믿어?"

"선배는 사람한테 시달리는 거 싫어하잖아요. 아니, 사람들이랑 어울리는 것도 질색인 사람이 엄청나게 시선이 집중될 사건을 자진해서 맡았다고요?"

대꾸할 말이 없었다. 일단 희성의 분풀이를 그냥 받아줘야 할 것 같기도 했다. 그렇게라도 감정을 분출하고 나면 사건을 냉정하게 바라볼 수 있을 테니까. 희성은 민수가 아는 형사들 중 가장 뛰어났다. 추리소설 마니아라서 경험이 부족한데도 독극물이나 무기류에 대한 지식도 풍부하고, 관찰력이 뛰어나 현장을 슬쩍 보고도 단서를 발견했다. 게다가 말재주도 뛰어나 유도심문까지 교묘하게 잘해냈다. 그런 희성의 유일한 단점은 풍부한 감정이었다. 가해자에 대한 분노나 피해자에 대한 연민 따위의 감정은 수사에 방해만 될 뿐이다.

"왜 대답 안 해요? 제가 틀린 말 했어요? 게다가 선배, 솔직히 수사에 흥미 없잖아요. 어떤 사건을 맡아도 지루해하는 거 내가 모르는 줄 알아요?"

흠, 헛기침하며 끼어들려 했지만, 희성은 도무지 틈을 주지 않고 속사포처럼 말을 쏟아냈다. 제법 갈등 없이 잘 지낸다고 생각했는데 희성은 꽤나 불만이 있었던 모양이다.

"몇 번이나 말씀드렸지만 제가 형사가 된 이유는 단 한 가지예요. 나쁜 놈들 잡아서 벌주고 착한 사람들 살기 좋은 세상 만드는 거. 권선징악, 몰라요? 한인걸 같이 나쁜 놈들은 원래 천벌을 받는 거예요. 다른 형사들이 다 이 사건 꺼리는 이유, 뻔하잖아요? 사건 해결해도 욕먹고, 해결하지 못해도 욕먹고. 솔직히 말하면 한인걸 새끼 고자 된 거, 그럴 만도 한 거지. 전 오히려 속이 다 시원하네요. 저, 함무라비법전 신봉자예요. 눈에는 눈, 이에는 이!"

순간 머릿속이 하얘졌다.

"함무라비법전은 똑같은 복수를 권장하려고 만든 법이 아니야. 피해 본 것보다 더 심각하고 잔혹한 복수를 막기 위해 만들어진 법이지. 법에 의해서가 아니라면 복수도 범죄가 되는 거야. 한번 시작된 복수의 순환은 결코 멈추지 않아. 눈에는 눈이라고? 그런 식의 복수는 결국 온 세상을 눈멀게 만들 뿐이야.[3] 어느 누군가가 복수의 순환을 끊어내지 않으면 온 세상이 파괴되는 거야. 몇 번이나 말하려다 말았는데, 넌 범인의 서사나 범행 동기에 너무 관심이 많아. 범인에게 서사를 입히는 순간, 범인은 인간이 되어버리는 거야. 범인의 서사엔 관심 꺼. 억울한 범인 따위는 없어. 정당한 복수도 없고. 네 꿈이 나쁜 놈들 잡아서 정의실현 사회를 만드는 거라고? 한인걸 그렇게 만든 놈도 나쁜 놈이야. 나쁜 놈을 벌했다고 해서 선한 사람은 아냐. 그저 나쁜 놈보다 더 강한 놈일 뿐이지. 악에 맞서 싸운다고 해서 선이라고 착각하지 마. 오히려 더 거대한 악일 수도 있는 거니까."

무의식적으로 말을 쏟아냈다. 너무 흥분해서 눈앞이 흐렸다. 후우, 후우, 긴 심호흡을 몇 번이나 하고 눈을 몇 번이고 깜박인 뒤에야 정신을 차릴 수 있었다. 그제야 보이는 희성의 표정이 묘했다. 젠장, 속으로 욕을 곱씹으며 입을 다물었다. 민수는 희성의 황금빛 눈동자를 피해 어색하게 고개를 비틀었다.

희성은 예민하고 직감이 뛰어났다. 오죽하면 성훈이 지어준 별명이 '선무당'일까. 그래서 희성의 맑은 눈동자를 오랫동안 마주하면 괜스레 불안했다. 희성의 시선이 끈질기게 향했지만, 민수는 모른 척 타들어가는 담배 끝에 시선을 고정했다.

매일 똑같은 말을 되뇌며 자신을 세뇌했다. 누나는 언제나 그런 민수를 비웃었다.

'눈에는 눈, 이에는 이? 아니, 그대로 갚아주는 것은 진정한 죄의 대가라기엔 모자라. 더욱 잔인하고 악랄한 방법으로 더 큰 상처를 입혀야만 해. 복수하는 그 순간까지 상처는 점점 더 벌어지고 염증은 번져 나가. 그 고통의 시간만큼 더해야 죄와 벌의 균형이 맞는 거야. 어쩌면 고대인이 우리보다 정의 구현을 더 완벽히 실현한 거지. 복수도 엄연히 정의 구현의 방법 중 하나야. 법에 의한 처벌? 결국 국가가 대신해주는 복수일 뿐이잖아? 국가가 복수하면 정당하고 도덕적이고, 개인이 복수하면 부당하고 비도덕적이라고? 내 손이 아닌 다른 이의 손에 피를 묻히는 게 더 윤리적이고 옳은 방법이라고? 옳고 그름의 판단을 네가 하는 것 같아? 아니, 통치자가 세뇌한 기준이 하는 거야. 법이나 윤리는 권력자가 더 쉽고 편하게 인간을 통제하고 지배하기 위해 만든 수단일 뿐이야. 넌 그 수단에 의해 완벽히 세뇌된 나약한 인간일 뿐이고.'

누나의 목소리가 머릿속을 맴돌기 시작하면 이어서 두통이 따라온다. 통증을 기다리는 순간, 숨이 멎었다. 휴우, 간신히 숨을 내뱉었다. 일단 이 순간을 모면해야 했다. 더는 희성의 시선을 피할 수도 없었다.

"복, 수, 하고 싶었어요?"

일부러 한 음절씩 강조하는 희성의 목소리는 확신에 차 있었다. 입안이 바싹 말랐다. 한 번도 누군가에게 가정사를 말한 적이 없었다. 민수는 어색하게 웃으며 되물었다.

"복수라니, 무슨 엉뚱한 소리야? 일단 마음대로 사건 맡은 건 사과할게. 네가 이 정도로 반대할 거라고는 예상하지 못했어. 너, 분정구 친딸 성폭행범 사건에 관심 많았잖아. 그 사건 수사 상황이 궁금해서 분정경찰서에 전화하는 것도 내가 몇 번이나 들었어. 이 사건도 동일범이니까 당연히 네가 맡고 싶어 할 줄 알았지. 그리고 나랑 너 아니면 누가 이걸 맡겠냐? 분명 수사 중단하라고 협박하는 사람도 있을 텐데, 이런 사건을 승진에 목매는 형사들이 하겠냐, 처자식 딸린 유부남이 하겠냐? 결국 승진에도 관심 없고 결혼도 안 한 내가 할 수밖에. 정 싫으면 너는 빠져도 돼. 형사과장님이랑도 그렇게 얘기 끝냈고."

주저리주저리 변명이 길어졌다. 무슨 말을 하고 있는지도 몰랐다. 그저 희성이 다시 물을까 봐 두려웠다. 복수하고 싶었어요? 희성은 민수를 빤히 바라보았다.

"혼자서라도 기어이 이 사건을 하겠다고요? 선배는 공조수사라면 질색하잖아요."

수많은 사람과 함께 일해야 한다는 생각만으로도 머리가 지끈거렸다. 나이가 들어도 민수는 여전히 인간관계에 서툴렀다. 그래서 누구에게나 스스럼없이 다가가는 희성의 도움이 더 필요했다. 하지만 다시 듣고 싶지는 않았다. 복수하고 싶었어요?

희성에게 다시 질문할 기회를 주지 않기 위해 민수는 어설프게 말머리를 돌렸다.

"그런데 넌 어디가 어떻게 아픈데 매주 병원에 가냐? 심각한 병은 아니지?"

빤히 바라보는 눈길에 조마조마해서 미칠 것만 같았다. 희성은 대답 대신 민수의 눈동자와 마주하고 있었다. 푸흣, 드디어 희성이 헛웃음을 지었다.

"참 일찍도 물어보시네요. 저 병원 간다고 지참, 조퇴 쓴 게 벌써 몇 번째인지 알아요? 발령받은 첫 주만 빼고 한 주에 한 번은 꼭 병원 갔는데, 이제야 그게 궁금해요?"

"어차피 말할 거면 네가 먼저 종알대겠지 하고 그냥 모른 척한 거야. 혹시나 말하기 껄끄러운 병일 수도 있잖아."

"그게 뭔데요?"

"치질, 성병, 뭐 그런 거?"

"아이 씨, 정말 나를 어떻게 보고!"

"어쨌든 죽을병은 아닌 모양이다. 까부는 거 보니!"

"죽을병만 심각한 건 아니라고요."

"죽을병 아닌데 심각한 거라……. 내가 아는 건 치매밖에 없는데, 혹시 치매냐?"

"선배는 제가 진짜 치매면 어떡하려고 그렇게 쉽게 말해요?"

"이제 겨우 스물아홉인 녀석이 치매일 리가 있나?"

희성은 대답이 없었다. 황당한지 그저 씩씩댈 뿐이었다.

"말하기 싫으면 안 해도 된다. 남의 사생활 캐묻는 혐오스러운 사람 되고 싶지는 않으니까. 그래도 만약 조금이라도 아프면 참지 말고 언제든 조퇴해. 난 혼자 수사해도 괜찮으니까. 혹시나 많이 아픈데 팀장한테 조퇴 허락받기 눈치 보이면 같이 외근 나가는 척하고 몰래 퇴근시켜줄 테니까, 참지 말고 말해."

희성이 한숨을 내쉬며 민수를 물끄러미 바라보았다.

"선배는 알다가도 모를 사람이에요. 자기 사생활에 대해서는 입한 번 떼는 적 없고, 경찰서장 환영 회식이나 동료 결혼식 같은 행사 자리는 질색하며 피해 다니고, 누구에게나 거리감 두고 어디에도 섞여 들어가지 않죠. 그렇게 인간에 대한 무감정과 무관심을 드러내놓고 과시하면서도, 결국 마지막 순간까지 남아 누군가를 배려하고 양보하는 사람은 바로 선배죠. 이번 사건도 그래서 맡았을 거예요. 다들 꺼림칙해하는 사건이니까. 좀 억울하지 않아요? 다른 사람들이 선배 희생 몰라주는 거."

"형사가 사건 맡는 게 무슨 희생이야?"

노골적인 칭찬에 쑥스러워 말투가 더 딱딱해졌다. 희성은 언제나 자신의 감정이나 의견을 거리낌 없이 드러냈다. 상대가 누구든 마찬가지였다. 칭찬이든 비난이든 건방지거나 가볍다는 느낌은 전혀 들지 않았다. 순수한 충고나 격려는 신뢰를 쌓는다. 그래서 희성은 형사들에게도 용의자들에게도 인기가 많았다.

"아이고, 이렇게 또 선배한테 말려 들어가나요? 그래요, 한인걸 사건 맡읍시다. 누가 맡아야 한다면 부모도 자식도 없는 제가 맡는 게 낫겠죠. 젠장, 이놈의 인생, 부모도 자식도 없어 서러운데, 매일 이렇게 역차별이야!"

희성이 담배를 꺼내 물며 입술을 비죽였다. 정자 기둥에 기대어 연기를 내뿜는 희성의 곱상한 얼굴이 새삼스러웠다. 햇볕이 따사로운 날이면 희성의 옅은 눈동자는 황금빛으로 반짝였다. 끝부분만 살짝 들린 콧대나 곱슬거리는 머리카락은 희성을 순정만화 속

주인공처럼 보이게 했다. 골격이 가늘고 마른 편이라 가끔 범인들이 만만히 보고 덤볐다가 혼쭐이 나곤 했다. 보기와는 달리 희성은 힘이 센 데다 민첩하고 유연해 전국 격투기대회에서 우승한 적도 있었다. 운동 중독자답게 반소매 티셔츠 아래 드러난 팔은 작은 움직임에도 근육이 단단하게 솟아올랐다. 요즘 여자들이 좋아하는 전형적인 꽃미남 얼굴에 잔근육으로 다져진 모델 몸매였다. 그래서 희성과 함께 외근을 나가면 오디션을 권하는 스카우터나 전화번호를 묻는 여자가 접근하는 바람에 수사에 방해가 될 정도였다.

"왜요? 왜 그렇게 쳐다봐요?"

희성의 커다란 눈동자가 민수를 향했다.

"여경들이 너 한 번 보려고 일부러 형사과에 오는 거 아냐?"

희성은 쑥스러운 듯 시선을 피했다.

"알고 있군. 괜찮은 여자 있으면 말해. 내가 어떻게든 다리를 놓아줄 테니까."

"한인걸 사건 억지로 맡게 한 게 미안하긴 한가 보네요. 남의 사생활 절대 터치 안 하는 선배님이 그런 말을 하다니."

"나처럼 일만 하다가 홀아비로 늙으면 어쩌려고 그래?"

"이런 세상에서 무슨 연애를 하고 결혼을 해요?"

어떤 세상? 물으려다 말았다. 희성은 신기하게도 인간의 본성이 선하다고 믿었다. 그래서인지 질 나쁜 범인을 대할 때도 경멸이나 증오를 드러내지 않았다. 하지만 강력팀 5년 차, 아무리 굳건한 믿음이라도 흔들릴 때였다.

"진짜 아홉수가 있나? 올해는 이상하게 안 좋은 일만 생기네요."

그런 미신 따위는 믿지 않았지만 고개를 끄덕여주었다. 스물아홉의 자신도 방황했으니까. 선택은 여전히 어렵고, 결정은 벌써 후회되고, 성공이든 실패든 결말이 빨리 나길 바라다가도 마냥 미루고 싶은, 시작하기에도 끝내기에도 애매모호한 나이, 그게 민수의 스물아홉이었다. 문제는 마흔아홉인 지금도 똑같다는 것이다. 결코 자신의 탓이 아니었다. 민수는 이성적이고 합리적으로 모두에게 최선의 선택을 했다. 하지만 최선의 선택은 최악의 결과로 끝났다. 어머니는 화병으로 시름시름 앓다 돌아가시고, 하반신불수가 된 누나는 민수를 제대로 쳐다보지도 않는다.

끝날 때까지 끝난 게 아니다.[4] 선택은 언제든 다시 할 수 있었다. 그래서 두려웠다. 다시 선택하게 될까 봐…….

희성이 담뱃재를 털 때마다 왼쪽 손목의 팔찌가 흔들리며 반짝였다. 팔찌에는 동그란 유리 장식이 찰랑거리며 매달려 있었다. 짙은 남색 원 안에 흰색, 하늘색, 남색의 원이 차례로 위치한 유리 장식이 햇빛에 반짝였다. 터키 장식품인 나자르 본주였다.

나자르 본주는 흔히 '악마의 눈'이라 불린다. 백인들의 침략에 시달렸던 터키인에게 푸른 눈은 악마의 상징이나 마찬가지였다. 하지만 터키인은 악마의 눈을 부적으로 삼아 집을 장식하고 몸에 지니고 다닌다. 악마가 다가오다가 나자르 본주를 더 강한 악마로 착각해 달아난다는 미신 때문이다. 악을 없애는 건 결국 더 강한 악이었다.

희성의 귀걸이도 나자르 본주였다. 형사과장도, 강력팀장도, 선배 형사들도 볼 때마다 잔소리했다.

"눈에 띄지 않는 복장도 형사의 의무 중 하나야. 미행이나 잠복 때 눈에 확 띄잖아. 그 반짝이는 것 좀 안 할 순 없어?"

"어차피 제 미모는 숨기기 힘들어요. 그리고 나자르 본주는 팔다리처럼 제 일부예요."

누가 무슨 말을 해도 희성은 꿋꿋이 나자르 본주를 지켜냈다. 여성스러운 외모를 강조하는 귀걸이와 팔찌는 여전히 눈에 거슬렸지만, 이제 나자르 본주가 없는 희성은 상상조차 되지 않았다.

"이번 사건 맡는 대신 네 옷차림이나 액세서리에 대해선 간섭하지 않는다는 약속, 형사과장한테 받아내자."

희성은 씩 웃으며 손을 내밀었다. 그 손을 잡고 악수하는데 눈이 부셨다. 늦봄의 태양에 나자르 본주가 빛났다. 눈이 멀 것만 같이 아름다운 푸른빛이었다.

2-3

내 첫 기억은 아픔이다. 아버지는 모든 물건이 체벌의 도구가 될 수 있다는 것을 내게 알려주었다. 벨트, 옷걸이, 밥그릇, 쓰레기통……. 그중에서도 두툼하고 커다란 아버지의 손이 가장 무서운 체벌 도구였다.

제발, 아버지가 때리지 않게 해주세요. 매일 빌었다. 너무 어려서 신의 존재에 대한 사고 따위는 없었다. 그저 할 수 있는 게 그것밖에 없으니 빌었다. 누구라도 좋으니 상처와 고통에서 해방시켜줬으면 했다. 하지만 아무도 없었다.

잘못했어요, 술에 잔뜩 취한 아버지가 문을 여는 소리가 나면 무조건 무릎 꿇고 빌었다. 잘못했어요, 아버지. 그게 아버지의 퇴근을 맞는 내 인사였다. 잘못했어요, 아버지. 나를 상처와 고통 속으로 던져놓은 신 따위는 믿고 싶지 않았다. 그래서 나는 아버지에게 빌었다. 악에 굴복해서라도 절망에서 벗어나고 싶었다.

아장아장, 뒤뚱뒤뚱, 불완전하던 걸음걸이가 익숙해지자마자 달리기를 연습했다. 덜커덕, 술에 취한 아버지가 들어오는 소리가 들리자마자 나는 최대한 벽에 붙어서 문밖으로 도망칠 준비를 했다. 아버지가 안방 문을 여는 순간 뛰어나가야 했다.

도망치다 잡히면 더 많이 맞았다. 그래도 나는 항상 도망쳤다. 살려주세요, 내 비명에도 나오는 사람은 전혀 없었다. 구해주세요, 아무리 다른 집 문을 두드려도 닫힌 문은 열리지 않았다. 동네 사람들은 귀찮은 일에 휘말리지 않으려고 문을 걸어 잠갔다.

열 번에 한 번쯤은 운 좋게 탈출에 성공했다. 탄천만 건너면 아버지는 더 이상 쫓아오지 않았다. 신도시 아파트 공사가 한창인 안곡구에는 숨을 곳이 많았다. 으스스한 한밤중에 공사현장까지 뒤지며 나를 잡아낼 정도의 인내심은 아버지에게 없었다. 그래도 혹시나 아버지가 쫓아올까 봐 나는 숨이 차게 계단을 뛰어올라

아파트 꼭대기까지 갔다.

아무것도 보이지 않는 깊은 어둠 속에서는 모든 소리가 선명한 법이다. 아무도 없는 공사현장에는 끊임없이 바람이 불었다. 아파트 사이로 바람이 불면 공사현장은 소란스러워졌다. 휭 바람이 지나가는 소리, 지직 무언가가 끌리는 소리, 푸드덕 무언가가 날아오르는 소리……. 검은 어둠 속에서 귀신이 나올 것만 같아 두려웠지만, 존재조차 불확실한 귀신의 공포보다는 익숙한 아버지의 매질이 더 두려웠다. 새벽이 밝아오면 무서운 소리가 자취를 감춘다. 그러면 나는 터덜터덜 걸어서 집으로 향했다.

녹이 슬어 원래 색이 거의 남지 않은 철제 대문 앞에서 귀를 기울인다. 드르렁드르렁, 아버지의 코 고는 소리가 들리면 나는 그제야 지붕이 반쯤 날아간 사랑방 한쪽 벽에 기대 잠들 수 있었다.

열 중 아홉은 탈출이 실패로 끝났다. 탄천을 건너는 징검다리 바로 앞에서 아버지에게 머리채를 붙들려 끌려가는 동안 나는 미친 듯이 소리를 질렀다. 도와주세요, 도와주세요. 목이 쉴 때까지 소리를 질렀지만 아무도 내다보지 않았다. 아버지는 노인들만 가득한 동네에서 유일한 일꾼이었다. 아버지가 없어지면 곤란한 일이 한두 가지가 아니었다. 무거운 짐을 옮기거나 집을 수리할 수 있는 젊은 남자를 동네에 붙잡아두기 위해 그들은 내 존재를 외면했다.

도망치다 잡힌 날이면 기절할 때까지 맞았다. 며칠 동안 앓아누웠다 집 밖으로 나서면 보이는 어른마다 한마디씩 했다.

"아버지 말씀 잘 들어야 착한 아이지. 다음부터는 아버지 말씀

잘 들어라."

그들은 내게 죄를 뒤집어씌워 자신들의 죄책감을 희석하려 했다. 내가 나쁜 아이라서, 거짓말을 해서, 물건을 훔쳐서……. 아버지가 대충 둘러대는 변명을 그들은 믿고 싶어 했다.

아버지는 언제나 자신의 학대를 정당한 체벌로 둔갑시키려 했다.

"이 인형 어디서 났어? 어린 게 벌써부터 도둑질을 해?"

"도둑질한 거 아니에요. 어린이집에서 민규가 선물로 줬어요."

"거짓말하지 마!"

"민규가 인형뽑기 기계에서 뽑았는데, 자기는 이런 공주인형 필요 없다고 저 가지라고 줬어요."

"거짓말은 더 나쁜 거랬지!"

"정말이에요. 민규한테 전화해보세요."

"네가 거지야? 이런 걸 준다고 받아오게!"

결국 어떻게 해도 나는 나쁜 아이였고, 아버지는 언제나 나를 때릴 준비가 되어 있었다.

"공주 나오는 동화책은 주워 오지 말라고 했지! 이런 동화 따위는 믿지 마. 다 거짓말이니까!"

다른 아이들이 인형을 가지고 공주놀이를 할 때 나는 가스버너에 불 붙이는 법을 배웠고, 한겨울에 탄천에서 빨래를 했다. 매일 쓸고 닦아도 다 허물어져가는 집은 더러웠다. 요정이나 마법사 따위가 없다는 건 이미 스스로 깨달았다. 하지만 누군가가 나를 구해주는 상상마저 멈출 수는 없었다. 행복의 따사로움은 상상만으로도 묘한 중독성이 있었다.

초등학교에 입학한 지 한 달쯤 되었을 때였다. 아버지는 얼굴을 비롯해 옷으로 가릴 수 없는 곳은 절대 때리지 않았는데, 내가 벨트를 피하다 하필이면 얼굴을 빗맞아 오른쪽 뺨에 길고 시커먼 멍이 들었다.

씨발, 아버지는 아침에 깨어나 내 얼굴을 보자 쌍욕을 내뱉었다.

"오늘은 학교에 가지 말고 집에 있어. 라면 하나 끓여 와. 소주도 한 병 가져오고."

아버지는 속이 쓰린지 배를 쓰다듬으며 인상을 찌푸렸다. 나는 일단 부엌으로 달려가 버너에 불을 붙이고 라면을 끓였다. 아버지가 라면을 다 먹고 끄윽, 트림을 하고 나서야 나는 입을 열었다.

"학교에 가고 싶어요."

"뭐? 왜?"

학교에 가면 점심을 제대로 먹을 수 있었다. 게다가 신규발령을 받은 여자 담임선생님은 나를 귀여워해서 동그랑땡이나 소시지를 하나씩 더 주곤 했다. 가끔씩 다른 아이들 몰래 머리를 쓰다듬어주기도 했다. 정말 예쁘게 생겼네, 예쁜 애가 하는 짓도 예쁘네, 정말 똑똑하구나…… 자그마한 일에도 나를 칭찬해주었다. 누군가에게 처음으로 받아보는 호의와 관심이었다. 나는 담임선생님이 미소만 지어도 마냥 좋았다. 담임선생님이 나를 좋아해요, 라는 대답은 본능적으로 삼켜버렸다. 아버지는 그 대답을 싫어할 것 같았다. 그렇다고 대답을 안 하면 아버지가 화를 낼 게 뻔했다.

"선생님이 아프지도 않으면서 지각하거나 결석하는 게 가장 나쁜 거라고 했어요. 선생님이 집으로 찾아오면 어떡해요?"

아버지는 '착하고 좋은'이라는 수식어가 자신을 설명하기를 바랐기 때문에 주위의 시선에 신경을 많이 쓰는 편이었다. 게다가 공사현장이 줄어들면서 아버지는 노는 날이 많아졌다. 내 앞으로 나오는 각종 복지수당이 주요 수입원이었으니 사회복지사에게 나쁜 소문이라도 전해지면 문제였다.

"하긴 학교를 며칠이나 빠지면 네 담임이 정말 찾아올지도 모르지. 아니면 사회복지사한테 연락을 하거나. 괜히 동네 어슬렁거리다 노인네들 눈에 띄는 것도 그렇고. 이러나저러나 하여간 골치 아파. 후우. 그래, 학교에 가라."

아버지는 담임선생님이 할 질문에 대한 예상 답변을 알려주고는 몇 번이나 반복시켰다. 토씨 하나 안 틀리고 아버지의 예상 답변을 그대로 말할 수 있게 되어서야 나는 학교에 갔다.

아버지의 예상대로 담임선생님은 내 얼굴을 보자마자 화들짝 놀라 꼬치꼬치 캐물었다.

"어쩌다 이랬니? 누가 때렸어?"

"달리다 넘어졌어요."

"어떻게 하다가?"

"그냥 발이 꼬여서……."

"어디에서 넘어졌는데?"

"논두렁에서 넘어졌는데 밑으로 조금 굴렀어요."

담임선생님은 일단 나를 보건실로 데려갔다. 보건 선생님은 내 얼굴을 보고 비명을 질렀다. 그리고 담임선생님과 똑같은 질문을 던졌다.

"도대체 어쩌다 이렇게 됐어?"

"달리다 넘어졌어요."

"돌부리에 걸렸니?"

"그냥 발이 꼬여서 넘어졌어요."

"어디에서?"

"논두렁에서 넘어졌는데 밑으로 조금 굴렀어요."

토씨 하나 틀리지 않았는데, 내 옆에서 대답을 들은 담임선생님의 얼굴이 일그러졌다. 보건 선생님은 내게 침대에 누우라고 말하고는 담임선생님의 팔을 끌고 보건실 밖으로 나갔다. 복도에서 두 선생님이 이야기를 나누는데, 표정이 그리 좋지 않았다.

얼핏 잠들었다 깨어났을 땐 침대 옆 의자에 경찰복을 입은 여자가 앉아 있었다. 그 뒤에서 담임선생님과 보건 선생님이 근심스런 얼굴로 나를 쳐다보고 있었다. 나는 다시 똑같은 질문에 똑같은 대답을 반복했다.

"아버지랑 단둘이 산다고 했지? 내가 입은 옷 뭔지 알지? 경찰복이잖아. 그러니까 솔직히 말해봐. 아무에게도 말하지 않을게. 혹시 아버지가 때렸니? 괜찮아, 말해봐. 비밀은 지켜줄게."

그들은 많은 질문을 했지만 아무 소용 없었다. 내게 아버지는 절대적인 권력자였다. 수많은 연구 결과에 따르면 기이하게도 부모에게 학대받는 아동은 사랑받는 아동보다 훨씬 더 부모를 신뢰하고 더 잘 복종한다. 아버지는 누구도 범접할 수 없는 강한 존재였다. 비록 나를 때리는 사람이지만 아버지가 없는 세상은 상상조차 할 수 없었다. 아버지가 때리지 않게 해주세요, 라는 기도는 했지만 아버지가 사라지게 해주세요, 라는 기도는 하지 못하던 순진한 시절이었다.

어린 시절의 나에게 아버지가 사라진 세상은 두렵기만 했다. 나는 그저 때리지 않는 아버지가 필요했을 뿐이다. 그들은 나에게 아버지가 갖는 절대적 의미를 과소평가했다. 나는 계속 같은 대답만 반복했다.

"아뇨, 아버지가 때리지 않았어요."

"몰라요, 아버지는 잘해줘요."

"아뇨, 그냥 넘어진 거예요."

그들은 아버지에 대한 나의 의존성을 간과했다. 그들은 나에게 물을 게 아니라 나를 그냥 아버지가 없는 어딘가로 보냈어야 했다. 하지만 그들은 기어이 아버지의 학대를 증언하라 요구했다. 그것이 불가능하다는 사실을 그들은 결코 몰랐다. 목이 쉴 정도가 되어서야 그들은 나를 집으로 보내주었다. 그날 밤, 아버지는 집에 들어오지 않았다. 가끔 있는 일이었기에 나는 그저 신났다. 아버지가 없는 어둠은 평화로웠다.

다음 날 점심시간, 아버지는 교실로 들이닥쳐 담임선생님의 머리채를 잡았다.

"네가 선생이야? 네가 감히 나를 아동학대자로 몰아? 너 때문에 내가 어제 경찰서에서 얼마나 고생했는 줄 알아? 밤새도록 조사를 받았다고!"

아버지는 거친 손길로 담임선생님을 교실 바닥에 팽개쳤다.

"내 이럴 줄 알았지. 머리에 피도 안 마른 어린 것이 선생이랍시고 괜히 애먼 사람을 잡아? 선생이란 것들이 말이야! 공부는 제대로 안 가르치면서 부모를 아이 때리는 미친놈으로 만들어? 보건 선생 년은 어디 있어? 빨리 나오라고 해! 아니다, 교장 오라고 해! 교장 어디 있어?"

아버지는 책상을 발로 차고 의자를 집어던졌다. 배식차가 넘어져 밥과 반찬이 쏟아지고, 아이들이 소리를 지르며 교실 한구석으로 도망치고, 옆 반 아이들이 나와서 구경하고, 다른 선생님들이 와서 아버지를 말렸다. 결국 그날 아버지는 담임선생님과 보건 선생님의 무릎을 꿇렸고, 교장과 교감이 머리를 조아리며 사과하게 만들었다. 그러고는 보란 듯이 내 손을 잡고 교문을 나섰다.

집으로 가는 내내 덜덜 떨렸다. 아버지는 씩씩거리며 온갖 욕과 악담을 내뱉었다. 아버지가 나에게 화풀이를 할까 봐 두려웠다.

"난 아무것도 모른다고 했어요. 경찰이 자꾸 아버지가 때렸냐고 물었는데, 절대로 아니라고, 논두렁에서 넘어졌다고 했어요. 잘했죠?"

아버지는 아무 대답이 없었다. 집에 가까워질수록 공포심은 더 커졌다. 아버지는 동네 사람들에게 보란 듯 내 손을 붙잡은 채 녹이 슨 대문을 열었다. 윗부분의 이음새 부위가 떨어져 흔들리는 대문을 잘 고정시켜 잠근 뒤, 아버지는 내 손을 잡아 끌고 안방으로 들어갔다.

그날은 신께 기도하지 않았다. 대신 강한 악에게 단숨에 무너질 연약한 선의를 과시한 사람들을 원망했다. 자신들의 일상이 방해받자 곧바로 불의에 고개를 숙인 사람들을 증오했다. 비겁하게 악에 굴복하는 것은 결코 선일 수 없었다. 더 이상 신께 바라지 않았다. 나에게는 아버지가 절대자였으니까. 나는 아버지에게만 빌었다. 강한 자가 착하고 옳은 사람이 된다는 것을 나는 일찌감치 깨달았다.

2-4

한인걸이 거주하는 곳은 다세대 빌라촌이었다. 안곡은 대부분 아파트와 상가로 구성돼 있어 다세대 빌라는 드물었다. 한인걸이 사는 곳은 신도시 개발 초기 땅주인이 토지개발보상금을 올리려고 팔지 않아 아파트 부지에서 제외되었다는 뉴스를 본 기억이 났다. 한인걸과 관련해서는 자그마한 것도 뉴스거리가 되었다. 고층아파트 단지로 둘러싸인 다세대 빌라는 텔레비전 화면 그대로였다. 흔히 볼 수 있는 적갈색의 5층 벽돌집은 낡고 지저분했다.

한인걸이 출소 후 안곡으로 돌아올 것이라는 사실이 알려지자 여론이 들끓었다. 안곡구민뿐만 아니라 원남시민들까지 한인걸의 전입을 반대하는 서명운동을 하고, 국민신문고에 청원을 올리고,

여러 시민단체와 여성단체가 대책 마련을 촉구하는 시위를 벌였다.

안곡경찰서는 비상 대책으로 한인걸의 집 주변에 70개의 CCTV를 새로 설치하고, CCTV 관제센터의 모니터 요원도 6명 증원했다. 또 한인걸의 집 앞에는 특별방범초소를 설치했는데, 경찰들이 모두 특별방범초소 근무를 꺼린 탓에 원남시에서는 결국 무도실무관급 6명을 새로 뽑기까지 했다. 그나마 새로 뽑힌 인원 중 한 명은 특별방범초소에서 근무한다는 말에 그날로 합격포기각서를 제출했다.

출소 날짜가 다가오면서 인터넷 게시판이나 유튜브에서는 한인걸을 죽이고 교도소에 가겠다는 강경 발언이 심심치 않게 보였다. 덕분에 한인걸은 경찰의 호위를 받으며 집으로 돌아왔다. 방송국 기자들과 유튜버들은 끈질기게 따라붙으며 현장을 중계했다. 한인걸이 탄 자동차를 막고 서서 부수는 사람, 계란을 던지는 사람, 시위하는 사람, 말리는 경찰, 촬영하는 사람까지 뒤섞여 난리 법석인 현장이 방송을 탔다.

민수가 다세대 빌라 공동현관 앞에 자동차를 세우자 경찰 셋이 우르르 몰려나왔다.

"무슨 일로 오셨습니까? 여기에 주차하시면 안 됩니다."

경찰들은 잔뜩 긴장한 채 자동차 양쪽의 문을 막아섰다. 민수가 운전석 유리창을 내리고 신분증을 내밀었다. 그제야 자동차문을 막고 서 있던 경찰이 뒤로 한 발자국 물러났다.

"오늘 새벽 특별방범초소 근무하신 분들과 이야기를 나누고 싶은데요."

"저희가 새벽 근무자들입니다. 현재 근무조 세 명은 한인걸이 입원한 안곡 S대병원에 있습니다. 아시겠지만 한인걸은 응급수술 후 현재 안정 중이라고 합니다. 저희는 형사님들이 진술을 듣고 싶어 할 것 같아 퇴근을 미뤘습니다."

"감사합니다. 그럼 상황을 좀 자세히 진술해주시겠습니까? 물론 나중에 정식으로 진술서를 받겠지만 말입니다."

희성의 말에 연장자로 보이는 이가 먼저 입을 열었다.

"평소와 다른 상황은 전혀 발견하지 못했습니다. 늘 그렇듯이 한 시간마다 빌라 주변을 순찰했습니다. 저희도 구급차가 도착했을 때 비로소 사건을 인지했습니다."

"제 추측으로는 범인이 부엌 싱크대와 선반 사이에 있는 창문을 통해 들어간 것 같습니다. 빌라 사이의 간격이 한 사람이 들어가기도 버거울 만큼 좁아서 그 사이로 누가 침입하리라고는 생각 못했습니다."

"우리 조 셋 중 한 명은 한인걸과 구급차에 동승했고, 다른 두 명은 사건을 인지한 즉시 한인걸 집 주변을 수색했지만 수상한 인물은 발견하지 못했습니다."

"아시겠지만 한인걸을 죽이겠다고 침입한 사람만 벌써 세 명째입니다. 언제 무슨 일이 벌어질지 몰라 주의경계를 게을리하지 않았습니다. 게다가 분정구 친딸 성폭행범 사건이 벌어지고 나서는 순찰도 더 자주 했습니다."

"초소 CCTV 4개에서 잠시도 눈을 떼지 않았습니다."

"과학수사대가 곧 도착한다는 연락이 왔습니다. 현장은 한인걸이 구급대원에게 실려나간 순간부터 완벽히 보존 중입니다."

경찰들은 혹시나 직무유기로 징계를 받을까 봐 두려웠는지 미처 질문을 하기도 전에 말을 쏟아냈다.

폴리스 라인을 건너 들어간 현장은 가장 흔한 18평 구조였다. 들어서자마자 자그마한 거실 겸 부엌이 있고, 안쪽으로 방 두 개가 나란히 위치해 있었다. 사건이 벌어진 안방이 조금 더 컸는데, 흉악한 사건이 벌어진 현장으로는 보이지 않을 만큼 깔끔했다.

경찰 진술대로 부엌 싱크대 설거지통 위쪽에 세 뼘 정도 높이의 창문이 있었다. 빌라 옆으로 난 창문이니 이리로 들어왔다면 경찰의 눈을 피할 수 있었을 것이다. 아주 마른 사람이 겨우 통과할 정도였지만 사각지대는 그곳밖에 없었다. 설거지통과 그 아래 수납장에는 신발 자국이 선명히 남아 있었다. 수납장을 타고 내려온 발자국은 일직선으로 안방을 향했다.

희성이 줄자를 꺼내 신발 자국의 크기를 측정하고 발자국마다 사진을 찍었다.

"안방 쪽 발자국은 대부분 구급대원 때문에 지워진 것 같아요. 싱크대에 있는 건 선명하네요. 정확히 260mm. 신발 홈이 뚜렷한 걸로 봐서는 새 운동화예요. 바닥 문양이 특이하긴 한데 신발 메이커를 찾을 수 있으려나?"

"과학수사대가 분석하겠지."

안방 바닥은 깨끗했다. 핏자국 하나 없는 요와 이불이 바닥에 널브러져 있었다. 창문 아래 놓인 앉은뱅이책상 위에는 황산이 든 1000ml 갈색 유리병 2개, 외과용 메스와 가위, 주사기, 수술용 거즈, 수건 등이 놓여 있었다. 마치 현장검증이 끝나고 정리까지 마치고 난 뒤의 모습을 보는 것 같았다.

"우와, 범인이 결벽증인가? 깨끗하게도 치워놓고 가셨네."

희성이 라텍스 장갑을 낀 손으로 앉은뱅이책상 위의 물건을 하나씩 확인했다. 젖은 수건을 들어 올리자 본드 냄새가 확 났다. 아마도 클로로포름 냄새일 것이다. 희성은 고개를 갸웃했다.

"이상하네요. 클로로포름은 마취 시간이 오래 걸리는 데다 마취 효과도 약한 편이죠. 황산으로 고환을 녹여낼 정도면 고통이 엄청 났을 테니 클로로포름 말고도 다른 마취제를 썼을 거예요. 분정구 사건에서도 헤로인을 추가로 사용했다고 들었어요. 분정구 사건에서 이중으로 마취했다는 사실을 들었을 때부터 이상했어요. 더 강력한 마취제를 쓸 거였다면 굳이 클로로포름을 쓸 이유가 없죠. 클로로포름은 마취에 실패할 위험도 높으니까요. 클로로포름을 사용했다가 마취 시간이 오래 걸리는 바람에 김대중 납치가 실패로 끝났잖아요. 그 이후로는 클로로포름을 사용하는 경우가 거의 없는데, 이상하네요. 목격될 위험을 감수하면서까지 이중 마취를 한 이유가 뭘까요?"

"어쩌면 목격되고 싶었는지도 모르지. 복수를 하는 사람들은 상대방에게 자신이 누구인지 알리고 싶어 하는 경우가 많으니까. 클로로포름이 천천히 마취된다고 해도 일단 피해자가 저항하는 것은 무리였을 테고. 피해자에게 자신의 모습을 드러내는 데는 효과적이지."

민수는 앉은뱅이책상 모서리 틈에서 푸른빛이 날 정도로 검은 머리카락을 핀셋으로 집어냈다. 가늘고 곱슬거리는 머리카락은 일부러 눈에 띄길 바랐다는 듯 반짝거렸다. 순간, 희성이 놀라서 굳었다.

"머, 머리카락이에요? 한인걸의 머리카락은 희끗희끗한 데다 뻣뻣하고 길어요. 출소 후 방문한 사람도 없었고요. 그러니 범인의 것일 가능성이 높아요."

희성의 목소리가 높아졌다. 하지만 민수는 고개를 저었다.

"범행 현장을 청소하면서 머리카락을 못 봤을 리 없어. 수사에 혼란을 주기 위해 일부러 다른 사람의 머리카락을 두고 갔을 가능성이 높아. 정말 이해할 수 없네. 왜 범행 현장을 정리하고 갔을까? 우리야 범행도구를 찾는 시간이 절약되니 좋지만, 범인한테는 불리한 증거가 남을 가능성이 높은 위험한 행동이야. 그런데 굳이 증거물을 닦는 수고까지 하고 현장에 모두 남기고 갔어. 유리병이나 주사기는 깨부수면 훨씬 처리가 간단하잖아. 그런데도 깨끗이 씻어서 기어이 정돈해두었어. 도대체 왜?"

"범인이 원하는 건 단 한 가지니까요."

희성이 기다렸다는 듯 말했다.

"성폭행범의 단죄, 그게 범행을 한 이유예요. 분정구 사건 발생 당시에도 피해자의 드레스룸 금고에는 현금 5억여 원과 10억여 원의 귀금속이 보관돼 있었대요. 지문인식으로 여는 금고라고 해도 훔치려들면 얼마든지 훔칠 수 있었죠. 침대 옆 탁자 위에 놓여 있던 시계도 2억 원이 넘는데 범인은 그걸 그냥 두고 갔죠. 그렇다면 범인의 목적은 단 하나예요. 성범죄자들을 처벌하는 것! 그 과정에서 과거 성폭행 피해자가 용의자가 되거나 형사들이 수사하느라 시간을 낭비하는 건 싫었겠죠. 범인은 정의실현에 대한 강박관념이 있는 데다 잡히지 않을 거라 확신하고 있어요. 그러니까 아마 머리카락도 자신의 것을 두고 갔을 거예요."

그럴듯한 추론이었다. 그 짧은 시간에 어떻게 그런 생각까지 떠올렸는지 신기할 뿐이다. 희성은 가끔 범인이라고 생각될 만큼 범인의 심리분석에 탁월했다.

민수는 다시 한번 현장을 샅샅이 훑어보았다. 아무리 찾아도 범인이 일부러 놔두고 간 증거물 외에는 아무것도 눈에 띄지 않았다.

기다려. 꼭 다시 돌아올게.

벽에 걸린 갈색 테두리의 반신 거울에는 범인이 쓰고 간 글자가 말라붙어 갈라지고 있었다. 진득한 글자 아래로 흘러내린 자국과 색깔을 보아하니 혈액이었다. 어쩌면 고환을 잘라낸 것보다 범인이 남긴 메시지가 더 지독한 복수일 수도 있었다.

과학수사대가 도착했는지 현관 쪽이 소란스러웠다.

"증거물이나 현장 분석은 과학수사대에게 맡기고 우리는……."

희성에게 말하며 돌아서는데, 양말 위에 덧신은 일회용 라텍스 양말이 어딘가에 걸려 찢어졌다. 바닥에 얼굴을 바짝 갖다 대고 훑어보았지만 특이한 것은 눈에 띄지 않았다. 오래되어 누렇게 바랜 장판에는 흠집이 많았다. 손으로 바닥을 천천히 쓰는데 손바닥에 뭔가가 느껴졌다. 장판이 겹쳐진 부위에 뾰족한 것이 보였다. 이게 뭐지? 민수는 아무 생각 없이 삼각형 끝을 잡아당겼다.

"뭐예요, 선배?"

어깨너머로 본 희성이 씨발, 욕을 내뱉으며 장판을 황급히 젖힌다. 잡지와 신문에서 오려낸 여자아이 사진들이 펄럭이며 날린다. 갓난쟁이부터 다섯 살 무렵까지의 아이들. 사방으로 흩어진 사진은 정액이 희끄무레하게 말라붙어 쭈글쭈글했다.

2-5

사건의 진행은 내가 추측하고 예상했던 대로 흘러갔다. 나의 완벽한 계획이 현실로 펼쳐졌다. 수많은 사람이 범죄 행위에 엮이며 사건은 복잡하게 엉키고 피해는 커져만 갔다. 과거 범행의 피해자들이 용의자로 몰리고, 수많은 형사와 경찰이 범인을 잡기 위해 강제로 동원되어야만 했다.

상관없었다. 죄책감 따위는 느끼지 않았다. 성폭행을 당하고 비참한 삶을 살던 피해자가 용의자가 되어 심문을 당하는 것도, 권선징악을 실현한다는 자부심으로 똘똘 뭉쳤던 형사들이 수사하느라 밤을 지새우는 것도 안타깝지 않았다.

그들은 더 저항했어야 한다. 법이나 윤리는 핑계일 뿐이다. 그들은 끝까지 악과 투쟁했어야 한다. 선한 자아가 소멸되고 순수한 악으로 변질되는 한이 있더라도 싸웠어야 한다. 악과 마주하고도 살아남았다는 것이 그들의 죄였다. 선은 악을 모르지만 악은 선을 안다.[5] 그래서 악은 언제나 선보다 강하다. 악과 마주한 선은 파괴의 운명을 따를 뿐이다. 악과 마주해 살아남은 것은 또 다른 악일 뿐이다.

누구의 희생에도 흔들리지 않고 합리적이며 이성적으로 계획을 밀고 나가려 했다. 하지만 내 잠재의식은 다른 판단을 한 모양이다. 사건에 휘말리는 사람을 최소화하는 방법은 간단했다. 나를 선명하게 드러내는 것!

이성을 억누르고 솟아오른 감정은 현장에 일부러 머리카락을 남겨두게 했다. 그 사실을 알게 되었을 때는 화가 머리끝까지 치솟았다. 정체가 발각될지 모른다는 걱정 때문이 아니었다. 잠재의식이 나를 지배하는 그 순간을 내가 기억하지 못한다는 사실 때문에 분노했다. 의사의 경고대로 전두엽* 손상이 점점 빨리 진행

---

* 전두엽(frontal lobe)은 대뇌의 전방에 위치한 부분으로 추리, 계획, 운동, 감정, 문제해결에 관여한다.

되어 나 자신을 내 마음대로 할 수 없게 만들었다.

국립과학수사원 연구원은 다른 일은 제쳐두고 내 유전자를 분석하는 일에 매달릴 것이고, 아마 긴급으로 처리할 테니 2주일이면 결과가 나올 것이다. 괜찮다. 유전자 감식 따위로는 절대 나를 붙잡을 수 없을 테니까.

비록 계획과는 달리 내 일부분을 노출했지만 그 정도 돌발 상황쯤은 충분히 통제할 수 있었다. 계획대로만 흘러가는 것도 심심하고 지루한 일이다. 조금 귀찮은 돌발 상황은 오히려 활력소가 될 수도 있었다.

지금 그만둔다면 잡힐 가능성이 적다. 범행 횟수가 증가할수록 내가 예상치 못한 계획의 허점이나 변수가 드러나거나 나도 모르게 중요한 증거를 흘릴 가능성이 높아진다. 하지만 나는 멈출 수 없다. 멈추지 않을 것이다.

나는 언제나 어둠 속 그림자처럼 존재하되 존재하지 않아야만 했다. 타인의 시선이나 주의를 끌지 않으려고, 타인에게 미움을 받지 않으려고 언제나 참고 먼저 나서서 양보하고 배려하며 살아왔다. 내 선택과 감정을 가장 먼저 무시한 사람이 나였다. 아무도 신경 쓰지 않는 보잘것없는 역할에도 불구하고 최선을 다했다. 그 어느 누구도 내 인생을 나보다 더 잘 살아낼 수는 없을 것이다. 그러니 이제라도 내 의지와 선택을 존중할 것이다.

기어이 선을 지키려 애썼다. 선에 대한 무조건적 집착이 생활을 복잡하고 어지럽게 해도 상관없었다. 하지만 더 이상 참고 견딜 힘이 남아 있지 않았다. 천국의 노예가 되느니 차라리 지옥에서 군림하는 악마가 되는 게 나았다.[6] 순수한 악이 되어도 상관없었다. 나의 존재가 무의미하게 소멸되는 것을 막을 수만 있다면…….

제3장

네메시스*

Νέμεσις

"내 사랑하는 자들아, 너희가 친히 복수를 하지 말고 진노하심에 맡기라." 기록
되었으되 "복수는 나의 것이니, 내가 갚으리라"고 주께서 말씀하시니라.
- 〈로마서〉 12장 19절

"복수는 나의 것이니, 내가 갚으리라" 하시고, 또다시 "여호와께서 자신의 백성
을 심판하리라" 말씀하신 것을 우리가 아노니.
- 〈히브리서〉 10장 30절

---

* 그리스 신화에 등장하는 복수의 여신이자 정의의 여신이다. 또 다른 정의의 여신인 테
미스가 법과 질서를 만든다면 네메시스는 법과 질서를 집행한다. 전 세계 법원마다 세워
져 있는 정의의 여신상 유스티티아는 테미스와 제우스 사이에서 태어난 디케를 로마 신화
에서 변형한 것이다.

3-1

안곡산 중턱에 자리한 안곡 S대병원은 전면 유리로 된 저층 검진센터를 3동의 고층 병동 건물이 둘러싸고 있는 구조였다. 아래로는 탄천이 흐르고 뒤로는 안곡산이 있는 최고의 입지였지만, 그 거대함과 어울리지 않게 병원으로 들어가는 도로는 2차선이었다. 수사 때문에 질리도록 찾아왔던 병원이지만 올 때마다 교통체증 때문에 짜증이 났다. 어젯밤 엠바고가 풀리면서 모든 뉴스에서 한인걸 사건을 보도한 덕분에 오늘은 더 난리 법석이었다. 병원 주차장은 물론이고 탄천 옆 도로도 텔레비전과 신문 등 각종 언론사의 로고가 찍힌 자동차들로 가득했다.

병원의 모든 출입구는 청원경찰이 통제했다. 하지만 갖가지 이유를 대며 잠입하려는 사람들을 모두 막을 수는 없었다. 유튜버나 기자들이 카메라를 들고 환자로 가장해 응급실에 들어오는 일이 밤새 계속되는 바람에 하루 동안 응급실 폐쇄 조치가 내려졌다.

한인걸을 처음으로 치료한 응급의학과 레지던트 4년차 전공의는 울상이었다. 담당 형사라고 소개하자마자 미친 듯이 말을 쏟아냈다.

"아, 진짜, 얼굴 보자마자 한인걸이라는 걸 알았어요. 지난달에 워낙 뉴스에 많이 나왔으니까요. 응급처치고 뭐고 정말 하기 싫었어요. 일단 어떻게든 미루고 싶어 그 새벽에 과장님께 노티했어요. '죄인도 인간이다.' 딱 한마디 하시더라고요. 이제 곧 전문의 시험이라 진료도 하지 않고 시험공부 할 수 있게 배려해주는데, 딱 두 달만 견디면 된다고 버티고 있었는데 하필 한인걸이 걸려들다니, 재수도 없지. 나는 히포크라테스 선서를 한 의사다, 다짐하면서 치료했어요. 사실 치료 거부하고 싶었어요. 젠장, 그래 봤자 벌금일 텐데. 하지만 재수 없게 병원에서 징계 받으면 올해 1년이 날아가서 4년 차를 다시 해야 할 수도 있고, 내년에 펠로우 하는 데 문제 만들고 싶지 않아 어쩔 수 없이 이 악물고 처치했어요. 레지던트와 간호사들을 달래고 야단치면서 기어이 할 수 있는 처치는 모두 했어요. 하필이면 내가 당직일 때 일이 벌어질 게 뭐람! 의사를 그만두는 한이 있어도 치료하지 말걸, 계속 후회 중이에요.

병원 홈페이지는 한인걸을 치료했다는 이유로 비난하는 사람들 때문에 마비됐고요. 저도 신상이 털려서 SNS 계정에 악성 댓글이 얼마나 많이 달리는 줄 아세요? 제 세 살배기 딸 얼굴에서 눈을 도려낸 사진을 DM으로 보내는 인간도 있고, 제 가족을 전부 죽이겠다는 악성 댓글까지 있다고요. 오늘 새벽에는 응급실 환자로 가장한 유튜버가 칼 들고 침입해서 한인걸 치료한 의사 나오라고 고래고래 고함을 지르고 난리였어요. 그런 협박범들 먼저 잡아야 하는 거 아니에요? 지난달에 친딸 성폭행범 응급 수술한 펠로우 선생님도 결국 기자들하고 유튜버들한테 시달리다 지쳐서 병원 그만뒀잖아요. 그 바람에 한 달 내내 집에도 못 가고 당직이었는데, 이젠 저도 그만둘 판국이에요. 아니, 그만두고 싶어요. 진짜 의사라는 사명감 하나만으로 버티고 있었는데 이렇게 자괴감이 드니 견딜 수가 없어요. 그리고 신변 보호를 요청했는데 왜 아무도 안 옵니까?"

"아마 오늘 중으로 신변 보호를 위한 경찰이 나올 겁니다. 워낙 큰 사건이다 보니 저희 서에서도 업무분장 때문에 과부하가 걸려 늦어지는 것 같으니 조금만 더 기다려주십시오. 물론 선생님뿐만 아니라 가족분들까지 다 보호하도록 충분한 인력이 나올 겁니다. 그리고 선생님 SNS 계정에 댓글을 다는 사람들이나 병원을 무단 촬영해 인터넷에 퍼뜨린 유튜버들은 사이버범죄수사대에서 이미 수사에 들어갔습니다. 응급실뿐만 아니라 병원도 폐쇄 요청을 했으니 곧 행정명령이 떨어질 겁니다. 걱정하지 마십시오. 이번 사건과 관련해 선생님께 피해가 가지 않도록 최선을 다할 겁니다. 혹시라도 무슨 문제가 있으면 언제 어디서라도 제게 연락을 주십시오. 당장 달려가겠습니다. 딸아이까지 들먹였으니 얼마나 화가 나고 걱정되셨을지 충분히 짐작되네요."

희성은 차분한 목소리로 얼굴까지 벌게진 의사를 달랬다. 의사는 희성이 시키는 대로 심호흡을 하며 흥분을 가라앉히려 노력했다. 희성의 특기였다. 희성은 빼어난 외모 덕분에 사람들의 호감과 신뢰를 쉽게 얻어낸다. 게다가 공손하고 단정한 태도며 몸짓이 흠 잡을 데가 없어 묘한 위압감을 주는 동시에 신뢰감이 들게 한다. 용의자든 진술인이든 형사든 누구에게나 믿고 의지할 수 있는 인 물이라는 확신을 준다.

"제가 처음 테이블 데스* 겪었을 때도 눈 하나 깜짝 안 했는데, 딸내미 눈 도려낸 사진을 보니 정신이 확 나가더라고요. 정말 머리끝까지 화가 치솟았어요. 그래도 형사님 말씀을 들으니 조금 안심이 되네요."

"다행입니다. 한인걸의 상태는 어떻습니까?"

"사실 아무 처치를 하지 않았어도 생명에는 지장이 없었을 거예요. 황산으로 화상을 입힌 뒤 칼을 댄 거라 출혈도 거의 없었죠. 항문 괄약근을 녹이면서 대장 끝부분에 구멍이 났는데, 얼마나 꼼꼼하게 봉합했는지 우리 레지던트 2년 차보다 솜씨가 좋더라고요. 범인이 간호사나 의사일 가능성도 있어요. 외과에서 쓰는 봉합술이었으니까. 한인걸은 응급수술 후 만약의 경우에 대비해 어제 하루 중환자실에서 관찰했고, 아무 이상이 없어서 오늘 일반병실에 배정했어요. 병실 배정하는 데 행정팀이 고생 많았죠. 아동성폭행범을 1인실에 입원시키는 특혜를 줄 수는 없잖아요? 결국 6인실로 보냈는데, 그 병실에 있던 환자들이 곧장 병원장실로 달려가 항의하는 바람에 결국 그 환자들을 모두 2인실로 옮

---

* 테이블 데스(table death)는 수술대 위에서 환자가 사망하는 일을 말한다.

겼어요. 그래서 한인걸 혼자 6인실을 차지하고 있죠. 소문이 어찌나 빠른지 한인걸이랑 같은 병원에서 치료받는 것도 싫다며 퇴원을 서두르는 환자들이 속출해서 병원 행정팀도 비상이에요. 하여간 한인걸 한 명 때문에 다들 무슨 고생인지 모르겠습니다. 솔직히 이 모든 일은 물러 터진 법 때문 아니겠어요? 그러니까 우리나라도 사형을 해야……."

마침 그때 신변 보호를 담당할 경찰이 도착해 의사의 넋두리를 더 들어줄 필요는 없었다.

침대에 모로 누운 한인걸은 출소할 때 모습 그대로였다. 희끗희끗한 머리카락이 목덜미를 덮을 만큼 자란 것이 변화라면 변화였다. 며칠 동안 씻지 않았는지 머리카락은 기름져 엉켜 있었고 얼굴도 번들거렸다. 안곡 S대병원이라 새겨진 환자복을 입고 모로 누워 끙끙 신음하던 한인걸이 자동문 소리에 고개를 돌렸다.

"이제야 오셨수, 형사 양반?"

범죄자의 본능이었다. 형사를 알아보는 것은.

기선을 제압하기 위해 눈을 부릅뜨던 민수는 허, 하고 작은 비명을 질렀다. 무의식적으로 한인걸을 피해자가 아닌 가해자로 여기고 있었다.

"사건을 맡은 강민수 형사입니다. 저쪽은 파트너 이희성 형사. 기억나는 건 전부 다 말해보세요. 진술 많이 해봐서 알겠지만 육하원칙에 따라, 아시죠?"

자신도 모르게 비꼬는 말투가 나왔다. 한인걸이 눈을 가늘게 떴다.

"사건이 난 지 하루가 지나도록 코빼기도 안 보이다가 이제야 나타나서는 뭐가 어쩌고저째? 뭐가 그렇게 못마땅한데? 분명히 말해두지만 난 분명히 죗값을 치렀어. 옛날에 내가 나쁜 짓을 저질렀다고 해서 이런 억울한 범죄에 희생당해도 참고 살아야 해? 말썽 한 번 안 일으킨 모범수인데 만기출소까지 기다리게 만들고, 이제는 일반시민인데도 24시간 감시까지 하는 걸로도 모자라서?"

한인걸은 다짜고짜 반말을 했지만 민수는 모르는 체했다.

"방범 초소는 한인걸 씨가 신변 보호를 위해 더 원했다고 들었는데요."

"쳇, 그러면 뭐 해? 결국 이 모양 이 꼴이 된 걸."

"일단 진술부터 하시죠."

"씨발, 범인을 잡을 마음은 있어?"

"한인걸 씨!"

"알았어, 알았다고!"

민수는 재촉하지 않고 기다렸다. 한인걸은 심호흡을 한 번 하더니 입을 열었다.

"밤새 몇 번이나 자다 깨다를 반복한 것 같아. 내 평생 그렇게 짜릿한 느낌은 처음이었지. 말로는 표현이 안 돼. 너무 좋았어. 몽롱하기도 하고 아늑하기도 하고, 온갖 좋은 감정은 다 느껴지더군. 싸구려 뽕은 하고 나면 머리가 쪼개질 듯 아픈데, 푹 자고 난 것처럼 몸이 가뿐하고 개운하더라고. 정신도 말짱하고. 어쨌든 그 느낌을 조금 더 즐기고 싶어서 다시 자려고 눈을 감는데 뭔가 느낌이 이상한 거야. 원래 빤스만 입고 자는데, 꿈에서 여자랑 질펀하게 놀 때는 불편해서 잠결에 빤스를 벗기도 하거든. 형사 양반도 남자니까, 알지? 어제도 그런 줄 알았어. 한참을 멍하니 아랫도리를 쳐다보다가 그게 잘린 걸 깨닫고 신고했지."

한인걸의 눈빛은 흐리고도 선명했다. 그 눈을 마주하고 싶지 않아 자꾸 시선을 돌렸다. 불퉁거리던 희성은 언제 그랬냐는 듯 벽에 기대어 필기에 한창이다.

'어릴 때부터 일기를 쓰던 버릇이 있어서인지 전 이상하게 손으로 진술을 받아 적는 게 편해요. 한눈에 수사 상황이 쏙 들어와서 애매모호한 상황은 수월하게 정리되고 문제해결 실마리도 잘 떠올라요.'

희성은 유행에 뒤처지지 않는 얼리어답터라고 자부하면서도 종이 다이어리를 사용했다. 물론 녹음도 하니 오히려 수사에 도움되는 버릇이기는 했다. 하지만 희성이 필기를 해야 해서 질문은 주로 민수 차지였다. 가끔 무뚝뚝하고 고지식한 민수가 곤란한 상황이 생길 때만 희성이 나섰다.

"중간에 눈을 떴을 때 파란 눈이 반짝이는 여자애를 본 기억이 나. 분명해. 자세히 보려고 눈을 가늘게 뜨면서 집중하는데 다시 잠이 들었어."

"환각일 가능성이 높아요."

희성이 끼어들었다. 민수도 같은 생각이었다. 화상 환자들의 마취에는 바르비탈계 전신마취제인 케타민을 사용한다. 케타민은 코끼리처럼 몸집이 큰 동물을 마취할 때 쓰는 강력한 수면제로 환각을 일으키기도 한다. 범인이 앞서 사용한 마취제가 해독되지 않은 상태에서 또 마취제를 투여했으니 한인걸의 기억을 완전히 신뢰할 수는 없었다.

"환각이 아니었다니까. 분명히 중간에 여러 번 눈을 떴고, 새파란 눈을 봤다니까."

"알았어요. 일단 그렇다고 치죠. 또 기억나는 건요?"

한인걸이 불편한 듯 몸을 뒤척였다. 병원복 아래로 대변주머니가 보였다.

"간호사를 부른 지가 언젠데 아직도 감감 무소식이야."

한인걸이 침대 옆에 있는 버튼을 신경질적으로 눌렀다.

"내가 더러워서라도 돈 주고 간병인을 써야지. 참, 잊어버릴 뻔했네. 형사 양반, 거 뭐라더라? 범죄피해자 지원 시스템인가 뭔가, 그런 단체가 있어서 범죄피해자에게는 돈이 나온다던데, 그건 어디다 신청하는 거야? 범죄피해자라면 누구나 나라에서 돈을 주는 거라면서?"

"글쎄, 그건 직접 알아보시죠. 저희는 수사하느라 바빠서요."

"내가 지금 이 꼴인데 어떻게 알아봐? 선량한 시민이 피해를 입었는데 형사 양반이 발품 팔아가며 대신 알아봐줘도 모자랄 판에 이런 식으로 무시해? 국민의 세금으로 월급을 받으면 일을 제대로 해야지. 내가 바보인 줄 아나? 피해자 지원 시스템인가 뭔가에서 지원해줘서 혜미네도 안곡에서 강남으로 이사 간 거잖아."

민수는 이를 질끈 물었다. 한인걸의 꼴을 보기도 싫다는 듯 다이어리에 고개를 처박고 있던 희성이 놀라서 민수를 바라보았다.

"혜미가 강남으로 갔다고 누가 그래요?"

생각보다 말이 날카롭게 나왔다. 혜미가 어디로 이사했는지는 기밀이었다. 한인걸은 누런 이를 드러내며 웃었다.

"뻔하지, 뭐. 걔네 아버지 직장이 용인인데 서울에서 출퇴근하려면 강남으로 이사 가지 않았겠어? 참, 시절 좋아. 세금 들여서 비싼 집으로 이사도 시켜주고. 아! 사람들이 성금도 모아줬다고 했나? 솔직히 그게 다 내 덕분이지."

저절로 주먹이 쥐어졌다. 씨발, 속으로 욕을 삼키며 이를 악물었다. 분노의 감정조차 아까웠다. 그저 빨리 끝내는 게 나았다.

"그런데도 은혜를 모르고 나한테 이런 짓을 저질러?"

"은혜, 은혜라고 했어요?"

희성이 당장이라도 주먹질을 할 듯 다가서며 소리쳤다. 맑고 고운 목소리가 듣기 싫을 정도로 떨리고 갈라졌다. 민수가 희성을 막아서며 물었다.

"왜 혜미라고 생각해요? 증거 있어요?"

"나이 어린 여자애였어. 그건 분명해. 비몽사몽이었지만 푸른 핏줄이 드러날 정도로 새하얀 피부가 어찌나 부드러운지 꼭 아기 피부 같아서 저절로 꼴리더라니까. 손목도 어린아이처럼 가늘었어. 본능적으로 서더라고. 몇 번이나 싸재꼈는지 몰라. 아직도 그 뻑

가는 느낌이 생생해. 마치 그때 같았어. 단 한 번도 그날, 그 황홀한 기분을 잊어본 적이 없거든."

한인걸의 눈에 아련한 그리움이 떠올랐다. 구역질이 치밀었다.

"그때?"

희성이 앞을 막고 있던 민수를 밀치며 침대로 다가섰다. 이를 악물었는지 뭉개지는 목소리가 심상치 않았다.

"혹시 혜미 성폭행했을 때를 말하는 건가요? 당시에는 술이 취해 아무 기억이 없었다면서요. 분명 심신상실로 감형을 받았던 걸로 기억하는데요."

민수는 희성의 팔을 붙들었다. 이제 와서 소용없는 일이었다.

"아, 아니, 그때가 그때가 아니라……. 혜미 일은 정말 기억이 나지 않아."

한인걸이 말을 더듬으며 변명했다.

"거짓말을 했군요."

"아 참, 기억 안 난다니까 그러네. 왜 이렇게 말꼬투리를 잡고 늘어져? 그리고 지금 옛날 사건이 뭐가 중요해? 막말로 내가 기억 난다고 해도 어쩔 거야? 다시 잡아넣을 수도 없을 텐데."

일사부재리의 원칙과 불이익변경금지의 원칙.* 범죄자들은 자신에게 유리한 법률은 판례까지 외우고 다녔다.

---

* 일사부재리의 원칙이란 판결이 내려진 사건에 대해 다시 재판하지 않는다는 형사 사건상의 원칙이다. 또한 재심에는 원판결의 형보다 중한 형을 선고하지 못한다는 것이 불이익변경금지의 원칙이다.

"그러니까 엉뚱한 데 힘 쏟지 말고 당장 혜미 년부터 잡아. 분명히 혜미야. 혜미 말고 그런 짓을 할 년이 또 있겠어? 그리고 내가 성폭행한 기억은 안 나지만 어렴풋이 얼굴은 기억나거든. 그때 얼굴이랑 똑같더라니까. 분명 혜미야. 틀림없어. 고 도톰하고 새빨간 입술에 앙증맞은 코까지, 내가 상상한 그대로 컸더군."

순간, 말릴 틈도 없이 희성이 주먹을 날렸다. 다행인지 불행인지 희성은 마지막 순간에 몸을 돌려 침대 위 벽을 쾅 쳤다. 팔목의 나자르 본주가 떨어질 듯 위태롭게 흔들렸다. 한인걸이 놀라서 잔뜩 움츠러들었다.

"뭐야? 너, 지금 나한테 주먹질한 거야? 형사라는 놈이 피해자한테 이래도 돼? 내가 당장 고소할 거야."

허, 희성이 코웃음을 치며 한인걸을 노려보았다.

"해라, 새끼야! 내가 형사를 때려치우는 한이 있어도 너를 한 대 치고 만다."

민수는 재빨리 희성의 팔을 잡았다.

"놔요, 선배. 딱 한 대 치고 시말서 쓰죠, 뭐."

희성이 민수의 팔을 뿌리쳤다. 민수가 팔로 감싸 안아 붙들었지만 희성은 미친 듯이 발버둥 쳤다. 사람이 이성을 잃을 만큼 흥분하면 괴력을 발휘한다. 시끄러운 소리에 뛰어 들어온 청원경찰까지 합세했지만 날뛰는 희성을 말리기가 힘들 정도였다.

"이거 놔요, 선배. 저 따위 인간도 아닌 놈!"

"네 손만 더러워지는 거야."

민수와 경찰 셋이 팔다리를 하나씩 붙잡고 간신히 희성을 병실 밖으로 끌어냈다. 병실문이 닫히는 순간까지도 한인걸은 소리를 질렀다.

"그 미친년 못 잡으면 너희들 전부 다 가만 안 둘 줄 알아!"

경찰들은 희성이 다시 병실로 들어가지 못하게 문을 막아섰다. 소란에 놀라 병원 경호원과 간호사, 의사, 환자들이 잔뜩 몰려들었다.

쾅! 희성이 병실문 옆의 벽을 발로 찼다. 어찌나 힘이 좋은지 병실문이 위태롭게 흔들렸다. 희성은 벽을 차면서도 분이 안 풀리는지 씨발, 씨발, 개새끼, 욕을 했다. 불끈 쥔 주먹이 부들부들 떨렸다. 그런 희성을 아무도 말리지 못했다. 아니, 어쩌면 말리지 않은 것일지도 모른다. 민수처럼.

3-2

나는 하루가 다르게 쑥쑥 자랐다. 초등학교를 졸업할 무렵에는 2차 성징이 더딘 또래 남자아이들보다도 두 뼘은 더 클 정도였다. 내가 자라날수록 아버지가 나를 때리는 횟수는 줄어들었다. 아버지는 신장이 170cm에 어깨도 좁고 왜소한 편이었다. 어쩌면 언젠가는 아버지보다 커서 더 이상 맞지 않을 수도 있다는 희망에 부풀어 일상이 견딜 만했다. 겨울방학이 시작되면서 아버지는 창원 공사현장에 가서 집을 비웠다. 그해 겨울은 유난히 추웠는데도 견딜 만했다.

중학교 입학 전날이었다. 아버지는 한 달 만에 거나하게 취해 집에 돌아왔다. 나는 혹시 있을지 모르는 행운을 바라며 맨발로 도망쳤다. 오래되어 군데군데 파인 시멘트 바닥에 발이 긁혀 피가 나는데도 달렸다. 내 뒤로 시뻘건 발자국이 남았다. 자랄수록 달리는 속도도 빨라졌다. 술에 취한 아버지는 허우적거리느라 속도가 느렸다.

한 달 동안 달리기를 하지 않아서일까, 아니면 그날따라 재수가 없었던 것일까? 모르겠다. 동네 이장집 앞에서 넘어지고 말았다. 내 머리채를 잡고 질질 끌며 아버지는 나를 비웃었다.

"이제껏 내가 귀찮아서 안 잡았더니 네가 진짜 도망칠 능력이 있는 줄 알았어? 도망칠 데는 있고?"

나는 반항하지 않고 아버지가 이끄는 대로 집으로 향했다. 저항은 아버지의 발길질을 부추길 뿐이었다.

"내가 말했지? 쓸데없는 생각 하지 말라고. 넌 절대로 나한테서 도망칠 수 없다고."

안방으로 들어서자마자 아버지는 머리채를 휘어잡은 손을 힘껏 휘둘렀다. 나는 벽에 머리를 찧고 널브러졌다. 재빨리 온몸을 웅크렸다. 그래야 맞아서 멍들거나 상처 나는 부위를 줄일 수 있었다. 다시 아버지의 욕설과 함께 주먹이 날아오기를 기다리는데 한참 동안 침묵이 흘렀다.

하아, 하아, 아버지의 길고 거친 숨소리만 들렸다. 나는 살며시 고개를 들었다. 어둠 속에서 나를 바라보는 아버지의 눈빛이 묘하게 변했다. 번들거리는 연갈색 눈동자 속에서 내 모습이 흔들렸다.

"내가 말했지? 너처럼 예쁘장하게 생긴 애들이 어떤 일을 당하는지? 그나마 이 애비니까 널 먹여주고 재워주고 이렇게 예뻐해주는 거라고! 그런데 감히 도망을 치려고 해?"

아버지는 싸구려 합성가죽 벨트를 풀며 크억, 하고 방구석에 가래를 뱉었다. 나를 향해 날아올 벨트를 기다리며 본능적으로 눈을 질끈 감았다. 한참을 웅크리고 기다렸지만 벨트가 공기를 가르는 소리는 들리지 않았다. 그러자 어둠 속에서 신경이 날카롭게 곤두섰다. 모든 감각이 예민해졌다.

사그락, 신경을 곤두세우고 듣지 않았다면 들리지 않았을 작은 소리였다. 부스럭, 도대체 무슨 소리인지 알 수 없어 의구심은 커져만 갔다. 살며시 눈을 떴다. 낡아서 누렇게 변한 내복 차림의 아버지와 눈이 마주쳤다. 흐릿한 눈동자는 나를 향하는데 나를 담지 않았다. 이상하다는 생각보다 소름 끼치는 느낌이 앞섰다. 어흐흐, 숨소리 같기도 하고 웃음소리 같기도 한 애매한 소리가 아버지의 비틀린 입술에서 새어나왔다. 어리둥절해서 아버지를 바라보았다. 순간 아버지가 내 두 다리를 잡아당겼다. 나는 개구리처럼 양팔과 다리를 벌리고 엉거주춤 엎드린 채 죽은 듯이 있었다. 아버지는 거친 손길로 바지 밑단을 잡아당겼다. 아, 또 발가벗기고 때릴 작정이구나. 이를 악물고 기다렸다.

질끈 감은 눈꺼풀 안으로는 가느다란 빛줄기조차 들어오지 못했다. 오직 어둠만 가득한 세상에서 고통이 다가오기만을 기다렸다. 차라리 빨리 매질을 시작했으면 할 정도로 기다리는 시간이 길었다. 아버지는 일부러 시간을 끌어서 내 두려움이 커지기를 바랐다. 내가 반응하기를 바라는 게 분명했다. 이미 나는 모든 경우를 시험해보았다. 울면서 때리지 말아달라고 애원하기도, 두려움에 바들바들 떨면서 빌기도, 죽은 것처럼 신음조차 내지 않기도, 온힘을 다해 반항하기도 했다. 하지만 내가 어떤 반응을 보여도 결과는 달라지지 않았다. 그래서 아무런 반응도 보이지 않았다. 나의 무관심에 가까운 태도에 아버지는 더 분노했다. 그래도 뭐, 달라지는 것은 아무것도 없으니 굳이 아버지가 원하는 반응을 보여 만족감을 주고 싶지는 않았다.

그 무렵 나는 누구에게도, 아무것도 빌지 않았다. 반복적인 외상성 경험은 편도체와 전전두엽을 손상시켜 공포심이나 고통을 억누른다. 두려움 없이 맞이하는 고통은 견딜 만했다. 그저 반복되는 시간이 지치고 지겨울 뿐이었다.

나는 깊은 어둠 속에 숨어 기다렸다. 조용하고 평화로운 나의 은신처에 숨어 있는 것이 진짜 나 자신이었다. 아버지의 매질에 비명을 지르며 온몸을 뒤트는 짐승은 내가 아니었다. 가끔은 내 영혼이 허공에 떠서 잔뜩 웅크린 채 맞고 있는 내 신체를 바라보기도 했다. 눈을 감고 있는데도 내 모습은 선명하고 또렷하게 보였다. 그럴 때면 나는 나를 쓰다듬으며 위로했다. 쉬이, 괜찮아. 그렇게 달래며 눈물을 닦아주었다.*

그날따라 기다림이 길었다. 머리 위에서 공기가 진동했다. 나의 은신처가 울렁거렸다. 기어이 공기의 진동은 내가 숨어 있는 곳까지 파고들었다. 부스럭부스럭, 옷감이 쏠리는 소리. 하아악, 아버지의 거친 숨소리. 깊은 어둠 속에서는 모든 소리가 선명한 법이다.

아버지는 그날 나를 때리지 않았다.

하지만 또 다른 아픔이 시작되었다.

상처와 고통은 여전했다.

비릿한 정액으로 더럽혀진 채, 피를 흘리며, 난 꼼짝 못하고 사흘을 앓았다.

3-3

경찰서 구조는 어디를 가나 거의 비슷비슷했다. 아스팔트가 깔린 주차장 안쪽으로 멋없이 지어진 회색 건물. 분정경찰서도 이젯껏 민수가 보아온 수많은 경찰서 모습에서 벗어나지 않았다. 안곡경찰서가 빌딩숲에 둘러싸여 있다면 분정경찰서는 다세대 빌라촌에 둘러싸여 있다는 것이 유일한 차이점이었다.

＊ 이인증(depersonalization)은 자신의 몸과 마음에서 분리되어 자신의 삶을 외부에서 관찰하는 사람처럼 느끼는 정신과적 장애다. 아동기에 정서적 또는 육체적 학대를 경험하는 경우 많이 발생한다.

"안녕하세요? 오랜만이에요. 잘 지냈죠?"

희성은 분정경찰서 입구에 들어서자마자 이 사람 저 사람에게 인사를 하느라 분주했다. 희성이 안부를 묻느라 바쁜 사이 민수는 입구의 청원경찰에게 신분증을 보여주고 형사과 사무실 위치를 물었다. 사무실은 안곡경찰서와 판박이였다. 입구에서 마주친 형사가 검지로 가리킨 자리의 남자는 잔뜩 구겨진 옷차림에 수염이 덥수룩했다.

"남천식 형사님이시죠?"

고개를 드는 천식의 얼굴엔 짜증이 가득했다. 천식은 의자에서 일어서기는커녕 등받이에 기대어 민수를 아래위로 훑었다. 비뚜름한 입술이 건방졌다.

"댁이 그 유명한 강민수 형사요? 한인걸 사건 자진해서 맡았다는 안곡서 형사, 맞죠?"

질문이 아니라 확신이었다.

"생긴 건 멀쩡하게 생겼네."

혼잣말처럼 내뱉었지만 들으라는 듯 큰 목소리였다. 민수는 불끈해 자신도 모르게 한 발 앞으로 나섰다. 천식은 가소롭다는 눈빛으로 꿈쩍도 하지 않았다. 같은 범인을 쫓고 있다는 동질감이 아니라 적대감이 느껴졌다. 때마침 예전 파트너에게 인사를 하러 갔던 희성이 돌아와 끼어들었다.

"천식 선배, 오랜만이에요."

"뭐야? 이희성, 네가 혹시 이 사람 파트너야? 한인걸 사건을 맡았어? 네가? 정말?"

천식은 그제야 일어서며 믿기지 않는다는 듯 물었다.

"네, 어쩌다 보니 한인걸 사건 담당이 되어버렸습니다요. 그런데 두 분, 벌써 인사하셨어요? 저 안곡서로 옮기고 나니까 남천식 선배님이 제일 보고 싶었던 거 아세요? 정말 선배님처럼 능력 있는 형사 밑에서 더 많이 배웠어야 하는데……."

희성이 살갑게 얘기하며 어깨를 주무르자 천식의 입가가 실룩였다.

"계집애처럼 콧소리는……. 비켜, 인마. 하여간 넌 진짜 변한 게 없구나. 그놈의 반짝이들은 아직도 하고 있네. 안곡서 형사과장이 맘이 좋은가 봐."

"맘이 좋긴요? 얼마나 잔소리가 심한데요. 매일 투쟁하면서 제 패션을 지키고 있습니다. 그러는 천식 선배는 또 며칠 집에 못 들어갔나 봐요? 왜요? 친딸 성폭행범 사건 때문에요?"

천식은 민수를 흘낏 보고는 머리를 긁으며 고갯짓을 했다.

"밖에 나가서 얘기합시다. 사흘 잠복하느라 밤을 샜더니 머리가 멍하네. 담배라도 한 대 피워야겠수다."

기세가 다소 누그러지긴 했지만 말투는 여전히 건방졌다. 딱 봐도 서른 중반의 나이, 민수보다 열 살은 어린데도 말꼬리를 교묘하게 흐리는 게 맘에 안 들었다. 이맛살을 찌푸리며 걸어 나가는 천식을 노려보자 눈치 빠른 희성이 변명하고 나섰다.

"천식 선배가 존댓말을 좀 어려워해요. 은근슬쩍 말을 까는 버룻 때문에 선배 형사들한테도 건방지다고 많이 혼났어요. 그래도 안 고쳐지더라고요. 그러니까 선배가 참아요. 천식 선배는 범인 검거율이 200%가 넘어요. 신고되지 않은 사건의 범인까지 잡아서요. 전국에서도 손꼽힐 만큼 검거율이 높으니 조금 잘난 척할 만도 하죠. 성격이 약간 독선적이긴 해도 실력은 정말 최고라는 걸 제가 보장할 수 있어요. 저 성질머리 건드려 봤자 우리가 손해예요. 아무리 못마땅해도 선배가 참아요. 저쪽이 먼저 수사를 시작했으니 우리가 도움 받아야 하는 입장이에요. 그냥 골치 아픈 참고인이라고 생각하고 참으세요. 알겠죠?"

조곤조곤, 차분한 목소리는 남자치고는 가늘고 높았지만 맑았다. 게다가 억양이 특이해서 눈을 감고 있으면 카스트라토의 자장가를 듣는 기분이었다. 누구라도 설득할 수 있는 말투와 부드럽고 따뜻한 목소리 덕분에 흥분한 민원인이 들이닥치면 모두 희성에게 도움을 구할 정도였다.

"넌 형사가 아니라 다단계를 했으면 크게 성공했을 거야."

"그래서 철규가 지어준 제 별명이 텐 미닛(10minutes)이잖아요."

"이효리 노래 제목?"

"네, 맞아요. 제가 10분만 설득하면 누구라도 다단계 가입할 거라고, 자기가 판 설계할 테니 크게 한 판 당기고 동남아로 튀자고 하더라고요."

그러고 보니 철규가 희성 옆에서 텐 미닛을 흥얼거리는 것을 여러 번 본 듯했다. 민수도 일부러 콧노래를 불렀다. 선배님, 희성이 울상을 지으며 민수 뒤를 따라왔다. 스물아홉이면 적은 나이 도 아닌데 희성은 또래보다 순수해서인지 놀리는 재미가 있었다.

천식은 주차장 한구석에 있는 정자를 향해 가고 있었다. 안곡 경찰서 정자의 지붕은 나무인데 이곳 정자의 지붕은 기왓장이었 다. 지붕만 다를 뿐 정자 모양이나 위치는 똑같았다.

민수가 다가가자 천식이 담배 한 대를 내밀었다. 민수는 아무 말 없이 담배를 받아 불을 붙였다. 한숨과 함께 담배연기가 그들 주위를 맴돌았다. 천식은 담배를 빨리 태우는 편이었다. 숨도 안 쉬고 담배만 뻐끔거리는지 민수가 한 대를 피울 동안 천식은 두 번째 담배를 땅바닥에 비벼 끄고 세 번째 담배를 꺼내 물었다.

"내가 강민수 형사라는 건 어떻게 알았습니까?"

"형사 생활 십 년입니다. 친딸 성폭행범 안도현 치상 사건과 한 인걸 치상 사건 범인이 동일인이니 한인걸 사건 맡은 형사들이 찾아올 게 뻔하고, 덩치 좋은 남자가 찾아왔으니 형사라고 추측 할 수밖에요."

"내 이름은 어떻게 알았어요?"

"우리 강력팀장이 알려줍디다. 안곡서는 자진해서 한인걸 사건 을 맡겠다고 나선 형사도 있다면서 우리가 먼저 범인 잡아야 한 다고 어찌나 닦달을 하던지. 우리 강력팀장이 거기 강력팀장 직속 후배인데 좀 맺힌 게 많더라고요. 자기 자존심 상하게 만들면 가 만 안 두겠다고 매일 수사 진행 상황을 물어봐요. 안도현 사건에 대해 물어보러 오신 거 맞죠?"

안도현, 안도현……. 익숙한 이름이었다.

"안도현이 친딸 성폭행한 놈이에요? 혹시, 그 유명한 게임 개발자 맞아요?"

"정말이요? 정말 블러드 개발한 안도현이 성폭행범이에요?"

희성이 놀라서 끼어들었다. 천식이 고개를 끄덕였다.

"말도 안 돼."

희성이 못 믿겠다는 듯 고개를 절레절레 저었다.

'블러드'는 민수도 알고 있는 게임이었다. 아니, 형사라면 누구나 들어본 게임이었다. 워낙 중독성이 강한 데다 유료 아이템이 많아 관련 범죄도 많았으니까. 며칠 동안 잠도 안 자고 블러드를 하느라 젖먹이 아기를 굶기고, 더 높은 등급의 블러드 아이템을 사느라 보이스 피싱 범죄를 저지르고……. 게임 개발자는 재벌이 되었고, 게임 이용자는 범죄자가 되었다.

사행성 게임이라는 비난이 빗발쳤지만 안도현의 이미지는 좋은 편이었다. 몇 년 전 자선단체에 거액을 몰래 기부한 사실이 우연히 알려져 '대학생이 가장 존경하는 기업인'으로 뽑히기까지 했다. 하지만 유명세에 비해 안도현에 대해서는 알려진 게 거의 없었다. 어떤 검색 사이트에도 안도현의 얼굴은 없었다. 안도현은 나이, 결혼 유무, 가족관계 등 사생활을 철저히 숨기는 것으로도 유명했다.

"몇 년 전에 크게 기부한 것도 친딸 성폭행 재판 때문이었겠네요."

"맞아. 기부금도 감형에 도움이 됐지. 안도현이 범인이라는 사실, 대외비인 건 아시죠? 안도현 새끼를 위해서가 아니라 그 딸을 위해서. 안도현의 신상이 노출되면 그 딸도 노출될 위험이 있으니까."

"수사는 진척이 좀 있습니까?"

"증거도 증인도 없으니 묻지마 사건이나 다름없어요. 사건 당일 안도현 거주지에서 200m 반경 안에 있는 CCTV를 모두 분석했지만 수상한 인물은 발견하지 못했어요. 친딸, 유효리. 원래 이름은 안소영인데 성까지 개명했어요. 어쨌든 유효리는 먼저 나서서 거짓말탐지기 조사까지 요청했어요. 물론 범죄와 무관하다고 진술했고, 거짓 반응은 없었어요. 과거 안도현 구속 당시, 여죄에 대해 추궁을 많이 했어요. 유효리의 친구들까지 모두 조사했죠. 안도현이 성폭행을 저지른 사람은 친딸 유효리뿐이었어요. 당시 정신과 의사의 분석으로는 안도현은 폐쇄형 소아기호증과 함께 편집성 인격장애, 강박성 성격장애 등 다양한 정신질환을 앓고 있었어요.* 안도현이 유효리에게 심각할 정도로 집착하는 게 문제가 돼서 이혼했다고 유효리 친모도 진술했고요. 안도현이 성폭행을 저지른 사람은 친딸밖에 없어요. 혹시나 다른 원한 관계가 있을까 싶어서 동료나 사업 파트너, 이웃과 친구, 사돈의 팔촌까지 모조리 조사했지만 아무것도 안 나왔어요. 다들 안도현에 대해서는 칭찬만 하더군요. 돈을 물 쓰듯 하니 옆에 붙어 있는 사람도 많아요. 일

---

* 폐쇄형 소아기호증은 사춘기 이전의 아동에 대해 확실한 성적 선호도를 나타내는 소아기호증이다. 이와는 달리 비폐쇄형 소아기호증의 경우 성인과 아동에게 모두 성욕을 느낀다. 편집성 인격장애는 타인이 악의를 가지고 있다고 근거도 없이 오해하거나 의심하는 질환, 강박성 성격장애는 본인의 의지와 무관하게 주변 사람에게 과도하게 헌신하거나 집착하는 질환이다.

단 유효리는 형사 한 명이 붙어서 감시하고 있고, 저는 과거 안도현의 범죄 사실을 아는 주변인들을 조사 중이죠. 어찌나 철저하게 이중생활을 했는지 성폭행 사실을 아는 사람도 몇 명 안 돼요."

천식은 말을 하는 틈틈이 담배를 피워댔다. 그리고 어느새 비어버린 담뱃갑을 구겨서 쓰레기통에 던져 넣었다. 마지막 담배를 무는 입이 삐뚜름했다.

"지금 브리핑한 게 다라고요?"

"그렇습니다. 후우. 무슨 문제 있습니까?"

천식은 담배연기를 한숨처럼 뿜어내며 민수의 눈을 똑바로 바라보았다.

"범죄가 드러나지 않은 범인까지 검거해서 검거율이 200%가 넘는다는 형사가 이제껏 그것밖에 알아내지 못했다고요?"

천식은 대답하기도 귀찮다는 태도였다. 민수는 천식을 노려보며 닦달했다.

"안도현 주소를 아는 사람은 한정적이에요. 과거에 수사했던 형사, 보호관찰 경찰, 이삿짐 업체, 부동산, 동사무소 직원, 가사도우미까지 모두 알리바이가 있어요? 동네 주민은 몇 명이나 조사했어요? 안도현이 있었던 교도소 교도관들은 조사했어요? 같은 감방에 있었던 범죄자들은요? 유효리가 범인이 아니라면 분명 누군가가 말도 안 되는 사명감에 안도현을 그렇게 했을 텐데, 유효리 주위 사람들 탐문수사 안 했어요? 황산 판매처는요? 주사기 판매처는? 외과용 메스와 가위는 어디 제품이죠? 묻지마 범죄나 다름

없다고 그냥 손 놓고 있었던 건 아니에요?"

천식은 물끄러미 민수를 바라보았다. 살짝 짜증 섞인 눈빛이었다.

"왜 대답이 없어요? 벌써 사건이 벌어진 지 한 달이 다 되어가요. 그런데도 수사에 그렇게 진척이 없다는 건 수사를 할 마음이 없었던 거라고밖에 볼 수 없어요. 고의적으로 수사를 하지 않는 건 직무유기입니다."

천식이 신경질적으로 담배꽁초를 짓이겼다.

"그래요. 직무유기 좀 했수다. 그게 뭐 대수요? 내가 승진에 목숨 걸었어도 이번 사건 범인은 포기했어요. 차라리 그깟 승진을 안 하고 말지, 법이 처벌하지 못한 걸 대신 해준 사람까지 잡고 싶지는 않아서, 범인 잡으면 오히려 기분 더러울 거 같아서 수사 안 했수다. 중 2 친딸을 성폭행하고 임신까지 시킨 놈이 겨우 3년이라니, 세상 참. 망할 놈의 국회의원들이 지들끼리 싸우느라 못 만든 법, 썩을 놈의 판사들이 법이 명시된 문서 쪼가리 한 장 없다고 내린 판결, 우리 국민이 얼마나 분노했습니까? 안도현 사건 범인, 우리 서에서는 범인님이라 불러요. 어차피 안도현 새끼도 범인 잡는 일에는 관심 없어요. 그저 언론에 신분이 노출될까 봐 전전긍긍하면서, 조사에도 변호사만 보내다가 지난주에 인공 아킬레스건 수술 받는다고 미국으로 출국해서는 전화도 안 받아요. 변호사 말로는 귀국 안 할 모양이더라고요. 거울 속 메시지에 겁을 잔뜩 먹었거든요. 차라리 잘됐지, 뭐.

이봐요, 강민수 형사 나리. 내가 딸만 둘이요. 막내가 여섯 살이지. 우리 딸이 유치원에서 매일 자랑하는 게 뭔지 알아요? 우리 아빠는 나쁜 사람들을 잡는 형사야. 하루가 멀다 하고 잠복 수사하느라 집에도 못 들어가는 나 대신 혼자 딸 둘 키우면서 독수공방하는 우리 마누라가 친딸 성폭행범 치상 사건 맡았다니까 나한테 한마디 합디다. 십 년 넘게 내가 하는 일에 대해서는 단 한 번도 가타부타 말이 없던 사람이 승진 좀 늦어져도 상관없다고, 양심대로 하라고 그럽디다. 아무도 사건을 맡고 싶어 하지 않아서 결국 제비뽑기해서 억지로 맡은 사건입니다. 그깟 승진 못해도 좋고, 그깟 직무유기로 징계 먹어도 좋은데, 솔직히 범인은 잡기 싫수다."

천식이 한숨을 내쉬고는 가래를 컥, 내뱉었다.

"무슨 이유로 자진해서 사건을 맡았는지는 모르지만, 그냥 여기서 접어요. 벌써 두 번째 일어난 연쇄사건인데도, 신문이며 텔레비전에서는 난리가 났는데도 윗선에서는 합동수사본부 차린다는 말한마디 안 해요. 더 웃긴 건 그걸 비난하는 사람이 아무도 없다는 거죠. 그게 무슨 뜻인지 아슈? 윗선에서도 대충 수사하는 시늉만하다 말라는 거예요. 수사를 중단하라는 협박전화와 편지가 매일얼마나 오는 줄 알아요? 우리 국민 모두가 범인이 잡히지 않길 원해요. 그러니까 형사님도 애먼 데 힘쓰지 말고 그냥 그만두라고요."

민수는 피식, 비웃음으로 천식의 말을 잘랐다.

"남천식 형사님, 좀 솔직해지시죠?"

"뭐라고요?"

"우습네. 그거 다 자기변명이잖아요. 솔직히 말해봐요. 증거도

증인도 없는 사건인데 억지로 맡아 수사하려니 힘들었겠죠. 그
와중에 하필이면 피해자가 나쁜 놈이네? 괜히 그걸 빌미로 자신
의 무능력을 무마하려는 거 아닌가요? 검거율 200%라…… 뻔하
지, 거의 잡범만 잡아들여 검거율 높인 거죠? 승진에 눈멀어서 진
짜 어렵고 힘든 사건은 요리조리 빠져나가면서. 안 봐도 비디오네.
대충 수사하는 척만 하다가 미결사건으로 넘기려는 수작이지. 걱
정 말고 안도현 사건에서도 손 떼요. 그것도 내가 해결할 테니까."

　희성이 소맷자락을 잡아당기며 눈짓을 했지만 민수는 말을 멈
추지 않았다. 오히려 아니꼽다는 뜻을 분명히 하려고 일부러 말꼬
리를 길게 늘어뜨렸다. 끼어들 틈 없이 쏟아내는 비아냥거림에 천
식의 얼굴이 붉으락푸르락했다. 민수는 천식이 반박하려 입을 여
는 순간, 획 뒤를 돌아버렸다. 뒤에서 천식이 뭐라고 소리쳤지만
못 들은 척 그냥 걸었다.

　집단의 공감을 얻어낸다고 해서 복수가 정당성을 지니는 것은
아니다. 합의한 질서와 규칙을 무시하고 감정을 우선시하는 사회
는 온전할 수 없다. 고지식하고 융통성 없다는 비난에도 민수는
언제나 사소한 규정까지 지켰다. 그러지 않으면 자신의 선택을 부
정하고 후회하는 것이 된다. 선택은 언제라도 되돌릴 수 있었다.
되돌아가려는 마음의 흔들림을 멈추려면 범인을 잡아야 했다.

　"왜 그렇게 사람 약을 올려요? 무안해서 혼났네. 일단은 제가
대충 사과했어요. 관련 자료는 이메일이랑 팩스로 보내준대요."

　희성이 뒤에서 달려와 숨을 헐떡이며 말했다.

"뭐 하러 대신 사과해? 뭘 잘못했다고?"

"연쇄범이면 앞으로 마주할 일이 많을 텐데 사이 나쁘면 서로 힘들잖아요. 하여간 선배도 못 말려요. 은근히 비꼬는 재주 있던데요? 천식 선배가 약 올라서 펄쩍펄쩍 뛰더라고요. 천식 선배, 형사라는 직업에 대해 자부심이 대단한 사람인데 왜 그랬어요?"

"일부러 그랬어. 그놈의 자부심 되살아나라고."

"네?"

"이제는 약 오르고 내가 꼴 보기 싫어서라도 수사를 열심히 하겠지. 절대로 우리 둘만으로는 해결하지 못하는 사건이야. 도와줄 사람이 필요해. 이왕이면 유능한 형사가 좋겠지."

희성이 못 말리겠다는 듯 고개를 절레절레 저었다.

"범인도 참 재수가 없네요. 하필이면 고지식하기로 유명한 선배가 사건을 맡았으니."

희성이 한숨 쉬는 게 못마땅했지만 모른 척했다. 어떻게든 범인을 잡아야만 했다. 그래야 흔들리지 않고 바로 설 수 있었다.

3-4

아버지는 날품팔이나 노가다를 해서 먹고살았다. 알코올중독자였지만 아는 사람 소개로 지방에 있는 공사현장에 몇 달씩 가서 일하다 돌아오곤 했다. 그래서인지 아버지가 어느 날 갑자기 사라진 것을 이상하게 생각하는 동네 사람은 아무도 없었다.

동네에서 겨울을 난 뒤, 나는 안곡에 있는 고시원으로 이사했다. 아버지가 창원 공사현장으로 다시 일하러 갔으며, 나도 그곳에서 고등학교에 다닐 거란 말에 동네 어르신들은 내게 쌈짓돈을 쥐어주었다. 가난하긴 했지만 나에게만은 인색하지 않은 사람들이었다. 김치를 비롯한 밑반찬을 가져다주는 것은 당연했고, 어쩌다 여윳돈이 생기면 동네 유일의 어린아이인 내게 과자를 사주기도 했다. 학대를 방임한다는 죄책감을 희석하기 위해서 그들은 넉넉한 인심을 발휘했다.

아무도 내가 혼자 산다는 것을 몰랐다. 기초생활수급비 통장 명의를 변경하기 위해 만났던 동사무소 직원도, 담임선생님도, 고시원 주인도, 아르바이트를 하던 주유소 사장도, 고등학교 내내 같은 반이었던 친구도……. 아니, 어쩌면 눈치챈 사람이 있었는지도 모른다. 하지만 그들은 생활에 쫓기느라 시간 여유도 없었고, 타인의 삶에 끼어들어 자신의 일상을 파괴할 정도의 이타심도 없었다. 사회의 무관심과 방치 덕분에 나는 무사히 어른으로 성장할 수 있었다.

결국 나를 키운 것은 인간 안에 교묘히 숨어 드러나지 않는 악이었다. 그래서인지 나에게 악은 낯설고 두려운 공포의 대상이 아니라 친숙하고 호기심을 불러일으키는 대상이었다.

수많은 학자들이 인간의 정신적 특질과 행동에 대해 연구했다.

극단적인 유전자 환원주의자들과 환경결정론자들은 자신들의 이론이 옳다는 것을 증명하기 위해 비윤리적 실험까지 해가며 갈등했다. 오랜 연구 끝에 그들은 결국 타협했다. 이제는 한 개인이 성장하는 데는 환경과 유전이 모두 영향을 준다는 학설이 지배적이다. 천재라 불리는 수많은 학자들이 증명한 대로 악에서 태어나 악에게 길러진 내가 악이 되는 것은 당연한 결과였다. 유전과 환경의 완벽한 조화가 나를 순수한 악으로 성장시켰다.

3-5

▶ REC

한인걸 사건과 관련된 모든 뉴스에 등장한 남자는 언제나 울부짖고 있었다. 얼굴만 모자이크 처리된 남자의 머리카락은 시간이 흐를수록 하얗게 세어갔다. 민수는 모자이크 처리를 없애고 남자의 물기 가득한 눈을 똑바로 바라보았다.

혜미 아버지, 정영준의 눈빛은 온갖 감정으로 복잡하고 어지러웠다. 원망, 증오, 분노, 절망, 체념……. 수많은 부정적 감정이 넘쳐흘렀다. 그래도 찰나의 순간, 간절한 희망이나 기대가 스치기도 했다. 화면 안의 영준은 빠르게 늙어갔다.

마지막 재판, 영준은 법정소란죄로 청원경찰에게 끌려나왔다.

영준이 한 발자국 내디딜 때마다 정의의 여신상은 점점 멀어졌다. 오른손에는 저울, 왼손에는 법전, 전통의상을 입은 정의의 여신상은 눈을 뜬 채 편안히 앉아 있다.

1층 대법원 현관에 쪼그리고 앉은 영준을 비추는 카메라가 점점 멀어진다. 자유, 평등, 정의. 대법원 현관 위 벽에 새겨진 글씨가 희미하게 뭉뚱그려져 보인다. 카메라의 초점이 맞으면서 글씨는 점점 더 선명해진다. 카메라는 글씨와 영준을 동시에 비추었다. 여름철 장마 기간이었다. 후텁지근한 날씨에도 영준은 추운지 덜덜 떨며 몸을 잔뜩 웅숭그렸다. 왜소한 덩치가 더 작아 보였다.

한인걸의 엄격한 처벌을 요구하는 시위대의 외침이 간간이 들렸다. 카메라가 시위대를 향한다. 경찰버스가 카메라를 가린다. 버스에서 의경들이 쏟아져 나왔다. 여자들이 대부분인 시위대는 금세 밀려나 흩어졌다. 심신상실로 인한 감형에 반대한다! 바닥에 떨어진 피켓이 비에 젖어 너덜너덜해졌다.

의경들은 대법원 정문 앞에 줄줄이 서서 팔짱을 끼고 벽을 만들었다. 깔끔하게 다린 제복을 입은 젊은 의경들은 싱그럽고 당당했다. 영준의 구부정한 어깨와 주름진 얼굴이 더 초라해 보였다.

화면 오른쪽 아래에 표시된 시각 숫자가 빠르게 변했다. 그 오랜 시간 동안 영준은 미동조차 없었다. 마치 정지화면 같았다. 퇴근 무렵이 되자 빗줄기가 거세졌다. 어둑해진 현관으로 기자들이 동시에 쏟아져 나왔다. 카메라가 영준을 둘러쌌다. 찰칵찰칵, 셔터 소리가 요란했다. 번쩍번쩍, 플래시에 눈이 부셨다.

"판결은 어, 어떻게……?"

기자들은 약속이라도 한 듯 재판 결과를 묻는 영준의 눈을 피했다. 영준은 그중 한 명에게 다가가 양복 소매를 붙잡았다. 덜덜 떨리는 손을 보며 기자는 차마 영준의 눈을 마주 보지 못했다.

"판사들이 모두 도망치듯 주차장으로 곧장 갔어요. 곧 나올 겁니다."

누군가가 넌지시 알려주는 목소리가 들렸다. 영준은 이를 악물었다. 기자들은 비뚤어진 기대감으로 술렁였다. 대법원 정문으로 뛰어가는 영준의 뒤를 의경들과 기자들이 우르르 따라갔다. 때마침 검게 선팅한 자동차가 정돈된 화단을 따라 빠져나가고 있었다.

"권용우 판사 차예요!"

주차 차단기 앞에 잠시 멈춰선 자동차를 쫓아가는 영준은 너무 빨라서 금세 카메라 밖으로 사라졌다. 카메라에서 멀어진 영준이 울퉁불퉁한 보도블록에 걸려 넘어졌다. 하필이면 빗물이 가득 고인 곳이었다. 털썩 주저앉는 영준의 주위로 빗물이 튀어 올랐다. 카메라가 잠시 흔들렸다. 카메라는 외제차가 가득한 화려한 도로와 넋을 잃은 영준을 번갈아 비췄다.

카메라가 다가설수록 영준의 모습은 더 처참해졌다. 빗물과 함께 거리의 온갖 쓰레기들이 영준에게 향했다. 빛바랜 남색 바지에는 씹다 버린 껌이나 변호사 명함들이 달라붙었다. 낡은 흰색 반소매 와이셔츠는 거의 투명해져 속옷이 선명하게 드러났다. 영준은 의경, 기자, 돌아온 시위대에 둘러싸여 넋을 잃었다.

사람들은 점점 더 몰려들었다.

"뭐야, 무슨 일이야?"

"아, 저 사람이 정혜미 아버지야?"

"참, 판결이 오늘이었지?"

"안됐다."

"씨발, 술 취해서 감형이라니, 그런 좆같은 법이 어디 있어!"

"힘내세요, 혜미 아버지!"

그 난장판 속에서도 영준은 고요했다. 언제나 정직하게 감정을 드러내던 눈동자에는 아무런 감정이 없었다.

누군가가 다가와 우산을 씌워주며 영준의 팔을 잡아 일으키려 했다. 하지만 영준은 무릎도 펴지 못하고 스르르 웅덩이로 가라앉았다. 또 다른 누군가가 함께 도왔지만 몇 번이나 무너졌다.

꽤 오랜 시간 영준은 주저앉은 채 일어날 기미를 보이지 않았다. 사람들의 수군거림이 줄어들었다. 어느새 어둠이 내려앉았다.

고요했다.

빗소리만 들렸다.

"으악! 악! 악!"

영준이 갑자기 비명에 가까운 고함을 질렀다. 목의 핏대가 선명히 드러났다. 그 뒤로 다시 침묵의 시간이었다. 시위대, 의경, 기자, 거리의 행인들까지 숨 죽이고 영준만 바라보았다. 영준은 자신의 팔을 붙잡아 일으키려는 손을 털어냈다.

"감사하지만, 도와주지 않으셔도 됩니다. 나 혼자, 내 힘으로 일어날 겁니다. 일어나서! 내 손으로! 한인걸 그놈을 처벌하겠습니다. 반드시 그대로 갚아줄 겁니다. 평생 살면서 남한테 해코지는커녕 무단횡단 한 번 안 했습니다. 그렇게 법을 지키면 무슨 소용입니까? 법이 나를 안 지켜주는데요! 그러니 제가 직접 나서겠습니다."

몇몇 사람이 감정에 북받쳐 흐느꼈다. 하지만 영준의 눈은 말라붙은 채였다. 복수를 다짐하는 목소리는 시릴 정도로 차분했다. 헉헉, 숨 쉬기 힘든 듯 가끔 헐떡이면서도 눈물을 삼키는 목소리는 서늘했다.

"무슨 일이 있어도 복수할 겁니다. 어떤 일을 당해도 기어이 복수할 겁니다. 제가 반드시 똑같이 갚아줄 겁니다."

전 국민이 텔레비전으로 영준의 맹세를 지켜보았다. 민수는 영준의 얼굴이 클로즈업되는 순간 화면을 정지시켰다. 영준의 치켜뜬 눈이 마침내 생기를 띠며 반짝였다. 어둠 속에서도 영준의 눈은 선명하고 화려하게 빛났다. 너무 익숙한 눈빛이었다. 살인범들은 모두 그런 눈을 하고 있었다.

제4장

루시퍼

Lucifer

어찌하다 하늘에서 떨어졌느냐? 빛나는 별 루시퍼, 새벽 여신의 아들인 네가!
- 《이사야》 14장 12절

패했다고 모든 것을 다 잃는 것은 아니다. 불굴의 투지, 불타는 복수심, 불멸
의 증오심, 굴하지 않고 항복을 모르는 용기, 그것 외에 정복될 수 없는 것
이 또 무엇이겠는가? 이런 영광은 그의 분노와 힘으로도 내게서 결단코 빼
앗지 못하리라. 애원을 하며 무릎을 꿇고, 허리를 굽혀 자비를 빌며, 조금 전
까지만 해도 그의 주권을 위태롭게 했던 이 팔의 힘으로 그의 힘을 숭배한
다면, 참으로 비굴한 일이로다. 이는 타락보다 못한 불명예요 치욕이다. 마
음은 마음이 제 집이라 스스로 지옥을 천국으로, 천국을 지옥으로 만들 수
있으리라. 어디 있든지 무슨 상관이랴, 내가 언제나 다름이 없다면? 다만 벼
락 때문에 위대한 그보다 좀 못할 따름, 본연의 나 그대로라면? 적어도 여기
에는 자유가 있겠지. 전능자가 질투심에서 여기를 만든 것이 아니라면 여기
서 우리를 내쫓긴 않겠지. 여기서 우리는 안심하고 다스릴 수 있으니, 나로
선 지옥에서나마 다스리는 것이 바람직한 일, 천국에서 섬기느니 지옥에서
다스리는 편이 낫다.
- 존 밀턴, 《실낙원》 중에서 루시퍼의 대사 편집

4-1

한인걸의 예측대로 혜미가 이사한 곳은 강남 변두리에 있는 오래된 아파트였다. 지은 지 40년도 더 된 복도식 아파트는 엘리베이터나 공동현관 비밀번호 인식기도 없었다. 방범용 CCTV는 아파트 정문에 하나가 있을 뿐이었다.

한 층에 있는 가구 수는 일곱, 곳곳이 파인 가파른 계단 바로 옆이 혜미의 집이었다. 사람들이 드나들 때마다 지나쳐야 하는 곳이었다. 5층 꼭대기 층이라 옥상과도 연결되고 계단 바로 옆이라 외부인이 출입하기도 쉬웠다. 반대로 생각하면 아파트에서 몰래 단지 밖으로 빠져나가기도 쉬웠다.

현관 벨을 누르자 누군가가 인터폰을 받는 기척이 들렸다. 응답이 없어 다시 벨을 누르려는데, 현관문이 덜커덕 열렸다. 영준은 나오자마자 현관문을 닫으며 바짝 다가서서 속삭였다.

"형사시죠?"

민수가 고개를 끄덕이자마자 영준은 계단으로 향했다. 가파른 계단을 급히 뛰어 내려가는 모습이 넘어질 듯 위태로웠다. 아파트 단지 담벼락이 있는 구석진 곳으로 가서야 영준은 멈춰 섰다.

"한인걸 새끼 때문에 찾아오셨죠?"

말투가 뾰족했다. 뚜렷한 증거나 확실한 용의자가 없는 사건, 시청률을 올리기 위해 언론은 혜미를 이용했다. 혜미가 전학한 학교를 알아내 방문한 유튜버도 있었다.

"네, 한인걸 치상 사건과 관련해 몇 가지 의문점에 대해 진술해주셔야 합니다."

희성이 명함을 내밀며 고개를 숙였다. 영준은 명함을 호주머니에 쑤셔넣고는 담배부터 꺼내 물었다. 희성이 자연스레 영준 곁에 다가서며 담뱃불을 붙여주었다. 신장을 가늠하기 위해서였다. 영준은 희성보다 두 마디 정도 작았다. 170cm 정도, 한인걸이 진술한 용의자의 신장과 일치했다. 하지만 신장은 깔창 사용 여부에 따라 최대 5cm 정도 차이가 난다.

"혹시나 혜미 만나러 온 거라면 포기하세요. 이제 겨우 잊고 살아가는데, 도대체 한인걸 그 새끼는 언제까지 우리를 따라다니며 괴롭히려는지……."

영준은 그새 다 피운 담배를 비벼 밟았다. 낡은 슬리퍼의 발등 부분 이음새가 찢어져 벗겨질 듯 달랑거렸다. 민수가 슬리퍼에 눈길을 주자 영준은 재빨리 슬리퍼를 바로 신었다. 흘낏 스친 슬리퍼 바닥에는 '260mm'와 'N사'라는 글자가 선명했다. 한인걸의 집 싱크대에 있던 족적 길이는 260mm, N사 신상품이었다. 일부러 크거나 작은 신발을 신었을 가능성도 있으니 발 크기를 260mm

로 단정할 수는 없었다. 하지만 범인이 새 신발을 신었다는 점이 거슬렸다. 신었던 신발은 사람의 걸음걸이에 따라 닳는 모양이 달라진다. 범인은 수사가 어떻게 진행되는지 잘 아는 인물이었다.

과거 한인걸의 성폭행 사건 때도 족적 분석이 중요한 역할을 했다. 현장에 남은 정액에서 유전자 정보를 채취했지만 유전자 정보 시스템이 상용화되기 전이었다. 하지만 족적으로 범인의 걸음걸이 특징을 파악하고 주변 CCTV 영상을 확인해 한인걸을 추적할 수 있었다. 보통 신발은 같은 브랜드를 사서 신기 마련이었다.

"한인걸이 출소해서 안곡으로 돌아온다고 하는 바람에 결국 우리가 쫓겨나듯 이사했어요. 혜미는 고3인데도 불구하고 전학까지 했고요. 그런데 기어이 이런 일로 우리 혜미를 다시 괴롭혀야겠어요? 아파트 단지 앞 CCTV 확인해보세요. 한인걸 새끼 사건 났을 때, 우리는 전부 집에 있었어요. 나, 혜미 엄마, 혜미, 혜미 여동생 전부 다요. 평범한 아이들도 고3이면 한창 예민할 때예요. 제발 우리 좀 가만두세요. 제발이요. 믿지 않을지도 모르지만, 혜미는 한인걸을 이미 다 잊었다고요. 그래서 한인걸 출소 소식에도 흔들리지 않았고 전학도 안 하겠다고 우겼어요. 하지만 나도, 혜미 엄마도, 막내도 도저히 안곡에서는 살 수 없었어요. 한인걸 새끼가 바로 옆에서 먹고 잔다니, 그 생각만으로도 끔찍했죠. 막내, 혜미 여동생은 특히 증세가 심각했어요. 아시는지 모르겠지만 막내는 사건이 일어난 게 자기 때문이라고 자책해서 아직도 극복하지 못하고 힘들어해요. 하필이면 그날 혜미가 막내랑 싸우고 집을 나섰다가 그런 일이 일어나서……. 한인걸 출소가 가까워지면서 막내는 잠도 제대로 못 자고 공황발작도 네 번이나 일으켰어요. 그래서 결국 혜미도 이사에 찬성했고요. 혜미 엄마도 그렇고, 막내도 한인걸이 다쳤다는 얘길 듣고 나서는 눕는 것조차 거부해요. 내가 범인인 줄 알고 한인걸이 보복하러 올까 봐 불안하다고. 모녀가 부둥켜안고 있다가 지치면 앉은 채 잠깐씩 눈 붙이고, 선잠을 자다가도 화들짝 놀라 경련을 일으키고……. 한인걸은 우리 가족 전부를 망가뜨렸어요. 그런데 부서진 가족을 또다시 짓밟네요. 정말 그 이름을 듣는 것만으로도 소름이 끼치고 구역질이 나요. 그런데 한인걸 다치게 한 사람 잡겠다고 우리를 찾아와요? 어떻게 이렇게 잔인할 수 있어요?"

민수가 눈짓을 하자 희성은 흥분으로 들썩이는 영준의 어깨를 쓰다듬었다.

"오해가 있으신 것 같은데, 일단 혜미를 포함해서 다른 가족을 만나는 건 되도록 피할 겁니다. 아니, 무슨 수를 써서라도 혜미를 대면으로든 비대면으로든 조사하는 일은 없을 겁니다. 솔직히 저는 한인걸 새끼 그렇게 된 거 하나도 안타깝지 않아요. 하지만 한인걸은 혜미가 복수를 했다고 오해하고 있어요. 아시겠지만 한인걸 그놈이 제정신입니까? 회복되고 나서 무슨 짓을 저지를지 알 수 없습니다. 물론 24시간 내내 감시하고 있지만, 그래도 만약의 경우에 대비해 범인은 꼭 찾아내야 합니다. 범인을 조금이라도 빨리 잡으려면 아버님의 협조가 필요합니다."

희성이 조곤조곤한 말투로 영준을 달랬다. 영준의 굳은 입매가 조금씩 풀어지고 긴장으로 뻣뻣하던 어깨가 슬그머니 내려앉았다.

"그 새끼는 왜 저도 아니고 혜미가 그랬다고 생각해요?"

"비몽사몽이긴 하지만 범인을 목격했는데 여자였대요. 그나저나 혜미도 이번 사건 때문에 많이 놀랐을 텐데 걱정이네요."

"아니요, 혜미는 의연해요. 투정이라도 하면 좋을 텐데 괜찮다고 만 해요. 애가 하도 힘든 일을 많이 겪어서인지 철이 일찍 들었어요. 오히려 혜미 엄마랑 혜미 여동생이 힘들어하죠. 후우, 전 국민이 보는 앞에서 한인걸에게 복수하겠다고 선언했으니 다들 내가 범인이라고 생각하겠지만, 전 아니에요. 복수하고 싶은 마음이야 굴뚝같지만, 12년 동안 복수만 생각하며 잠들었지만, 전 아니에요. 혜미와 약속했어요. 복수하지 않기로. 혜미는 한인걸 때문에 더 이상 가족이 망가지는 걸 용납할 수 없다고, 그러기 위해선 완전히 잊어야 한다고 했어요. 그리고 혜미는 정말 잊었어요. 다행이죠."

희성과 대화를 나누던 영준의 시선이 마침내 입을 꾹 다물고 있는 민수를 향한다. 영준은 말하는 내내 희성의 턱에 시선을 고정하고 있었다. 민수는 영준과 똑바로 눈을 맞추며 다가섰다.

"다행이라……. 그럼 정영준 씨는 아직 다행이지 못한가 보네요."

휙, 영준의 시선이 돌아갔다. 기도가 막힌 듯 컥컥대며 목을 움켜쥐었다.

"숨을 못 쉬겠어요? 어떡하지? 앰뷸런스 부를까요?"

희성이 영준의 등을 쓸어내리며 걱정했다. 훅, 숨을 내쉬었지만 영준은 곧바로 구역질을 했다. 으윽, 영준은 눈을 감은 채 이를 악물고 부들부들 떨었다.

"너무 힘드시면 다음에 다시 하죠. 무리하실 필요 없어요."

희성의 편안한 목소리에 꼭 감은 영준의 눈에서 눈물이 흘러내렸다. 몇 번이나 심호흡을 하고서야 영준은 안정을 되찾았다.

"그래요. 솔직히 말씀드리자면 저는, 저는 도저히 잊지 못하겠어요. 가끔씩 자다가도 벌떡 일어나 부엌에 가서 식칼을 집어 들어요. 식칼을 들고 바들바들 떨면서 상상하죠. 눈을 찌를까, 입을 찢을까, 어떻게 해야 더 큰 고통을 줄 수 있을까…… 수도 없이 복수를 꿈꿨어요. 그래요, 솔직히 혜미가 당한 그대로 복수해주고 싶었어요. 하지만 내가 복수하고 감옥에 가면 우리 가족은 정말 무너질 거예요. 내 손으로 혜미에게 다시 상처를 입히는 건, 겨우 극복한 혜미를 다시 주저앉히는 사람이 내가 되는 건 도저히 견딜 수없었죠. 복수를 포기하겠다고 가족과 약속하고, 성모마리아님께도 맹세했어요. 마음이 복잡하네요. 한순간은 나 대신 한인걸을 그렇게 만든 사람이 고마워서 붙잡히지 않기를 바라다가도, 괜히 내가 의심받게 될까 봐 걱정되기도 하고, 한인걸이 우리한테 해코지라도 할까 봐 빨리 붙잡혔으면 하는 마음도 들고. 심란하네요. 혹시라도 한인걸이 우리가 이사한 곳을 알아내지는 못하겠죠?"

영준은 초조하고 불안한 감정에 숨을 쉬기 힘든 듯 중간중간 가슴을 부여잡고 심호흡을 했다. 눈물이 글썽한 눈은 진심을 말하는 듯 보였다. 하지만 영준의 시선은 말하는 사이사이 왼쪽을 향하며 흔들렸다. 거짓말을 한다는 신호였다. 희성이 영준의 떨리는 손을 잡아주며 부드러운 목소리로 말했다.

"걱정 마세요. 한인걸 출소 이후 이쪽 순찰도 강화된 거 아시죠? 이번 사건 이후에는 세 명이 더 증원되었습니다. 한인걸은 병원에서도 경찰이 지키고 있으니 혜미 여동생이나 혜미 어머니께도 걱정 말라고 해주세요. 혜미가 다니는 학교를 불법으로 알아낸 흥신소도, 학교까지 찾아가 촬영을 시도한 유튜버도 강력한 처벌을 받을 겁니다. 그 이후로는 혜미가 학교도 못 간다면서요? 대학 입시가 코앞인데 큰일이네요."

"그러니까 제가 환장할 노릇이죠. 아시는지 모르겠지만 곧 수시 모집 기간이에요. 형사님들도 생각을 좀 해보세요. 만일 제가 한인걸에게 복수하고 싶었어도 하필이면 이런 시기에 했겠어요? 우리 혜미, 망가진 몸 때문에 몇 번이나 수술을 하고 통원치료를 다니면서도 악착같이 공부했어요. 자기가 받은 도움을 갚는 길은 자신도 남을 돕는 것뿐이라고, 공부를 열심히 해서 의사가 되면 반드시 다른 이를 위해 살겠다고 매일 다짐하듯 기도하듯 말했어요. 그런 혜미의 노력을 수포로 돌아가게 만드는 일을 제가 저질렀을까요?"

"아니죠, 당연히 아니죠."

희성은 재빨리 맞장구를 쳐주었다. 민수는 대답하지 않았다. 영준은 아무 반응도 없는 민수가 신경 쓰이는지 뚫어지게 쳐다보았다. 희성이 눈짓으로 대답을 재촉했지만 민수는 끝내 대답하지 않았다.

외상 후 격분장애의 가장 중요한 특징이 복수와 자기 파괴다.*

트라우마는 뇌를 파괴해 이성적이고 합리적인 판단을 불가능하게 한다. 복수는 계획하는 것만으로도 뇌의 보상회로를 자극해 쾌감을 준다. 그래서 복수에 대한 욕망은 논리나 이성보다 훨씬 강하게 인간을 지배한다. 상대방이 입는 피해보다 자신이 입는 피해가 훨씬 커도 인간은 기어이 복수의 쾌감을 향해 돌진한다. 상대방에게 고통을 주기 위해서라면 기꺼이 스스로에게 더 큰 상처를 입힌다. 증오범죄의 경우 바로 그 점이 변명이 된다. 큰 희생을 감수하면서까지 범죄를 저지르는 것은 비합리적이라고 여기기 때문에 용의선상에서 제외되는 경우도 많다.

어색한 침묵을 깨려 희성이 재빨리 끼어들었다.

"혹시 주변 사람들 중에 혜미나 한인걸에 대해 과다한 관심을 보이는 사람이 있었나요?"

영준은 그제야 민수에게서 시선을 돌리며 고개를 저었다.

"판결 이후에는 친구고 친척이고 인연을 끊다시피 하고 숨어 살았어요. 세상이 그냥 다 싫어서. 그나마 연락하고 사는 사람들은 혜미의 안부를 묻는 것도 조심스러워해요."

"최근에 생긴 지인은 어떤가요? 예를 들어 혜미가 전학한 학교의 선생님이나 친구들이라든지, 혜미 아버지 회사에 들어온 신입사원이라든지 누구라도 좋아요."

＊2003년, 독일 사리테대학 정신의학과 마이클 린든 교수가 외상 후 울분장애(Post Traumatic Embitter-ment Disorder, PTED)라는 진단명과 척도를 만들며 주장한 이론이다.

"전학한 학교에서는 우리 혜미가 한인걸한테 성폭행당했던 아이라는 걸 아무도 몰랐어요. 혜미가 비밀로 하길 원해서요. 다른 병원 의사에게 다시 상황을 설명하는 것이 싫어서 이사하고 나서도 멀긴 하지만 안곡 S대병원에 계속 다녔어요. 결국 유튜버 때문에 다 드러났지만. 후우, 그렇게 평범하게 살기를 원했는데 한인걸은 기어이 그것조차 못하게 만드네요. 우리 가족은 인터넷도 설치 안 했어요. 텔레비전도 없고요. 어쩌다 그 새끼를 볼까 봐 두려워서 우리 가족은 언제나 모든 국민이 다 아는 뉴스도 모르고, 다들 한다는 SNS도 안 해요. 한인걸 덕분에 우리는 아직도 사건이 났던 그 시간에 갇혀 살아요. 한인걸 뉴스도 제 남동생한테 전해 들었어요. 요즘 누가 시대에 뒤떨어진 사람을 상대해주나요? 그래서 대화에 끼지도 못하고 어울리지도 못하죠. 우리 부부야 성인이니까 그나마 괜찮은데, 혜미와 막내는 항상 걱정이에요. 사건 트라우마 때문에 사람 대하는 걸 힘들어하는데 요즘 인기 있는 아이돌도 전혀 모르니 따돌림이라도 당할까 봐서요."

"안곡 S대병원에서 계속 진료를 받으셨다고 했죠? 병원 인턴이나 레지던트들은 해마다 바뀌니까 올해 알게 된 사람도 있겠네요."

"설마 의사 선생님까지 의심하시는 거예요?"

"의심한다기보다는 탐문수사 과정의 일부라고 생각해주세요. 사소한 가능성까지도 고려해야 하니까요."

"교수님들이 특별히 배려해주셔서 혜미 사정을 하는 의사 선생님은 많지 않아요. 혜미 엄마가 사건 후 며칠을 빼고는 치료일기를 하루도 빼놓지 않고 썼어요. 재판에 도움이 될까 해서 시작했죠. 일기에 치료진들이 다 기록돼 있을 거예요."

예상외의 성과였다.

"지금 저희가 같이 가서 가져올……."

"아뇨. 혹시 혜미가 형사님들을 보면 어떡해요? 그냥 제가 내일 안곡서로 갈게요. 그리고 수사에 진척이 있으면 저한테도 알려주실 수 있나요? 저도 너무 불안해서요."

"물론입니다."

희성의 대답에도 영준의 눈빛이 불안하게 흔들렸다. 민수는 인사를 하고 뒤돌아서 몇 걸음 걸어가다 불시에 몸을 돌렸다. 영준은 비뚜름하게 입술 한쪽을 올린 채였다. 금방이라도 눈물을 흘릴 것처럼 억울함을 호소하던 눈빛은 사라지고 차갑고 건조한 눈빛이 민수를 맞았다. 민수가 뒤돌아서자 재빨리 시선을 갈무리하며 고개를 숙였지만 속이기엔 늦었다. 당황해서 벌어진 입에서 타고 있던 담배가 떨어졌다.

앞서 걸어가던 희성이 그제야 뒤를 돌아보았다.

"왜요, 선배?"

"넌 자동차에 가서 에어컨이나 틀어."

민수는 자동차 열쇠를 던져주고는 왔던 길을 되돌아 영준에게 갔다. 영준은 바닥에 떨어진 담배를 비벼 끄고 있었다. 민수의 인기척을 들었는데도 모른 척 바닥의 담배에 집중했다. 다시 고개를 들었을 때, 영준의 얼굴에서 당황한 기색은 사라지고 없었다.

"예전 수사기록을 보니까 건전지 제조공장 창고 관리를 하셨던데, 지금도 그 일을 그대로 하십니까?"

이미 모두 확인하고 방문했지만, 민수는 모른 척하고 물었다.

"네. 3교대 근무인데, 오늘은 오후 출근입니다."

"창고에 황산도 보관하죠?"

순간, 영준이 숨을 들이켰다. 범행에 황산이 사용되었다는 것은 알려지지 않았다. 수사에 방해가 될까 봐 자세한 범행수법은 모두 기밀이었다.

황산은 건전지를 만들 때 필요한 화학약품 중 하나였다.

"네. 그런데 갑자기 황산은 왜?"

영준의 목소리가 살며시 떨렸다. 방금 전 보였던 차갑고 건조한 눈빛은 온데간데없이 다시 눈물이 글썽했지만 긴장하고 초조한 기색을 숨기지는 못했다.

황산 같은 유해화학물질은 전문 업체에서 신분확인을 한 뒤 판매한다. 가끔 온라인으로 판매하는 경우에도 본인인증은 필수다. 천식은 이미 전국의 황산 판매처를 압수수색해 구입자들을 소환했는데, 모두 사용처가 명확했고 혐의점도 전혀 없었다. 황산은 제조업체나 행정관청에서 정한 내부식성 용기에 보관하게 되어 있다. 하지만 범행에 쓰인 황산은 과학물품 판매 업체에서 쉽게 구입할 수 있는 갈색 유리병에 담겨 있었다. 그런 유리병에 담아 판매하는 업체는 없었다. 그렇다면 갈색 유리병에 황산을 옮겨 담았다는 뜻이었다. 용기 모양이나 라벨이 추적당하는 것을 막기 위해서일 수도 있지만, 큰 용기에서 덜어 썼을 수도 있었다.

황산 외에도 강산은 많았다. 오히려 황산보다는 염산이 일반인에게 더 익숙하다. 그런데도 황산을 사용했다면 분명 주변에서 황산을 쉽게 구할 수 있었을 것이다.

"황산이 이번 사건과 무슨 상관이 있는지……?"

"아닙니다. 그저 확인한 겁니다."

민수는 싱긋 웃으며 대답하고 뒤돌아섰다. 민수가 자동차에 올라탈 때까지 영준의 시선이 집요하게 뒤쫓았다. 민수는 뻐근한 뒷목을 주무르면서 담배를 꺼내 물었다. 담배연기와 함께 수상한 영준의 모습도 꺼림칙한 기분도 날아가길 바랐다.

4-2

아무리 내가 또래보다 크다고 해도 나는 깡마른 데다 힘도 약했다. 반면 아버지는 작고 왜소한 몸집이었지만 공사판에서 이골이 나서인지 근육질에 힘도 셌다. 그래서 나는 아버지를 죽이기로 마음먹은 뒤 많은 살인 방법을 두고 고민했다. 더 간단하고 쉬운 방법이 많았지만 목 졸라 죽이기로 결정한 것은 아버지의 고통을 내 손안에서 느끼고 싶어서였다.

아버지를 마취시킬 클로로포름은 당시 다니던 중학교에서 훔쳤다. 과학 실험실의 독극물장은 방비가 허술했다. 보안이라고 해봐야 8개의 숫자 버튼이 있는 자물쇠가 전부였다. 비밀번호 버튼이 다른 버튼보다 부드럽게 잘 눌리기 때문에 자물쇠는 있으나 마나였다. 아마 독극물장 관리를 맡은 과학 선생님은 클로로포름이 없어졌다는 사실조차 몰랐을 것이다.

희미한 클로로포름 냄새는 개구리를 떠올리게 한다. 뱀처럼 흐느적거리던 어린 시절과 완전히 달라진 모습이었지만, 미끈거리는 감촉이나 번들거리는 색깔은 그대로인 개구리. 나는 모습을 완벽하게 바꾸는 변태동물이 싫었다. 본모습을 감추려는 유전자가 왠지 껄끄럽고 의뭉스러웠다.

보통 여자아이들은 실험실로 들어서는 순간 질색하며 뒷걸음질했지만 나는 아니었다. 매일 더 끔찍한 일을 겪고 있던 나는 스스럼없이 다가가 투명한 플라스틱 박스 안에 있는 개구리를 맨손으로 잡았다. 아버지 덕분에 나는 공포와 맞서는 법과 고통을 인내하는 법을 일찌감치 깨달았다. 나를 죽이지 못하는 고통은 나를 더 강하게 만들어주었다.[7]

허세를 부리던 남자아이들도 해부용 칼을 드는 순간이 닥치자 어찌할 바를 모르고 실험대에서 한 걸음 물러선 채 주뼛거렸다. 나는 기어이 혼자 개구리 배를 가르고 내장을 보기 쉽게 피부를 옆으로 젖혔다. 팔딱거리는 분홍색 심장은 내 손가락 한 마디보다 작았다. 엄지와 검지로 집어 누르면 터져버릴 것 같았다. 그 연약함이 내 안의 잔인한 공격성을 부추겼다. 아이들은 내장을 드러낸 개구리가 무섭고 징그럽다며 차마 다가오지 못했다.

다른 실험조의 아이들이 몰려들어 멀찌감치 서서 흘끗거렸다.

"우리 조 개구리도 좀 해줘."

그렇게 나는 총 일곱 마리의 개구리를 해부했다. 꺅꺅 소리 지르며 배 가르는 모습을 지켜본 아이들 중 고맙다고 말한 아이는 물론 없었다. 겁 많은 평범한 아이들 때문에 나는 혼자 선생님의 지시대로 내장을 꺼내 관찰하고 기록했다.

실험이 끝난 뒤, 선생님은 해부한 개구리를 모두 모아서 운동장 한구석에 묻어주라고 했다.

"저 혼자요?"

"실험할 때 보니까 네가 다른 조 애들 거까지 다 해부해주던데?"

나는 젊은 여자 선생님을 빤히 바라보았다. 선생님은 개구리를 해부하는 영상을 보여주었을 뿐 자신이 직접 시범을 보이지는 않았다. 나는 비웃음을 지을 만큼 멍청하지는 않았다. 그래서 무심하게 되물었다.

"이대로 묻어요? 살아 있는데요?"

갈라진 배 사이로 드러난 심장이 여전히 뛰고 있었다. 선생님은 곤란한 듯 입술을 깨물었다.

"어차피 죽을 건데, 뭐."

'차라리 클로로포름을 조금 더 써서 죽이는 게 고통이 적을 텐데요? 이왕이면 고통 없이 죽여주면 안 되나요?'

묻고 싶었지만 묻지 않았다. 자신들의 필요에 따라 생명을 잔인하게 유린하고도 죄책감 없는 인간들이 그런 번거로움을 이해할

리 없었다. 그리고 나는 그런 인간들을 이해할 수 없었다. 이해할 필요도 없었고, 이해하려고 노력할 의지도 없었다. 언제나 그랬듯 나는 말대꾸하지 않고 선생님의 지시에 따랐다. 강한 자에게 저항하는 짓은 어리석었고, 나는 충분히 똑똑했다.

내 손으로 배를 갈랐던 개구리들은 운동장 한구석에 묻어주기 전 마취에서 깨어나 꿈틀거렸다. 시뻘건 심장이 거세게 뛰었다. 뒤틀린 내장이 튀어 올랐다. 고통에 울지도 못했다. 반짝이는 눈동자는 금세 순수한 고통으로 흔들렸다. 아무것도 모르는 눈동자는 내게 구원을 바랐다. 거울 속에서 항상 마주하던 바로 그 눈빛이다. 그 눈동자가 싫어서 흙으로 덮어버렸다.

4-3

시위는 매일 다양한 형태로 벌어졌다. 한인걸 치상 사건의 수사를 중단하라는 시위, 성폭행 피해자인 정혜미에 대한 2차 가해를 중단하라는 시위, 성폭력범에 대한 강한 처벌을 요구하는 법 개정 시위, 성폭력 피해자 지원부서 신설을 요구하는 시위…….

영준이 주요 용의자로 보도된 뒤부터 경찰서 앞은 조용할 날이 없었다. 어떻게 알았는지 범죄에 황산을 사용했다는 수사 기밀까지 인터넷에 퍼졌다. 수사 기밀이 새어 나갔다는 사실에 화가 난 형사과장이 강력팀 형사들을 모두 모아놓고 일장 연설을 했다는 사실까지 보도되었다.

엠바고 요청은 무시되었다. 시청률을 높이고 광고를 따내기 위해 신문사, 방송사에 유튜버까지 가세했다. 언론은 언제나 그렇듯 갈등을 부추겼다. 기사 클릭수를 높이기 위해, 광고를 많이 따내기 위해 자극적인 제목을 단 기사가 하루에도 수십 개씩 쏟아졌다. 한인걸이 범죄피해자 보호·지원 제도를 이용해 혜택을 받는다는 뉴스의 댓글창은 아예 폐쇄되었다. 영준이 진범이냐 아니냐를 놓고 유튜버들은 경쟁적으로 동영상을 만들어 올렸다. 거짓 소문이 버젓이 인터넷 게시판에 올라왔고, 거짓 증언이 뒤이었다.

안곡경찰서 홈페이지는 매일 다운되었다. 게시판에 올라온 글은 대부분 한인걸을 다치게 한 범인을 잡지 말아달라는 내용이었다. 수사를 중단해달라는 진정서가 하루에 한 박스씩 쌓였다. 범인을 잡는 형사를 죽이겠다며 협박하는 인터넷 게시판 글이나 편지도 계속 쌓여갔다. 사이버 범죄팀과 민원팀은 쏟아지는 일거리로 야근이 일상이었다.

영준의 동료들은 노골적으로 진술을 거부했다. 영준과 25년 동안 창고 관리를 해왔다는 준표는 형사라고 소개하자마자 눈을 치켜떴다.

"내가 아무리 못 배웠어도 옳고 그른 거 구분 정도는 합니다. 여기서 댁들 반길 사람 아무도 없으니 돌아가슈."

퉤, 준표는 구겨서 던져버린 민수의 명함에 침을 뱉으며 돌아섰다.

"내가 머리가 나빠서 방금 들은 이야기도 까먹어요. 그래서 맨날 꼴등만 했잖아요. 뭐라고 물으셨더라? 아! 혜미 아버지 성격이 사건 이후로 변했냐고? 혜미 아버지요? 그 사람이 누군데요?"

"황산? 그게 뭐여? 먹는 건가?"

그렇게 실실 웃으며 대답하는 사람조차 드물었다. 바로 옆에서 이름을 불러도 못 들은 척 무시하고 돌아서버리는 직원이 대부분이었다. 일부러 민수의 어깨를 툭 치고 지나가며 들으란 듯 쌍욕을 하기도 했다. 수사 협조를 위해 외부 출장 중이던 공장장에게 연락했지만 오히려 쫓겨나고 말았다.

"직원들에게는 정식으로 출두명령서 보내시고, 공장 내부를 둘러보려면 수색영장 가지고 방문해주세요. 이렇게 막무가내로 영업 방해하지 마시고요."

공장장 뒤로 푸른색 작업복을 입은 직원들이 몰려들었다.

안곡 S대병원의 의사들도 비협조적이긴 마찬가지였다. 민수나 희성이 질문을 꺼내려고 하면 전화벨이 울렸다.

"죄송해요. 세쌍둥이 분만 환자가 있어서요."

산부인과 과장은 악수만 하고 분만실로 향했다.

"TA* 환자가 이송 중이라네요."

---

* 교통사고(traffic accident).

응급의학과 과장은 전화한 상대방의 말을 채 듣지도 않고 획 뒤돌아 뛰어갔다. 마치 짜기라도 한 듯 진술을 들으려고만 하면 전화벨이 어김없이 울렸다. 일반외과 과장은 수술이 연달아 있어 만나지도 못했다.

혜미의 치료일기를 가져온 사람은 유명 여성단체의 회장과 변호사였다.

"한인걸이 혜미가 범인이라 생각하고 해코지할지도 모르니 수사에 협조하라고 하셨다면서요? 형법 제283조에 명시된 협박죄로 소장을 접수했습니다. 정영준 씨와 가족들에 대한 접근금지 가처분 신청도 이미 진행 중입니다. 앞으로 모든 연락은 변호사인 저를 통해 해주십시오. 심증만으로 직장 동료나 친척들을 들쑤셔서 일상생활을 제대로 못하게 만드는 것도 공권력 남용이고 2차 가해입니다."

여권신장에 앞장서기로 유명한 여성 국회의원은 경찰서장에게 직접 항의 전화까지 했다. 경찰서장은 민수와 희성을 불러다 세워놓고 한 시간에 걸쳐 '적법한 수사'를 강조했다.

출두명령서를 보낼 참고인 목록을 작성하던 희성은 펜을 획 집어 던졌다.

"아무리 생각해도 혜미 아버지는 아닌 것 같아요. 신발 가게 종업원이 말한 대로 신발 디자인 자체가 여자들한테 인기 많은 모델이기도 하고, 넉넉지 않은 형편에 굳이 비싼 브랜드의 운동화를 샀다는 것도 말이 안 돼요. 결정적으로 혜미 아버지가 범인이라면 아무 관계도 없는 안도현에게 범행을 저지를 이유가 없잖아요."

"안도현 사건과 얽히면 자기에 대한 의심이 줄어들 거라고 생각했을 수도 있지."

"아뇨. 만약 다른 범행을 저질러 의심을 피하려고 했다면 좀 더 쉬운 대상을 골랐을 거예요. 안도현은 신분이 전혀 노출되지 않았어요. 게다가 부유층이 사는 고급빌라 지구라 순찰도 자주 하고 방범용 CCTV도 많아요. 널리고 널린 게 강간범인데, 왜 굳이 안도현을 범행 대상으로 삼았을까요? 그것도 모든 게 낯설고 서투른 첫 범행으로? 안도현에게 먼저 범행을 저지른다면 한인걸에 대한 경비가 더 삼엄해질 건 뻔하잖아요. 그건 논리적으로 앞뒤가 맞지 않아요."

"범죄에는 논리나 이성 따위는 적용되지 않아. 꼭 범행 동기가 있어야만 범죄를 저지르는 것도 아니고. 너도 알잖아?"

로스모공식과 범죄패턴이론에 따르면 범인은 이미 알고 있는 장소를 선택해 범행한다. 따라서 용의자는 일단 원남시에 10년 이상 거주한 사람으로 한정했고, 용의자 범위를 줄이기 위해 며칠째 고민 중이었다. 하지만 국립과학수사원의 증거 분석도 프로파일러의 심리 분석도 용의자 수를 감소시키지는 못했다. 아니, 용의자 숫자는 수사를 하면 할수록 더 늘어갔다. 게다가 공범이 있을 확률도 계산해야 했다.

"한인걸도 안도현도 여자라고 했잖아요. 화장을 너무 짙게 해서 새하얀 피부와 대조되는 푸른 눈이 너무 선명했다고."

"푸른 눈? 설마 너 그걸 믿어? 한인걸도 안도현도 헤로인에 취해 있었어. 골격이 가늘다고 무조건 여자는 아니지. 한인걸이 감방 안에서도 하루에 팔굽혀펴기를 천 개씩 해서 근육을 길렀다는 기사 못 봤어? 한인걸을 제압할 수 있을 정도라면 남자일 가능성이 높아. 게다가 안도현은 덩치가 보통 남자의 두 배는 되잖아. 아무리 수갑을 채운다 해도 여자 힘으로 도중에 깨어난 안도현을 감당하기는 힘들어. 정영준 씨는 마르고 왜소한 편이지. 어깨도 좁고. 게다가 피부도 하얀 편이니 여자로 착각할 가능성이 충분해."

"코로나로 마스크를 쓰고 다니는 게 당연한 세상인데도 범인은 일부러 얼굴을 드러냈어요. 굳이 번거롭고 익숙하지 않은 화장까지 하면서 여장을 했다기보다는 여자라고 추측하는 게 옳아요. 아마 범행 전 마음을 안정시키려고 화장을 했을 거예요. 일종의 습관일 테니까요."

"수사에 혼란을 주려고 일부러 화장을 했을 가능성도 무시할 수 없어. 용의자를 여자로 한정시키려면 화장이 가장 효과적일 테니까. 그리고 혜미 아버지가 아니라 정영준 씨라고 불러. 유력한 용의자야. 누구의 아버지라고 부르면 객관성을 잃기 쉬워."

"후우, 알겠어요. 일단 정영준 씨 얼굴을 여자로 변형해서 한인걸에게 확인해보죠. 나머지 가족들의 사진도 확인할게요."

"만약 정영준이 범인이 아니더라도 어쨌든 용의자가 남자일 가능성을 배제할 수는 없어. 신장 170cm에 260mm의 신발은 남자라기에는 작고 여자라기에는 큰 편이지. 트랜스젠더나 여장 남자가 범인일 수도 있으니 주변 탐문하면서 좀 더 파보자. 이번 범죄는 이상해. 모든 게 선명하면서도 모호해. 마치 일부러 의도한 듯 모든 관련자를 용의자로 만들면서도 모든 사람을 용의자에서 배제해버려."

"모두가 용의자라……. 어쩌면 혼자 저지른 범죄가 아닐 수도 있죠."

희성은 자신이 말해놓고도 비논리적이라 생각했는지 피식 웃었다.

4-4

깊은 잠에서 순식간에 깨어났다. 우욱, 내 입안으로 들어오는 물컹한 것이 무엇인지 본능적으로 깨달았다. 혓바닥을 누르고 목젖까지 파고드는 거센 힘에 구역질이 났다. 고개를 저어 벗어나려 했지만 아버지의 손아귀 힘을 이겨낼 수는 없었다.

빨아, 명령하며 내 뺨을 때렸다. 빨라니까, 기어이 내 입술을 그 더러운 손으로 오므리며 협박했다. 혀로 핥아, 역겨웠다. 핥으라니까, 아버지가 머리끄덩이를 잡아당겼다. 눈에 보이는 것은 어둠뿐이었다. 검은빛이 젖어갔다. 머릿속이 몽롱해졌다. 아무것도 느껴지지 않았다.

살고 싶었다. 모르겠다.

맞고 싶지 않았다. 모르겠다.

아무것도 모르겠다.

기억나지 않는다.

잊어버려야만 했다.

마침내 비릿한 정액이 입안을 가득 채웠다. 콜록콜록, 미끈거리는 액체가 목으로 넘어갔다. 역겨웠다. 어떻게든 뱉으려 했지만 아버지는 내 턱을 꽉 잡아 눌러 입을 다물게 만들었다. 입가로 끈적한 정액이 흘러내렸다. 삼켜, 아버지는 머리끄덩이를 잡아당겨 고개를 뒤로 확 젖혔다. 쿨럭쿨럭, 삼키지 않을 수 없었다. 켁켁, 아무리 기침을 해도 끈끈한 정액은 끝도 없이 내 안으로 밀고 들어왔다. 미끈거리고 끈적끈적한 액체는 내 목에, 내 심장에, 내 온몸에 들러붙어 그 순간을 기억하게 만들었다.

쿨럭쿨럭, 기침을 하며 나도 모르게 눈을 떴나 보다. 아버지의 번질거리는 눈과 마주했다. 재빨리 고개를 돌렸다. 아버지는 가늘게 뜬 눈으로 내가 정액을 삼키는 모습을 보며 입을 헤 벌렸다. 그리고 다시 흥분했다. 정액과 침으로 범벅된 내 얼굴을 바라보며 눈을 희뜩거렸다. 자신의 손으로 성기를 문지르다 널브러져 있는 나를 강제로 파고들었다.

쓰렸다. 아렸다. 아팠다. 인간은 동시에 여러 가지 고통을 느끼지 못한다. 하지만 난 언제나 모든 고통을 동시에 선명하게 느낄 수 있었다.

하악하악, 희열에 들떠 내뿜는 아버지의 숨소리에 맞춰 흔들리는 온몸에 소름이 돋았다. 처음으로 눈을 감지 않았다. 그런 내가 마음에 들지 않는지 아버지는 금세 수그러들었다. 하아악, 아버지가 마지막 신음을 내뱉고는 내 위에 널브러져 잠들었다. 처음이자 마지막으로 눈을 뜨고 그 모든 순간을 똑바로 지켜보았다.

한겨울 어둠 속에서 탄천의 얼음을 깨고 들어가 씻었다. 추위에 온몸의 감각이 얼어 아무것도 느껴지지 않았다. 물에 젖은 머리카락은 금세 얼어붙었다. 때밀이 수건으로 온몸 구석구석을 밀었다. 오톨도톨한 빨간색 때수건에 연한 피부가 쓸려 피가 나고 벗겨져도 멈추지 않았다. 손가락이 곱아 더 이상 씻을 수 없게 되어서야 나는 집으로 돌아왔다.

사랑방 한구석의 벽돌더미 사이에 숨겨놓은 물건들을 꺼냈다. 알코올램프, 갈색 클로로포름 병, 붉은색 비닐 노끈, 아버지가 즐겨 마시는 소주의 플라스틱 병. 알코올램프의 뚜껑을 열어 빈 소주병에 부었다. 독한 알코올 냄새가 훅 났다. 플라스틱 타는 냄새를 가리기 위해 소주를 섞었다. 냄새는 완전히 가시지 않았지만 자신의 몸에서 나는 술냄새에 취한 아버지가 눈치챌 만큼 강하지는 않았다.

알코올은 메탄올과 에탄올 두 종류가 있다. 겉으로 보이는 특징은 같지만 메탄올은 치명적인 독극물이다. 당시에는 메탄올 관련 규제법이 시행되지 않아 알코올램프에는 에탄올보다 가격이 훨씬 싼 메탄올을 사용했다. 아버지를 목 졸라 죽이는 방법이 실패할 경우를 대비한 것이었다. 아버지는 매일 아침 라면으로 해장하면서 소주 한 병을 비웠다. 메탄올을 채운 소주병 뚜껑을 꽉 닫아 부엌에 가져다 두었다.

시골이라 밤이면 어둠이 짙게 내렸다. 나는 어둠에 눈이 익숙해질 때까지 기다렸다. 아버지의 코고는 소리가 어두운 안방 너머에서 새어나왔다. 미닫이문을 열자 후끈한 열기와 술 냄새가 나를 덮쳤다. 아버지는 벌거벗은 사타구니를 드러낸 채 널브러져 있었다. 웃옷은 다 벗지도 않은 채였다.

노끈으로 아버지의 손과 발을 묶고 재갈을 물렸다. 아버지는 신경질적으로 몸을 뒤척였지만 술에 취해 깨어나지 못했다. 아버지의 얼굴에 클로로포름을 적신 수건을 올려놓고 기다리는 순간에는 설레었다. 아버지의 목에서 팔딱이는 경동맥 두 개를 찾아 엄지손가락으로 꽉 눌렀다. 경동맥을 눌러야만 뇌로 가는 혈류가 차단돼 천천히 고통스럽게 죽어간다. 혈관의 맥동을 느끼며 손에 힘을 줄 때는 가슴이 벅차 숨이 멎을 것만 같았다.

"넌 괴물이야!"

누워 있는 아버지의 가슴에 올라탄 채 잠에서 깨어난 아버지의 발악을 견디는 시간이 너무 길어 두렵기도 했다.

"넌 괴물이야!"

쉰 목소리는 점점 낮아졌다.

"넌 괴물이야!"

서서히 아버지의 팔다리 힘이 풀리고, 내 손바닥에서 혈관의 팔딱임이 느껴지지 않던 그 순간만큼 내 인생에서 환희를 느낀 적은 없었다.

죄책감? 죄악감? 패륜? 법? 질서? 윤리? 클로로포름 냄새는 내 심장을 마취해 그런 단어를 잊게 만들었다. 죄책감이나 양심의 가책 따위는 자기 학대의 다른 이름일 뿐이었다.[8]

그것들을 아버지라 여기면 범행은 더 간단하고 쉬워진다. 그래서 나는 마취 시간이 오래 걸리는데도 굳이 클로로포름으로 마취를 하고 헤로인으로 다시 한번 마취를 한다. 기어이 나를 괴롭히는 죄책감과 복잡한 감정은 클로로포름과 함께 날아가버린다.

아버지는 언제나 내가 검붉은 피를 흘릴 때까지 멈추지 않았다. 피비린내는 나의 고통과 상처를 떠올리게 했다. 아버지가 나를 짓밟던 순간이 되살아나 구역질이 나서 나는 아무것도 하지 못했다. 어쩌다 손가락을 베기라도 하면 나는 상처의 고통보다 흘러나오는 피 때문에 구역질이 나서 견딜 수 없었다. 피비린내는 내 감정을 고조할 우려가 있었다. 그래서 일부러 황산으로 피부에 화상을 입히는 방법을 썼다.

다른 사람들이 보기에는 평범한 복수에 불과할지라도 내게 그건 신성한 의식이었다. 누군가에게는 저열한 폭력으로만 느껴질지라도 내게 그건 인간이 사는 세상을 더 낫게 만들어줄 구원의 행위였다. 내 생명을 보호하고 내 인간성을 지키기 위한 유일한 방법이었다. 멈추지 않고 악을 짓밟아야 숨을 쉴 수 있었다. 나는 살아남기 위해 더 거대하고 강한 악이 되어야만 했다.

안곡경찰서 5층에 있는 CCTV 관제센터의 한쪽 벽에는 작은 모니터 화면이 빼곡하게 들어차 있었다. 모니터 요원 36명의 자리에도 시시각각 화면이 바뀌는 커다란 모니터가 자리하고 있었다.

CCTV 관제센터에 소속된 모니터 요원 세 명이 협조해 사건 전후 한인걸의 집 주변 CCTV를 점검하고 있었다. 하지만 사건 당일 범인을 특정 지을 수 있는 유의미한 영상은 찾지 못했다. 범인은 전혀 흔적을 남기지 않았다. 한인걸의 집 주변 1km 내의 큰 도로는 철저히 감시되고 있었다. 범인은 큰 도로가 아니라 좁은 골목을 선택해 교묘하게 사각지대로만 이동했다.

범인이 사전답사를 했다는 가정 하에 사건 전 CCTV까지 뒤지고 있었다. 유력한 용의자인 영준의 집 근처 CCTV와 공장 CCTV까지, 점검할 CCTV 양은 점점 더 늘어나기만 했다.

모니터 요원들이 분석해서 편집한 영상을 확인하는 일은 성훈과 철규 담당이었다. 두 사람이 중요한 영상을 골라내면 민수와 희성이 점검했다. 워낙 영상의 양이 방대해서 주의해서 봐야 할 영상만 보는데도 오전 시간이 다 지나갔다. 내내 화면을 뚫어지게 쳐다보고 있었더니 눈이 뻑뻑했다. 화장실 갔다가 담배나 한 대 피우고 와야지. 민수는 자리에서 일어나며 희성을 바라보았다. 희성은 화면으로 들어가기라도 할 것처럼 목을 길게 뺀 채 집중하고 있었다. 어찌나 집중했는지 민수가 영상분석실을 나올 때까지도 눈치채지 못할 정도였다. 성훈과 철규도 심각한 얼굴로 모니터만 바라보고 있었다.

조사해야 할 사항이 늘어나면서 지원팀에 필요한 형사의 숫자도 늘어났다. 형사들은 먼발치에서 민수를 보기라도 하면 재빨리 피해버렸다. 노골적인 수사 참여 거부였다. 민수도 공조수사를 그리 좋아하지 않았다. 개성이 강한 형사들은 수사방향에 대한 의견이 일치하는 법이 없었다. 토론과 양보로 적절한 합의점을 찾는 것은 불가능했다. 다들 자기주장이 옳다고 우겨서 항상 말싸움이 일어났다. 민수는 순발력도 표현력도 부족했기 때문에 말싸움에서 이겨본 적이 없었다. 형사과장은 민수에게 전권을 위임한다고 했지만 과연 동료 형사들이 얼마나 협조할지는 의문이었다.

하지만 희성의 부탁과 협박에 형사들은 이맛살을 찌푸리면서도 수사에 참여했다. 당연했다. 희성은 안곡경찰서 최고의 인기남이었다. 밝고 따뜻한 성품과 연예인처럼 곱상한 외모는 처음 보는 순간부터 사람들의 호감을 끌어냈다. 게다가 희성은 누군가의 부탁을 거절하는 법이 없었다. 이제 전근 온 지 겨우 반년인데도 안곡경찰서에서 희성의 도움을 받지 않은 사람은 거의 없었다.

태양빛이 일직선으로 머리 위에 쏟아졌다. 민수는 두세 모금 빨아들인 담배를 껐다. 숨 쉬기도 힘들 정도의 더위로 옷이 땀에 푹 절어 기분이 찝찝했다.

한인걸은 단 한 번도 집에 여자를 들인 적이 없다고 진술했다. 머리카락 유전자 분석을 통해 알아낸 것은 여자라는 사실밖에 없었다. 범죄자들의 유전자기록을 보관하는 DNA 신원확인정보 데이터베이스에는 일치하는 샘플이 당연히 없었다. 물론 응급대원을 비롯해 사건과 관련된 모든 여자와도 불일치했다. 유전자로 용의자를 특정하는 것은 남성이 수월했다. 우리나라는 부계사회이기 때문에 Y염색체를 분석하면 성(姓)을 특정 지을 수 있다. 묻지마 범죄나 다름없던 어느 사건은 유전자 분석으로 범인의 성이 '현'이라는 것을 알아내고, 단번에 범인을 찾아낸 적도 있다.

유전자 분석으로는 나이는 20대 중후반, 키는 여자치고는 큰 편인 170~180cm, 색소가 적은 편이라 피부는 하얗고, 머리카락과 눈동자는 연갈색이다. 푸른빛이 돌 정도로 검은 머리카락은 염색을 한 것이다. 하지만 민수는 증거를 쉽게 믿을 수 없었다. 수학도 과학도 완벽하지 않다. 아직 밝혀지지 않고 숨겨진 뭔가가 더 많다. 아인슈타인의 우주 상수도 한때는 부정되었다. 세계에서 가장 똑똑하다는 사람들이 눈으로 직접 관측한 결과도 틀릴 수 있다. 그런 멍청한 실수를 저지르지 않기 위해서는 자신의 눈도 믿지 말아야 한다. 무엇이든 의심하라. 함부로 신뢰하지 말라. 그게 수사의 기본이었다.

재떨이에 담배를 던져 넣고 돌아서는데 정자 아래에 뭔가 있었다. 다이어리는 생각보다 깊숙이 들어가 있어 흙바닥에 우스꽝스러운 모습으로 엎드려서 꺼내야만 했다. 겨우 꺼낸 다이어리에는 푸른빛을 내며 반짝이는 액세서리가 달려 있었다. 나자르 본주, 악마의 눈. 희성의 다이어리다.

- 묽은 황산과 진한 황산의 차이
- 외과용 수술도구 판매처(경기지역)
- 정영준의 근무일자, 시각
- 헤로인의 치사량
- 안도현의 빌라 설계도, CCTV 위치
- 판매 주류의 메탄올 포함량
- 펜토바르비탈나트륨 치사량
- 자동차 수리업체 전화번호
- 원남시 성폭력 사건 피해자 조사 : 최윤종, 김우진
- 극성 페미니스트 사이트 회원 중 원남시 거주자 조사 : 서정빈, 손지훈
- 원남시 근무 의료관련 업종 종사자 중 성폭력 피해자 조사 : 노윤성, 김세호
- 원남시 여경 중 성폭력 피해자 조사 : 김승준, 봉지환
- 영상분석팀 : 강성훈, 이철규
- 사이버범죄팀 : 박나희, 홍원경
- 잠복수사팀 : 이선욱, 전세영
- 신고분석팀 : 윤은지, 이도현

순간적인 호기심이었다. 민수는 타인이 자신의 사생활에 대해 물으면 질색했다. 자신의 사생활을 밝히기 싫어 타인의 사생활도 묻

지 않았다. 하지만 어느새 손이 표지를 넘기고 있었다. 무의식적으로 획획 페이지를 넘겨 대충 훑어보았다. 알 수 없는 메모와 그림이 뒤섞여 있었지만, 커다란 크기의 제목들은 한눈에 들어왔다. 젠장, 민수는 화가 머리끝까지 나서 씩씩대며 영상분석실로 향했다. 희성은 여전히 그 자세 그대로 화면을 뚫어져라 보고 있었다. 민수는 다이어리를 흔들며 입술을 짓씹었다. 쌍욕이 나올 것만 같았다.

"너, 정신을 어디에 두고 다녀?"

희성은 민수의 고함에 화들짝 놀라 뒤를 돌아보았다. 성훈과 철규가 보고 있었지만 민수는 화를 삭이지 못했다.

"어? 그, 그거 내 다이어리인데?"

희성은 당황해서 말까지 더듬었다. 잊어버린 줄도 몰랐던 모양이다.

"어, 어디서 찾으셨어요?"

민수는 대답하지 않았다. 그 대신 다이어리를 한 장 한 장 넘기며 이를 갈았다. 묽은 황산의 제조 방법, 헤로인 추출 방법, 영준이 다니는 공장의 CCTV 위치, 천식의 수사기록 등 범행에 관한 모든 것이 정리되어 있었다. 그중에는 민수가 모르는 사실도 꽤 있었다. 파트너끼리 정보를 공유하는 것은 당연했다. 다른 형사들이 맡은 사건 수사 상황까지 종알대는 희성이 왜 알아낸 사실을 말하지 않았을까? 의구심보다는 분노가 훨씬 강했다.

"여기 내가 모르는 것들도 꽤 있더라. 왜 말 안 했어? 외과용 수술도구 판매처! 범행현장에서 발견된 면장갑의 특징으로 추정한 상표명! 면장갑 판매처! 정영준의 근무기록! 파악되자마자 나한테 말했어야 하는 거잖아!"

"제가 말 안 했나요? 분명히 말했던 거 같은데……."

하, 기가 막힌다. 이렇게 중요한 정보를 흘려들었을 리 없다. 너무 황당해서 화가 오히려 수그러들었다. 희성은 가끔 이렇게 어이없는 실수를 한다. 심각한 건망증 때문이다. 지난달에는 오전에 참고인 조사를 하고 점심을 먹은 뒤 참고인이 출두하지 않았다면서 다시 연락해 부르는 일까지 있었다.

"죄송해요. 말했다고 착각했나 봐요."

"착각? 그게 착각할 일이야? 그리고 다이어리를 어디에 두고 왔는지도 기억 못한다는 게 말이 돼? 기자들 손에라도 들어가면 어쩌려고 이렇게 허술하게 관리해?"

사건 수사 상황에 대해서는 동료 형사들은 물론 지원팀에게까지 언급하지 말라는 상부의 지시가 있었다. 언론의 취재 경쟁이 워낙 심하기 때문이다.

"죄송해요."

희성은 얼굴까지 빨개져 사과했다. 성훈과 철규가 지켜보는데도 몇 번이나 고개를 숙이며 어쩔 줄 몰라 했다. 민수는 휙 돌아서 휴게실로 향했다. 흥분을 가라앉혀야 했다. 희성은 민수의 눈치를 보며 따라왔다.

민수는 휴게실 의자에 털썩 앉아 자판기를 향해 고갯짓을 했다. 희성은 재빨리 설탕이 듬뿍 든 밀크커피를 뽑아 와 공손히 내밀었다. 맞은편 의자에 앉아 양손까지 가지런히 모은 채 고개를 수그리고 잔뜩 기죽어 있는 모습을 보니 화가 스르르 풀렸다.

희성은 언제나 민수보다 먼저 출근하고 늦게 퇴근했다. 민수에게 말하지 않았던 새로운 사실은 분명 밤늦게까지 혼자 남아서 전화기를 붙들고 알아낸 정보일 것이다. 매일 혼자 야근하고 당직실에서 쪽잠을 자면서도 민수에게 생색내며 불퉁거리는 일도 없었다. 실수를 한 것은 짜증났지만 희성이 잔뜩 풀죽어 고개 숙이고 있는 것도 못마땅했다.

"한인걸의 묘사대로 만든 범인 몽타주, 어제 방송에 나갔지? 혹시 들어온 신고 중에 신빙성 있는 거 있어?"

희성이 반색하며 안도의 한숨을 쉬었다. 민수는 희성의 어깨를 툭툭 두드려주었다. 기죽지 마, 살갑게 말하지 않아도 눈치 빠른 희성이 알아듣고 민수를 향해 힘없이 웃었다.

"아직까지는 신고 건수가 적어요. 오늘부터는 경찰서나 편의점에도 전단이 붙을 테니 늘어날 거예요."

몽타주는 별 특징이 없었다. 한인걸은 크고 푸른 눈이라는 인상착의를 고집했다. 게다가 완성된 몽타주를 보고는 맘에 안 드는지 고개를 갸웃했다.

"이 모습은 아닌데……"

"어디가 어떻게 다른지 정확히 말해줘야 고치죠."

몽타주를 그린 형사지원팀 윤은지 경장은 신경질적으로 받아쳤다.

"그냥 느낌이 좀 달라. 그 여자는 솜털이 보송보송해서 어려 보이고, 좀 더 부드러운 느낌이었어."

"느낌 같은 소리 하네."

은지가 코웃음을 치며 혼잣말처럼 구시렁거렸다. 은지는 처음부터 한인걸에 대한 경멸을 숨기지 않았고, 몽타주 배포에도 회의적이었다.

"시간 낭비하는 거예요. 한인걸은 푸른 눈이라고 하잖아요. 분명 마약에 취해 환각을 본 거예요."

부정적인 의견을 피력하면서도 은지가 몽타주를 작성한 것은 희성 때문이었다. 은지는 희성을 좋아한다는 것을 숨기지 않았다. 몽타주와 관련된 신고 분석을 전담한다고 먼저 나설 정도였다. 하지만 희성은 부드러운 말투와 예의 바른 태도로 은지와 거리를 두었다.

"툴툴대긴 해도 윤은지 형사가 업무는 똑 부러지게 하니까 좀 더 기다려보자. 혜미나 다른 가족의 모습을 변형하는 건 왜 이렇게 늦어?"

"여름이라 사건이 거의 두 배로 늘어나서 좀 늦는 것 같아요."

잔인한 범죄는 한여름 한낮에 많이 발생한다. 체온 유지를 위해 소모되던 열량은 그대로 축적되어 신경 체계를 흥분시키고 폭력을 유도한다. 어느새 한여름이었다.

"왜 하필이면 마취제로 헤로인을 썼을까? 만약 의료계 종사자라면, 아니 의료계 종사자가 아니라 해도 프로포폴이 훨씬 구하기 쉬웠을 텐데."

안곡은 서울 강남구 다음으로 성형외과와 피부과가 많은 동네였다. 올해 초 안곡에 있는 대부분의 병의원들이 향정신성 의약품 관리 소홀로 적발되었다. 프로포폴을 비롯해 의약품을 보관하는 곳은 누구나 마음만 먹으면 들어갈 수 있을 만큼 병원의 보안은 취약했다. 시정명령도 제대로 지키지 않아 마약과 형사들이 골치 아프다며 불평했던 기억이 났다.

그렇게 쉽게 구할 수 있는 프로포폴 대신 범인은 군이 헤로인을 썼다. 그건 프로포폴보다 헤로인에 쉽게 접근할 수 있다는 뜻이다. 마약 판매상도 아닌데 대량의 마약을 취급하는 곳은 한 군데밖에 없었다. 민수는 고개를 저으며 자신의 추론을 부정했다. 자신의 추리가 맞는다면 일이 커진다.

"헤로인은 마약 중에서도 비싼 편에 속하고 구하기도 어려워. 게다가 추출 과정도 번거로울 텐데 왜 헤로인을 썼을까? 진통제와 환각제 기능은 필로폰이나 대마초도 있어."

"대마초는 액상 추출이 어렵고 필로폰은 각성효과도 있으니까 정맥에 주사하는 헤로인이 마취에는 가장 효과적이에요."

"잘 아네?"

"발령 초기에 마약 수사 몇 번 도와줬거든요."

"대마초, 필로폰을 거쳐 마지막에 하게 되는 마약이 헤로인이야. 그 정도 양의 헤로인을 구할 수 있었다면 심각한 중독자일 가능성도 있어. 아니면 마약 판매상이거나."

"그러잖아도 마약과에 협조 요청을 했어요. 젊은 여자가 헤로인을 그렇게 많이 구했다면 분명 소문이 퍼졌을 테니까요."

민수는 망설였다. 모든 인간은 선악을 동시에 가지고 있다. 형사들도 마찬가지다. 지속적으로 악에 노출되다 보면 어느새 선악의 기준이 모호해지고 경계선 위에서 망설이게 된다. 지치고 힘들면 악에 무감각해지고 범죄의 유혹에 흔들린다. 형사가 범죄를 저지르는 경우가 가장 골치 아프다. 수사 과정을 뻔히 알고 있어 범죄는 완벽에 가깝다.

"한 번에 대량으로 헤로인을 구할 수 있는 곳은 딱 한 군데야. 어딘지 알아?"

희성은 고개를 갸웃하며 한참을 기다렸다. 민수는 망설이다 입을 열었다.

"경찰서!"

"네? 그럼 범인이 경찰이란 말이에요?"

희성이 눈을 동그랗게 뜨고 되물었다.

"범인이나 공범이 경찰이라면 안도현의 주소지를 쉽게 알아낸 것도 헤로인을 대량으로 가지고 있었던 것도 들어맞아. 폐기 절차가 까다로워서 압수 마약은 경찰서 금고에 잠시 보관하다가 모아서 한꺼번에 폐기하는 경우가 많잖아. 대량으로 헤로인을 구할 수 있는 방법은 그것밖에 없지 않겠어?"

마약 판매상들은 조심성이 많다. 구매자들과 얼굴을 마주하는 것도 꺼려서 보통 공공장소의 사물함을 이용해 거래하기 마련이다. 오랜 단골이어도 대량으로 판매하지는 않는다. 양이 많으면 들킬 위험성이 크기 때문이다. 판매상과 연결되는 것 자체가 힘들기 때문에 여러 명에게서 구입하기도 힘들다.

"일단 원남시 경찰서 중 헤로인 털린 데 있나 알아보죠."

"그걸 마약과 형사들이 제 입으로 말할까? 경찰은 위계가 분명한 조직이야. 말단형사가 실수를 해도 윗선까지 관리소홀로 징계야. 그러니 마약 절도 사실을 알았어도 어떻게든 덮었을 가능성이 높아. 알잖아? 모른 척하고 덮어주는 게 동료애라고 착각하는 형사들이 대부분이야. 게다가 내부고발이라도 하면 완전히 매장당할 테니 설사 절도 사실을 알았어도 모른 척했을 거야."

"원남시 내 경찰서 마약 관련 기록 전부 다 요청해서 누락된 양이 있는지 비교분석 해볼게요. 아마 선배 말대로 절도가 발생했어도 조직적으로 덮었을 가능성이 커요. 그래도 여기저기 찔러보면 분명 뒤가 켕기는 인간들이 움직일 거예요."

희성은 다이어리에 쓴 메모 중 중요한 사항에 형광펜으로 표시를 했다. 진홍색은 다른 형사들에게 시킬 조사였고, 노란색은 용의자의 특성을 정리한 사항이다. 대화를 나누면서도 가지런히 빠르게 필기하는 것도 갖가지 색깔로 분류하는 것도 신기했다. 민수와 희성이 나눈 대화의 요점을 적은 메모는 당장 보고해도 손색없을 만큼 깔끔했다. 건성으로 획획 넘기며 훑었지만 범행수법을 추측한 메모는 범행을 눈앞에서 본 것처럼 설명과 묘사가 섬세하고 생생했다. 그래서 걱정이었다. 뭔가를 놓친 듯 답답한 것도 그래서일 것이다.

"앞으로 다이어리 관리 잘해. 한 번만 더 아무 데나 놔두고 오면 그땐 나도 그냥 못 넘어가."

"넷! 알겠습니다!"

민수의 협박 섞인 당부에 희성이 장난스럽게 거수경례를 하며 대답했다. 피식, 웃음이 나왔다. 어딘가 막힌 듯 찝찝하던 기분이 희성의 환한 미소에 날아갔다. 희성은 다짐하듯 다이어리를 가슴에 꼭 품었다. 다이어리에 매달린 나자르 본주가 희성의 팔찌에 매달린 나자르 본주와 엉켜서 푸르게 빛났다.

4-6

의사의 진단은 애매했다. 병의 진행 속도가 빨라질지 느려질지 멈출지 그 세 가지 중에서도 답을 고르지 못했다. 내 병을 확인한 바로 그 순간, 가장 먼저 떠오른 사람이 아버지였다. 후회했다. 죽이지 말아야 했다. 살려두어야 했다. 그리고 내가 느꼈던 감정을 고스란히 되돌려주어야 했다. 고통, 상처, 좌절, 절망…… 세상의 모든 부정적 감정에 죽고 싶을 만큼 괴롭혀야 했다. 죽고 싶다고 매달려도 죽지 못하게 만들어 살아 있는 게 얼마나 비참한지 깨닫게 해주어야 했다. 어린 시절의 나는 너무 순진했고 단순했다.

분노와 증오로 이를 갈았다. 아버지는 죽었지만 나의 복수는 아직 끝나지 않았다. 아버지를 대신해 죽을 사람을 찾아 헤맸다. 다행이었다. 세상에 이렇게 많은 악이 존재한다는 사실이.

"넌 괴물이야!"

아버지는 마지막으로 그렇게 말했다. 그래서 난 정말 괴물이 되어주기로 결심했다.

4-7

한 케이블방송사가 뉴스 속보로 영준이 다니는 건전지 공장 창고 앞 CCTV 영상을 자세히 보도했다. 민수도 아직 확인하지 못한 영준의 공장 창고 출입기록이 인터넷으로 먼저 퍼졌다.

한인걸 사건 일주일 전 새벽 3시, 황산 보관창고에 들어갔다가 10분 만에 황산 드럼통을 굴리며 나오는 사람은 남자인지 여자인지조차 구별이 되지 않았다. 하지만 반도체 키로만 출입이 가능한 곳이었다. 보안시스템에는 영준의 출입시간이 시분초까지 상세히 기록돼 있었다.

변호사는 영준이 그 전날 반도체 키를 잃어버렸으며, 그 시간에 아파트에 머물렀다고 주장했다. 하지만 영준의 진술을 뒷받침할 공장 출입구 CCTV는 당시 부서진 상태였고, 아파트 정문 CCTV는 알리바이가 되지 못했다. 이미 영준을 비롯한 혜미 가족은 모두 감시 중이었다.

점심으로 비빔밥을 먹었더니 뭔가 허전했다. 민수는 뼈다귀해 장국이나 순댓국같이 얼큰한 국물을 좋아했다. 하지만 희성은 피자나 햄버거 같은 외국 음식을 즐겼다.

"하여간 입맛이 아직 어린애라니까. 한국인이 한국 음식을 먹어야지."

민수가 점심때마다 빈정댔지만 희성은 메뉴 선택만은 양보하지 않았다.

"선배는 노인네 입맛이고요. 선배야말로 글로벌 시대에 맞게 입맛도 좀 글로벌해져 봐요."

"그래, 노인네 입맛이다. 그러니까 오늘 하루만 뼈다귀해장국 먹자. 내가 어제 저녁에 술을 좀 마셨더니 속이 쓰려서 그래."

한인걸 사건을 맡은 후로는 매일매일 술이었다.

"몇 번이나 말했지만, 아직도 잔인하게 도축하는 곳이 얼마나 많은지 아세요? 고통스럽게 죽일수록 젖산이 많이 분비돼 육질이 부드러워진다고 일부러 고통스럽게 죽이는 경우도 많아요. 그리고 소고기를 소비하면 소비할수록 지구온난화가 심각해진다니까요. 소고기 판매가 돈이 되니까 아마존 밀림을 밀어내고 목장을 만들어서요. 산소를 만들어내는 밀림은 없애고 방구 뀌어대는 소만 잔뜩 키우니까요. 방구가 온실기체인 메테인가스라고 제가 말씀드렸죠?"

오늘도 희성을 설득하려다 잔소리만 잔뜩 들었다. 결국 언제나 그렇듯이 타협안은 많지 않았다. 스님도 아니고 풀만 먹으니 한여름 더위에 더 지치는 것도 같았다. 서연역 앞 식당가에서 경찰서까지 5분도 안 되는 거리에 땀이 줄줄 흘렀다.

안곡경찰서 후문 앞은 시위하는 사람들로 북적였다. 정문 앞은
인도가 좁아서 후문 쪽으로 몰려든 것이다. 후문은 서연역 방향
으로 나 있는 좁은 쪽문이지만 앞쪽 공터가 꽤 넓었다. 정혜미에
대한 수사는 2차 가해라는 고함과 한인걸에 대한 수사를 중단하
라는 고함은 너무 익숙해져 거의 배경 소음이 되어버렸다. 가까운
후문을 놔두고 경찰서 건물을 빙 돌아서니 정문 앞에 길게 늘어
선 줄이 보였다. 사흘 전 유튜버가 잠입해 취재를 시도한 이후 지
문감식까지 해야 정문을 통과할 수 있었다. 민수는 정문을 통과
하는 순간 담배를 입에 물고 필터를 잘근잘근 짓씹었다.

여론은 둘로 나뉘어 팽팽히 맞서고 있었다. 한인걸을 그렇게 만
든 범인을 옹호하는 사람들과 누구를 대상으로 하든 범죄는 용
납할 수 없다는 사람들이 매일 관련기사의 댓글 게시판과 안곡경
찰서 홈페이지 게시판을 난장판으로 만들었다.

실마리가 보이지 않는 수사 상황에 답답했는지 범인의 처벌을
주장하는 사람들도 범인의 처벌을 반대하는 사람들도 이제는 형
사들을 공격하기 시작했다. 안 잡는 거냐, 못 잡는 거냐, 엉뚱한 영
준을 범인으로 몰아 괴롭히는 거 아니냐……. 비아냥거리는 기사
때문에 윗선에서도 골치가 아픈 모양이었다.

흡연 구역에 도착하자마자 담배에 불을 붙였다. 니코틴이라도
밀어넣어야 짜증이 가라앉을 것 같았다. 흘낏 보니 희성은 담배에
불을 붙이면서도 스마트폰에서 눈을 떼지 않았다.

"어째 휴대폰에서 눈을 못 떼냐? 너 스마트폰 중독이야."

"아니거든요. 지금 수사 중이거든요."

피식, 비웃는데 희성이 휴대폰을 들고 다가왔다. 희성이 붙어 서며 휴대폰 화면을 눈앞에 들이밀었다. 땀범벅이 된 자신과 달리 희성의 얼굴은 보송보송했다. 게다가 시원한 향기까지 났다. 괜스레 자신에게서 역한 땀내가 날까 봐 뒤로 살짝 물러섰다. 하지만 희성은 서슴없이 다가온다.

"이거 좀 보세요. 선배는 못 보셨죠?"

"뭔데?"

"청소부 팬카페예요. 벌써 두 개나 생겼어요."

"청소부?"

"사람들이 범인을 청소부라 부르거든요. 인간쓰레기 청소해준다고."

희성은 신나서 게시판의 글을 읽었다.

"청소부는 의인입니다. 법질서가 해내지 못한 정의 구현을 했습니다."

"충분히 죽일 수 있었는데도 고환만 제거했다는 것은 추후 있을지도 모르는 범죄를 예방하기 위해서였습니다. 혼자 범죄와의 전쟁을 벌이는 의인을 표창해주세요."

"청소부는 경찰을 도와 정의를 구현했습니다. 같은 편끼리 서로 물고 뜯는 짓은 하지 맙시다."

"청소부 잡기만 해봐라. 내가 안곡경찰서 불 지른다."

"형사님, 수사할 시간 있으면 차라리 게임을 하세요. 어떤 게임이든 제가 아이템 무료로 제공하겠습니다."

"청소부가 잡히지 않게 해달라고 백일기도를 시작했습니다. 전지전능하신 하나님께서 제 기도를 들어주시리라 생각합니다."

우스웠다. 혜미가 한인걸에게 성폭행을 당한 곳은 교회였다. 하나님은 바로 자신의 집에서 그 추악한 범죄를 지켜보기만 했다. 민수의 아버지가 죽은 곳도 바로 교회였다.

'용서라는 건 세상에 존재하지 않아. 그저 비겁한 겁쟁이들이 복수를 포기하고 단념하는 것을 용서라는 말로 포장하는 것뿐이야. 오히려 용서는 정의를 모욕하는 가장 좋은 방법이지.'

한인걸 사건을 맡고 나서는 누나의 목소리가 하루에도 몇 번씩 머릿속을 울렸다. 또다시 두통이 몰려왔다.

"야! 너희 잘 만났다. 내가 아주 그놈의 CCTV 분석하느라 눈이 빠지겠다. 뒷목도 뻐근하고. 내가 왜 영상분석 협조를 허락했는지 모르겠다, 후우. 이상하게 희성이 쟤가 생글거리면 마음이 약해진다니까."

성훈의 걸걸한 목소리가 민수의 생각 틈으로 끼어들었다. 성훈은 오른손으로 뒷덜미를 주무르며 담배를 입에 물었다.

"공범이 경찰일지 모른다고 여기저기 쑤시고 다닌다며? 마약과 형사들이 이를 갈더라. 원남에 있는 모든 경찰서에 마약 압수, 폐기와 관련된 서류 몽땅 제출하라고 했다면서? 일일이 확인하고 대조해서 누가 빼돌렸는지 찾을 모양인데, 아서라. 원남시에 있는 경찰서에서 훔쳤다는 증거도 없고, 일 년치 마약사건 서류만 해도 방 하나를 가득 채울 텐데 그걸 어떻게 찾아내? 분위기 뒤숭숭하게 만들지 말고 그냥 포기해."

대답 없는 민수 대신 희성이 살갑게 말했다.

"그래도 무작정 손 놓고 있을 순 없잖아요. 마약과 형사들이 협조해서 끄나풀들 탐문했는데, 원남시에서 헤로인 취급하는 판매상도 세 명밖에 안 되고 고객도 몇 명 없나 보더라고요. 판매상들이나 고객들이나 알리바이도 확실하고요. 그러니 경찰서에서 나왔다고 생각할 수밖에요."

"야! 그래도 적당히 해! 뭘 기어이 잡으려고 애쓰냐? 그냥 찾는 시늉만 하다가 미제로 덮어버려. 그런다고 너희 욕할 사람 아무도 없으니. 안 되는 일에 시간 낭비하지 않고 포기하는 건 비겁한 게 아냐. 용기 있는 행동이지."

성훈이 민수의 어깨를 툭 치고는 경찰서로 향했다. 성훈의 뒷모습에 누나의 고함 소리가 겹친다. 민수는 한숨을 내쉬며 관자놀이를 세게 눌렀지만 머릿속을 파고드는 목소리는 카랑카랑했다.

'용서했다고? 복수를 포기하고 단념했다고? 그런 위선이 나한테 통할 거 같아? 아니, 넌 용서하지 못했어. 포기하고 단념하는 것도 용기가 필요한 행동이지. 넌 그저 미루는 것뿐이야. 너 같은 겁쟁이는 언제나 시간을 끌면서 결정을 미루지. 아니면 타인에게 결정을 떠넘기거나. 그런 애들이 성실하기는 해, 너처럼. 그렇게 평생을 타인의 기준과 결정에 의지해 살아가는 주제에 열심히 살기는 하지. 그렇게 최선을 다해 노력하면 자신이 꿈꿨던 미래에 다가갈 수 있다고 착각하지. 현실은 지배층에게 세뇌당해 지배층의 재산을 불려주기 위해 일하면서도, 그게 자신의 꿈이라고 착각하며 꿈을 이룬 스스로를 기특해하는 거지. 정의실현이 네 꿈이라고? 네가 지금 네 꿈을 꾸고 있는 것 같아?'

누나는 언제나 민수를 끝까지 몰아붙였다. 그리고 아슬아슬한 상태에서 설득했다. 복수하라고. 한 번도 누나의 설득에 고개를 끄덕이지 않았다. 하지만 한 번도 누나의 부탁에 고개를 젓지도 못했다.

제5장

릴리트*

Lilith

하나님이 자기 형상 곧 하나님의 형상대로 사람을 창조하시되 남자와 여
자를 창조하시고.
- 《창세기》 1장 27절

여호와 하나님이 아담에게서 취하신 그 갈빗대로 여자를 만드시고 그를 아
담에게로 이끌어 오시니, 아담이 이르되 이는 내 뼈 중의 뼈요 살 중의 살이
라 이것을 남자에게서 취하였은즉 여자라 부르리라 하니라.
- 《창세기》 2장 22~23절

---

* 릴리트는 유대 신화에 등장하는 아담의 첫째 아내이다. 하지만 릴리트는 아담이 원하면
무조건 성관계에 응해야 하고, 그의 아래에 깔려서만 성관계를 해야 한다는 사실에 불만을
품고 싸운 뒤 홍해 근처 동굴로 도망간다. 그리고 홍해 근처의 사막에서 루시퍼를 만나 연인
이 되어 매일 수백 마리의 괴물과 악마를 낳는다.

5-1

어머니는 나를 낳자마자 버리고 도망쳤다. 한겨울, 차가운 방바닥에서 벌벌 떠는 발가벗은 아이에게 담요 한 장 덮어주지 않았다. 돈이 될 만한 것들을 찾느라 바빠서였다. 잔뜩 취해 밤늦게 돌아온 아버지는 그대로 잠들었다. 고양이 울음소리가 간간이 들렸지만 귀찮아서 쫓아내지 않았다. 다음 날 밝은 햇빛 아래서 나를 보자마자 아버지는 쌍욕을 내뱉었다. 그리고 맨 먼저 서랍을 열고, 냄비를 꺼내고, 구들장을 들어 올리며 어머니가 무엇을 훔쳐 갔는지 확인부터 했다. 당연히 아무것도 남아 있지 않았다. 아버지는 그대로 집 밖으로 나가 어머니를 잡으러 사방팔방 돌아다녔다.

사흘 뒤 아버지가 돌아왔을 때 나는 눈을 감은 채 그 자리에 그대로 있었다. 얼룩덜룩한 핏덩어리와 양수가 말라붙은 피부는 추위에 얼어붙어 이미 시퍼렇게 변하고 있었다. 꾸덕꾸덕 말라붙은 탯줄은 길게 늘어져 다리에 엉켜 있었다.

아버지가 나를 쓰레기봉투에 넣으려는 순간, 목이 뒤로 꺾이며 내가 눈을 떴다. 자신과 똑같은 연갈색 눈동자에 아버지는 움찔

했다. 아버지는 언제나 이성보다 동물적인 본능으로 판단하고 결정하는 사람이었다. 자손을 번식시키려는 이기적 유전자는 아버지의 무의식적 욕망을 자극해 나의 생(生)을 선택했다.[9]

내 존재만으로도 정부에서는 꽤 많은 보조금을 아버지에게 지급했다. 아버지는 보조금의 절반을 떼어주는 조건으로 나를 어떤 여자에게 떠넘겼다. 여자는 그런 식으로 세 살 미만의 아이를 아홉이나 키우고 있었다. 그리고 짜증과 신경질로 가득 차 아이들을 학대했다.

매일 울어대는 아이들 소리에 참다못한 이웃이 신고하고 나서야 아이들의 존재가 세상에 드러났다. 정부보조금을 포기하기는 싫고 양육은 더 싫은 부모들이 버리고 간 아이들은 배가 고파 울고, 짓무른 엉덩이가 쓰려서 울었다. 더러운 환경에서 씻기지도 않아 아이들의 몸에서는 이와 옴이 발견되기까지 했다. 울음소리가 시끄럽다고 때리고, 밥을 흘린다고 꼬집고, 오줌을 쌌다고 할퀴고…… 앙상하게 갈비뼈가 드러난 아이들은 오랜 학대로 성한 데가 없었다. 여자는 곧 구속되었다. 아이들의 학대가 뉴스로 보도되었고 제법 언론의 관심을 끌었기에 기억나지 않는 그 시절은 인터넷에 영상으로 보존돼 있다.

보조금을 환수할 수도 있다는 사회복지사의 협박에 아버지는 나를 데리러 왔다. 세 살 무렵이었다.

"이제는 친아버지와 살 수 있어. 좋지?"

나를 아버지에게 안겨주며 사회복지사는 마지막 인사를 했다. 오랜 학대에 발달이 늦어서 나는 그때까지 말도 못하는 상태였다. 그런데도 사회복지사는 나에게만 질문했다.

"좋지, 아가야?"

또 다른 카메라를 향해 미소 지으며 내 머리카락을 쓰다듬는 손길이 다정했다. 주위에는 친부모 품에 안겨 우는 다른 아이들도 많았지만 카메라는 유독 나와 아버지만 따라다녔다. 예쁜 아기일 수록 동정과 연민을 자극해 시청률을 올리고 기부금을 받아내기 쉽기 때문이다. 많은 사람이 나를 꼭 집어 지명하며 기부했다. 그렇게 나는 돈다발로 포장돼 아버지에게 돌아왔다.

젖도 떼지 않은 자식을 다른 사람에게 떠넘기고 단 한 번도 찾아오지 않은 친부모였다. 그런데도 사람들은 친부모와 함께 사는 게 행복할 거라 착각했다. 친부모는 누구보다 자기 자식을 사랑할 거라는 편견 때문이었다. 감정이란 호르몬이라는 화학물질의 분비에 따른 화학반응에 불과한데, 어리석은 인간들은 황당하게도 호르몬에 의한 화학반응에 의미를 부여하고 떠받든다.

포유류는 새끼를 적게 낳는 데다 젖을 먹고 성장하며, 수유 시에는 천적의 공격에도 무방비 상태가 되므로 어미가 없으면 새끼의 생존율이 낮아져 도태된다. 그래서 파충류에서 포유류로 진화하는 과정에서 뇌의 대뇌변연계가 발달하게 된다. 포유류의 뇌는 호르몬 분비를 조절해 '모성애'라는 감정을 만들어냈다. 뇌는 출산하자마자 에스트로겐과 프로게스테론이 균형을 이루도록 조절하고, 옥시토신 분비를 늘리며, 수유할 때는 프로락틴을 분비해 모성애를 강화한다. 연구 결과 호르몬이 분비되지 않거나 결핍되면 어미는 즉시 새끼를 버린다. 결국 모성애조차 번식을 위한 이기적 유전자의 선택에 불과하다.

호르몬이 분비되는 기간만으로는 연약한 인간이 성장하는 데 부족하기 때문에 중세시대 프랑스에서는 '모성신화'를 만들었다. 당시에는 아이를 낳고 방치하는 경우가 흔했다. 농노들은 낮에는 일하느라 바빠서, 저녁에는 지치고 피곤해서 아이를 돌보지 못했다. 평민이나 귀족은 신생아를 멀리 떨어진 수양모 가정에 보내 4~5년간 키우다 젖을 뗀 후 데려왔다. 젖을 먹이지 않으면 뇌는 모성 관련 호르몬 분비를 줄인다. 아기들이 죽어도 부모는 아무런 죄책감을 느끼지 않았다. 원래 아기들은 쉽게 죽는 법이니까. 아기는 또 낳으면 그만이었다.

하지만 18세기 산업혁명이 시작되면서 값싼 노동자의 존재가 부각되었다. 지배층은 높은 유아사망률로 고민하기 시작한다. 농노가 자식을 낳으면 그 자식도 농노가 된다. 즉, 지배층의 재산이 불어나는 것이다. 지배층은 노동층 감소를 우려해 여러 가지 시도를 하는데, 그중 하나가 모성신화였다. 갑자기 모성의 위대함을 소재로 한 문학, 연극, 노래, 그림 등 예술 작품이 쏟아졌다.

사회화라는 허울 좋은 이름으로 세뇌되고 강요된 모성애는 뇌의 시냅스를 변형시키며 고정관념으로 자리 잡는다. 그리고 인간의 선택과 결정에 막대한 영향을 미친다. 한 번 변형된 시냅스는 원래대로 되돌아가지 못한다. 그렇게 모성애라는 고정관념은 뇌를 지배하게 된다.

하지만 불행히도 언제나 예외가 있기 마련이다. 내 부모처럼 말이다. 인간들은 언제나 자신들이 우월한 종이라 착각해서 짐승보다 못한 인간의 존재를 무시해버린다. 그렇게 인간의 자만심은 불행을 만들어낸다.

"이 세상에 널 보살펴줄 사람은 나밖에 없어. 그러니 넌 내가 시키는 대로 해야 하는 거야."

아버지는 술에 취해 어머니를 비난하고 나를 키워준 여자를 저주하며 나를 세뇌했다.

"하여간 요즘 년들은 모성이 없어. 어떻게 지가 낳은 새끼를 버리고 가? 나쁜 년! 술 팔던 년을 믿은 내가 병신이지. 겨우 몇 대 맞았다고 애새끼를 버리고 도망가? 명심해. 어미도 버리고 간 너를 키워주는 사람이 나라는 걸. 네가 살아 있는 건 모두 내 덕분이라는 걸 잊지 마."

아버지의 세뇌 덕분이었을까? 나는 얼굴도 모르는 어머니를 아버지보다 더 미워했다. 증오하고 원망할 뭔가가 필요했다. 실체가 증명되지 않은 신보다는, 너무 강하고 두려운 아버지보다는 어머니를 증오하는 게 더 쉬웠다.

이제 어머니에게 복수해야 할 차례였다.

하서의원 응급실에 들어서자마자 이효진이 어디 있는지 알 수 있었다. 의사, 간호사, 환자, 보호자 등 모든 사람의 눈이 가벽으로 구분된 응급수술실을 흘깃거렸다. 이효진은 침대에 사지가 묶인 채 잠들어 있었다. 서로 명함을 주고받는 중에도 정재현 형사의 눈은 이효진에게서 떠나지 않았다. 팔짱을 끼고 벽에 기대 이효진을 내려다보는 왕성재 형사의 눈도 복잡했다.

"진정제를 위험한 수준까지 투여하고 나서야 겨우 잠들었어요. 얼굴을 쥐어뜯고, 울고불고, 난리도 그런 난리가 없었어요. 남자 네 명이 달려들어서야 주사를 놓을 수 있을 정도였으니까. 시간이 지나도 제대로 진술하기는 힘들 겁니다. 자기 이름도 말을 못하더라고요. 정신과 전문의가 잠깐 내려왔었는데, 심각한 충격을 받아도 조현병이 나타날 수 있다더군요. 신고는 오전 11시경 옆집에서 했어요. 이효진이 비명을 멈추지 않아서요. 시끄럽다고 문을 두드려도 계속 소리만 질러대서 다친 거라고 생각했대요. 다행히 깨진 거울로 얼굴을 파내려는 순간, 경찰이 현관문을 열고 들어갔어요. 덕분에 보시다시피 상처는 전혀 없어요."

그래서 더 징그러웠다. 눈물에 젖은 암회색 비늘이 햇빛에 반짝였다. 잘디잔 비늘로 가득 찬 얼굴이 숨을 쉴 때마다 꿈틀거렸다. 매끄럽고 반질거리는 뱀 비늘의 질감까지 완벽했다. 붉게 물들인 속눈썹은 오싹했다. 당장이라도 쉭, 소리를 내며 달려들 것 같았다.

"깨진 거울에 글씨가 쓰여 있었어요."

"기다려. 꼭 다시 돌아올게."

민수가 재현 대신 대답했다.

"왕성재 형사가 눈썰미가 좋아서 발견했죠. 청소부가 여자를 범행 대상으로 삼을 거라고는 아무도 예측하지 못했으니까요."

한인걸 치상 사건 발생 후 원남시 밖으로 전출을 희망하는 성폭행 전과자는 다섯 배나 증가했다. 아직도 원남시에 거주하는 성폭행 전과자들의 집 주위에는 CCTV가 설치되었고, 특히 심신상실이나 가족부양 등을 이유로 감형돼 청소부의 표적이 될 만한 전과자들은 형사과에서 따로 관리 중이었다.

청소부가 그 사실을 알고 범행 대상을 바꾼 걸까? 정말 공범이 경찰인 걸까? 아니면 단순히 범행 대상을 확대하는 걸까?

"자세한 얘기는 우리 서에 가서 하시죠. 안도현 사건 담당 형사들도 하서경찰서로 곧 올 겁니다. 그런데 이희성 형사는 같이 안 왔어요? 한인걸 사건 담당이라고 알고 있는데요? 하기 싫다고 징징거리더니 결국 빠졌어요?"

정재현 형사는 희성과의 친분을 과시하듯 물었다.

"희성이와 아는 사이예요?"

"희성이가 제 이야기 안 해요? 와, 섭섭하네. 엄청 친한 사이라고 생각했는데. 하긴 희성이 자식이 사생활 얘기를 스스럼없이 하는 것처럼 보이지만 누구보다 비밀이 많은 놈이긴 해요. 더럽게 머리가 좋아서 자신에 관해 많은 말을 해서 자신을 감추는 스타일이죠.[10]"

"어떻게 아는 사이인데요?"

"중앙경찰학교 기숙사에서 같은 방을 썼어요. 게다가 동기 중에 둘만 원남시에 발령받았거든요. 신규 때는 매주 만나서 술도 마셨고요. 그런데 진짜 희성이는 왜 안 왔어요?"

"하서경찰서로 곧장 오라고 제가 연락할게요."

다행히 재현은 더 이상 캐묻지 않았다. 가까운 사이라……. 그렇다면 희성이 왜 병원에 다니는지도 알고 있을까? 요즘 들어 희성은 실수가 잦아졌다. 건망증이 심한 것도 문제지만 수사에 집중하지 못했다. 회의 시간에도 멍하니 있다가 강력팀장에게 주의를 듣기까지 했다. 심지어 오늘은 출근 시간까지 오지 않아 전화했더니 그제야 일어났다고 했다. 새벽까지 잠복근무를 하고 나서도 쌩쌩하게 출근하던 희성이 늦잠이라니, 황당했다.

혹시 앓고 있는 병이 악화된 걸까? 도대체 무슨 병일까? 사실 병원기록이나 의료보험기록을 찾아보는 건 그리 어렵지 않았다. 순간, 민수는 당황했다. 누군가가 자신의 개인사에 대해 사소한 질문을 해도 신경이 곤두서고 날카로워졌다. 자신과 타인에 대한 태도나 기준이 다른 사람을 혐오했다. 그래서 일부러 타인의 사생활에도 관심을 가지지 않았다. 그런데 편법을 사용해 희성의 개인사를 알아볼 생각을 하다니……

타인의 사생활에 이렇게 신경을 곤두세우기는 처음이었다. 의무감, 호기심 그리고……. 민수는 복잡한 감정을 꾹 눌렀다. 우스운 일이었다. 비록 가족은 없다 해도 희성 주위에는 언제나 사람이 들끓었다. 희성에게 신경을 쓰고 걱정해줄 사람은 많았다. 민수 자신의 인생도 버거웠다. 타인의 인생에서 어떤 역할을 맡고 싶지는 않았다. 피곤했다. 이제껏 해온 것처럼 민수의 적성과 능력으로는 방관자나 관찰자가 적당했다.

5-3

어둠과 함께 아버지는 되살아났다. 아버지는 살아 있을 때보다 더 자주, 더 잔인하게 나를 괴롭혔다. 쉰내가 나는 숨결, 굳은살이 박인 손바닥, 헐떡이는 신음…… 악몽은 생생했다.

나는 온 힘을 다해 반항했지만, 언제나 결론은 똑같다. 어찌나 힘껏 저항했는지 악몽에서 깨어나면 팔다리 근육이 뭉쳐 아팠다. 악물었던 입술이 터져 베개는 피범벅이었다.

인간은 렘수면 동안 꿈을 꾸면서 남은 기억 정보를 처리한다. 하지만 트라우마와 연관된 꿈을 꾸면 중간에 자주 깨어 정보 처리가 중간에 멈추기 때문에 똑같은 악몽이 반복된다.

악몽이 싫어서 잠들지 않았고, 잠들지 못했다. 내 의지와 무의식의 결합으로 나타난 불면증은 심각했다. 언제나 멍하고 피곤했다. 근육이 뭉쳐 딱딱하게 굳어도, 눈의 혈관이 터져서 우툴두툴한 핏발이 느껴질 정도가 되어도 잠은 오지 않았다. 일상생활이 불가능했다.

처음에는 정신을 잃을 만큼 독한 술을 마셨다. 아침에 일어나면 속이 쓰리고 구역질이 났지만 불면으로 인한 이상 증세보다는 견디기 수월했다. 하지만 점점 알코올에 내성이 생기면서 다시 불면의 밤이 찾아왔다.

의사의 처방 없이는 전문의약품인 수면제를 구입할 수 없었다. 나는 아프지 않았다. 그러니 의사에게 갈 필요가 없었다. 약국에서 수면유도제를 사기 시작했다. 수면유도제의 효과는 미미했다. 한 박스 열 알을 다 삼켜도 잠이 오지 않을 때도 있었다.

약사들은 한꺼번에 많은 양의 수면유도제를 팔지 않는다. 여러 약국을 찾아다니느라 안곡구의 좁은 샛길까지 익숙해졌다. 약사들이 내 얼굴에 익숙해지는 게 싫었다. 누구에게도 나의 비참한 상황을 알리고 싶지 않았다. 그래서 분정구와 하서구의 약국까지 찾아가 수면유도제를 사곤 했다. 덕분에 나는 구원남의 복잡한 샛길까지 훤히 꿰뚫고 있었다.

스무 살, 사흘 동안 잠을 자지 못했다. 멍한 정신으로 원남시의 약국이란 약국은 모두 돌아다니며 수면유도제를 사 모았다. 다양한 종류의 수면유도제를 삼킬 수 있는 한 가득 삼켰다. 너무 피곤했다. 어깨가 결렸다. 눈이 쑤셨다. 그저 잠들었으면 하는 생각밖에 없었다. 우적우적, 눈이 감기는 그 순간까지 수면유도제를 씹어 삼켰다.

깨어났을 때는 응급실 베드 위였다. 목구멍과 식도를 파고드는 튜브의 고통이 나를 깨웠다. 저절로 구역질이 났다. 본능적으로 고개를 돌리는데 억센 손길이 머리를 꽉 눌렀다. 우욱, 몸을 웅크리려는데 움직일 수가 없었다. 양손이 베드에 묶여 있었다. 우욱, 미친 듯이 발악했다. 푸른색 일회용 가운을 입은 사람이 나를 모로 반듯이 눕혔다. 우욱, 의사는 개의치 않고 작업을 계속했다. 우욱, 눈물이 줄줄 흘렀다. 튜브에 연결된 커다란 주사기가 끝도 없이 내 안에 생리식염수를 쏟아냈다. 구역질과 기침이 발작처럼 터져 나왔다. 베드 아래에는 토사물을 받아내는 플라스틱 통이 놓여 있었다. 누런 토사물이 쉰내를 풍겼다. 토하고, 토하고, 또 토했다. 의사는 10ℓ의 생리식염수를 쏟아붓고 나서야 내 몸속에 박혀 있던 튜브를 뽑아주었다.

나를 살린 건 우습게도 가스검침원이었다. 나는 눈도 뜨지 못한 채 현관문을 열어주었다고 한다. 멍한 눈빛과 비틀거리는 발걸음, 입가의 하얀 거품, 널브러져 있는 작고 하얀 알약들…… 검침원은 내가 살던 반지하 단칸방을 나서자마자 경찰에 신고했다.

경찰차와 구급차의 출동 덕분에 나의 자살 시도는 동네 전체에 알려졌다. 평소에는 눈인사도 안 하던 이웃들이 살갑게 인사하며 내 눈치를 살폈다. 바로 옆 단칸방에 사는 할머니는 밑반찬까지 들고 찾아왔다. 낯선 타인이 친밀감을 가장해 호기심을 드러낼 때마다 구역질이 났다. 가난한 달동네에는 낮이면 백수와 노인만 남았다. 그들의 호기심에는 부끄러움이 없었다.

호기심은 일종의 생존본능이다. 주위에서 무슨 일이 벌어졌는지 빨리 눈치채야 살아남을 수 있기에 작고 연약한 동물일수록 호기심이 많다. 본능에는 사고와 판단이 결여돼 있다. 그래서 호기심을 가장한 생존 본능은 이기적이고 악의적일 수밖에 없다. 결국 약한 것이 살아남으려면 악해질 수밖에 없었다. 내가 그랬던 것처럼.

왜 죽으려고 했어요? 아직도 죽고 싶어요? 그들이 차마 입 밖으로 내뱉지 못한 질문에 대한 대답으로 나는 이사를 했다.

다크웹에서 수면제를 구입할 수 있다는 사실을 알았을 때 너무 기뻐서 어린아이처럼 폴짝폴짝 뛰었다. 하지만 기쁨은 3년을 넘기지 못했다. 수면제는 인간의 중추신경계에 작용하는 향정신성 의약품이다. 한마디로 마약류다. 향정신성 의약품의 가장 큰 단점은 효과가 점점 감소한다는 것이다. 중독성 따위의 부작용은 내게 아무 문제가 되지 않았다. 렌돌민, 마이슬리, 아모반, 할시온, 졸피뎀……. 수면제의 강도는 점점 세졌고 복용량도 점점 늘어났다. 여러 종류를 섞어 복용하면서 알코올 도수가 높은 술을 토하기 직전까지 마셨다. 수면제와 알코올 모두 GABA 수용체에 작용하기 때문에 함께 섭취할 경우 호흡부전으로 사망할 수도 있다. 하지만 어쩔 수 없었다.

남자들은 끈질기게 나와 함께하기를 원했다. 선배가 고백을 하기도 했고, 길거리에서 낯선 남자가 다가와 전화번호를 묻기도 했다. 유혹은 끈질기게 나를 흔들고 설렘은 순간순간 나를 간지럽혀 웃게 만들었다. 하지만 추상적이고 모호하며 변덕스러운 감정에 내

생을 걸고 싶지는 않았다. 대뇌에서 분비되는 호르몬에 의해 조절되는 화학반응 따위는 믿지 않았다. 게다가 호르몬이 분비되는 기간은 길어봤자 겨우 3년, 내 인생의 찰나일 뿐이었다.

런던 템스강에서 자살한 사람들을 해부한 결과, 사랑에 실패해서 자살을 선택한 이들의 손톱은 유난히 상처 나거나 부러져 있는 경우가 많았다고 한다. 그들은 마지막 순간 살아남고자 발버둥을 쳤던 것이다. 그게 사랑의 진짜 모습이다. 가장 깊고 희생적이며 위대한 사랑이라고 자신해봤자 인간의 이성을 억누르고 어리석은 결정을 하게 만들 뿐이다. 사랑은 인간을 구원하는 것 이상으로 파괴한다.[11]

스물두 살, 첫사랑 남자가 나를 떠났다. 왜 너를 다 보여주지 않니? 내가 누구를 사랑하는지 모르겠어! 날 사랑하기는 하니? 그 질문에 끝내 대답하지 못했다. 거짓말을 할 수는 없었다. 내 첫사랑에 대한 기본적인 예의였다.

남자가 울면서 나를 떠난 그날도 술에 취해 수면제를 먹고서야 겨우 잠들었다. 꿈은 몽롱하고도 희미했다. 출렁, 욕조의 물이 넘쳤다. 물에 젖은 옷이 몸에 달라붙었다. 요골동맥과 척골동맥까지 한 번에 절단해야 했다. 칼날이 부러질 정도로 손목을 힘껏 쑤셨다. 어지러웠다. 노란 전등 불빛이 아지랑이처럼 흔들렸다. 붉은 물결이 따뜻하게 나를 감싸 안았다. 꿈은 반복되었다.

다음 날 아침, 욕조에 쭈그리고 앉은 채 눈을 떴다. 손목의 상처는 물에 퉁퉁 불어 달라붙어 있었다. 그제야 꿈이 아니라는 것을 깨달았다. 수면제와 술에 취해 찰나의 감정에 휘둘리던 순간은 그렇게 서서히 사라졌다. 상처는 빠르게 아물었지만 비뚤비뚤한 흉터를 남겼다.

5-4

회의실에는 희성을 비롯해 연쇄사건과 관련된 형사들이 모두 모여 있었다. 희성이 재현의 말에 크게 웃음을 터뜨리다가 민수를 보고 손짓했다. 또 거짓 웃음이다. 자연적으로 나오는 웃음은 얼굴 바깥쪽 근육만 수축하기 때문에 바깥쪽 주름이 아래로 처진다. 하지만 가짜 웃음은 눈 주위 세 개의 근육이 모두 수축하므로 윙크하는 것처럼 약간 눈이 감기고 입꼬리 쪽의 근육만 움직인다. 희성의 순수하고 싱그러운 미소를 보면 치솟던 신경질과 짜증이 날아갔다. 틈만 나면 민수의 머릿속을 울리는 누나의 목소리도 사라졌다. 하지만 언젠가부터 희성은 거짓 미소만 짓는다. 분명 무슨 일이 있다. 당장이라도 캐묻고 싶지만⋯⋯.

민수가 희성 옆에 앉자마자 정재현 형사가 프로젝터를 작동시켰다. 화면에 이효진의 증명사진이 떴다.

"다들 바쁘시니까 짧게 브리핑하겠습니다. 3년 전 여름, 이효진은 친딸 강민경 살인 교사죄로 체포되었습니다. 이효진은 사건 당

176

시 스물아홉 살, 강민경은 열네 살로 중학교 1학년이었습니다. 이효진은 강민경의 친부와 이혼한 뒤, 아홉 살 연하의 박정훈과 동거 중이었습니다. 이효진이 박정훈과의 사이에 생긴 아들 박민재를 낳기 위해 입원한 사이, 박정훈은 강민경을 성폭행하려다 실패합니다. 강민경은 즉시 이효진에게 도움을 청했지만, 박정훈은 강민경이 자신을 유혹하려다 실패하자 나쁜 마음을 먹고 거짓말을 한다고 변명했습니다. 이효진은 친딸의 호소보다 박정훈의 변명을 더 믿었습니다. 이효진이 너무 쉽게 자기 말을 믿어주자 박정훈은 점점 더 대담해져서 이효진이 옆에 있는데도 강민경의 가슴을 만지는 등 거리낌 없이 추행을 했습니다.

결국 강민경은 중학교 입학 일주일 뒤에 직접 하서경찰서에 신고했습니다. 하지만 강민경은 이효진의 설득으로 진술을 번복했고 박정훈은 무혐의로 풀려났습니다. 강민경이 언제 다시 신고를 할지 모른다는 걱정에 박정훈은 이효진과 강민경 사이를 이간질했습니다. 강민경이 자꾸 박정훈을 유혹한다는 말에 이효진은 질투심에 눈이 멀어 딸을 죽이려는 계획을 세웁니다. 강민경의 여름방학식 다음 날, 박정훈이 자동차 뒷좌석에서 강민경을 목 졸라 죽이는 동안, 이효진은 조수석에 앉아 백일이 지난 아들을 껴안고 룸미러로 모든 과정을 지켜봤다고 합니다. 둘은 강민경의 시체를 돌과 함께 쓰레기봉투에 넣어 원남 저수지에 빠뜨리고는 태연히 실종 신고까지 했습니다. 그런데 시신이 썩으면서 부풀어 올라 공기가 들어가 가벼워지면서 수면 위로 떠올랐습니다. 박정훈은 징역 6년의 실형을 받아 현재 복역 중이고, 이효진은 아들을 양육해야 한다는 점 때문에 감형되어 징역 1년을 받고 재작년 여름에 출소했습니다."

스크린 위로 현장검증을 하는 장면이 펼쳐졌다. 달랑 형사 몇 명만 있을 뿐 카메라를 든 취재진은 전혀 보이지 않았다. 그래서인지 수갑을 찬 채 현장검증을 하는 젊은 남녀는 거리낌이 없었다. 뒷좌석에서 마네킹의 목을 조르는 박정훈도, 조수석에 앉아 있는 이효진도 죄책감보다는 귀찮은 기색이 역력했다.

"꼴을 보아하니 저것들도 완전 쓰레기네. 현장검증을 하는데 화장은 왜 저렇게 두껍게 했대? 도대체 화장품이 어디서 나서? 어떻게 반성하는 척도 안 하냐?"

"그런데 이번에는 담당 형사가 빨리 결정됐네요? 정재현 형사님은 어쩌다 떠맡았어요? 나는 천식 선배가 제비뽑기를 잘못하는 바람에 이렇게 됐는데."

천식의 파트너 중빈은 아직도 불만이 남았는지 불퉁하게 말했다.

"선택의 여지가 없었습니다. 과거 이효진 살인교사 사건 담당이 저였거든요. 왕성재 형사는 저와 파트너라는 죄로 떠맡았고요."

"이효진의 아들은 지금 어디 있어요?"

역시 희성이었다. 희성은 범죄에 미성년자가 관련되는 경우 아이의 안전과 복지에 누구보다 주의를 기울였다.

"여성청소년과 이경희 형사와 정연우 사회복지사가 보호관찰 중입니다. 현재 친척들에게 연락 중인데, 아무래도 위탁가정에 보내야 할 것 같습니다. 과거에 이효진이 구속되었을 때도 맡아주 겠다는 친인척이 없어 고아원에 맡겼답니다. 돌도 되기 전에 엄마 와 떨어져 자라서인지 애착 관계가 형성되지 않았어요. 전혀 엄 마를 찾지 않아요."

"생후 18개월까지는 교도소에 엄마와 같이 있을 수 있잖아요? 그런데 고아원에 보냈어요? 양육 평계로 감형까지 받은 사람이?"

"이효진이 교도소에서 키우는 것보다는 고아원에서 키우기를 원 했답니다. 오늘 이효진의 비명을 듣고 신고한 앞집 여자 진술로는 이효진이 민재만 두고 며칠씩 집에 안 들어와서 아동 유기 및 학 대로 몇 번이나 신고를 했답니다. 정연우 사회복지사가 거듭 방문 해서 친권포기를 설득해도 이효진이 거절했대요. 아이 키운다는 이유로 생활보조금이 더 많이 나오니까요."

"그래서 그 아들, 민재라고 했나요? 민재는 목격한 게 있대요?"

"제대로 보살핌을 받지 못해서인지 발달이 느리고 말도 어눌해 요. 낯가림도 심하고 겁도 많아서 어느 정도 라포*를 형성한 뒤 진술을 받으려고 합니다."

"네 살짜리, 만으로는 세 살밖에 안 된 아이의 말이 신빙성이 있을까요?"

"약에 취해 목격한 한인걸이나 안도현의 증언보다는 신빙성이 있겠죠. 푸른 눈이라니, 나 참 어이가 없어서."

---

* 라포(rapport)는 주로 두 사람 사이의 신뢰관계를 나타내는 심리학 용어다.

"둘 다 푸른 눈을 봤다니 믿어줘야죠. 어쩌면 청소부가 푸른색 콘택트렌즈를 끼었을 수도 있고요."

"방금 문자메시지 받았습니다. 필체 감정가가 거울 글씨를 보고 앞선 두 사건과 이효진 치상 사건의 범인이 동일범이라고 판단했답니다. 동글동글한 모서리와 상대적으로 작은 받침 크기 등 필체 특성상 여성일 확률이 높다는군요."

"우리 분정경찰서 프로파일러도 청소부가 여자라고 결론지었어요. 옛날에 성폭행을 당한 여성이 트라우마를 극복하지 못하고 절망에 빠져서 저지른 증오범죄라고 했죠. 심각한 우울증 환자라고도 추측했고."

"Y대학교 심리학과 교수에게 문의한 결과, 청소부는 자기애가 강한 사람이라는 분석이 나왔어요. 절대로 자신을 잡을 수 없다고 확신하는 건 자신감을 넘어선 자기애적 행동이라더군요. 그 자기애를 과시하기 위해 일부러 피해자들에게 얼굴을 드러내고 머리카락을 두고 간 거라고요. 나르시시스트는 허영심이 강하기 때문에 자존감이 위협받을 경우 공격적, 폭력적으로 변한답니다. 성폭행을 당한 여성들은 자기혐오에 빠지는 경우가 많은데, 나르시시스트는 완벽한 자신의 모습을 파괴한 가해자에 대한 복수심이 훨씬 강력하답니다. 그래서 과거 성폭행 피해자인 혜미나 효리 또는 그들의 가족을 유력한 용의자로 꼽았습니다."

"그런데 정말 이번 사건도 청소부가 저지른 게 맞을까요? 필체는 흉내 낼 수도 있잖아요? 이번에는 여자라 문신을 새긴 건가?"

"청소부는 여러 이유로 제대로 처벌받지 않은 사람들을 범행 대상으로 삼아요. 그리고 다시는 같은 범죄를 저지를 수 없게 벌하죠. 이효진은 구치소에 있을 때도 짙은 화장으로 유명할 만큼 얼굴에 몹시 신경을 썼어요. 재판정에도 새빨간 입술에 시커먼 눈화장을 하고 나왔죠. 얼굴 가득 뱀 문신을 새긴 게 이효진에겐 가장 큰 벌일 겁니다."

"일단 가장 유력한 용의자는 죽은 강민경의 절친 안소연입니다. 현재 용인에 있는 미용고등학교에 재학 중인데, 재작년에도 이효진을 상대로 증오범죄를 저지른 전력이 있습니다. 또 다른 용의자는 강민경의 친부 강재준으로 전라도 광주에 거주하고 있습니다. 둘 다 그쪽 경찰서에 협조를 요청해 위치 파악 중입니다. 강재준이 절도죄로 재판받는 동안 이효진이 박정훈과 바람이 나서 면회 한 번 안 갔답니다. 강재준은 출소하자마자 이효진을 찾아가 폭력을 행사한 죄로 또다시 6개월을 복역했죠. 게다가 이효진의 살인교사 재판 결과에 불만을 품고 재판정에서 난동을 부렸어요. 강재준은 자신이 직접 이효진을 처벌하겠다고, 이효진의 아들 박민재도 강민경과 똑같은 방법으로 죽이겠다고 고함을 질러댔죠. 하지만 그건 그저 화풀이 쇼였을 겁니다. 강재준은 강민경이 도움을 구하려고 자기 집으로 도망쳐왔을 때 즉시 돌려보냈거든요."

"성추행 사실을 알고도요?"

"네. 강재준과 강재준의 부모, 그러니까 강민경의 조부모도 성추행 사실을 듣고 신고조차 안 했답니다."

"아, 진짜! 아무리 그래도 어떻게 신고도 안 해요? 그래도 자기 딸인데!"

"괜히 신고했다가 자신이 양육을 떠맡을까 봐 신고하지 않았답니다."

"아이고, 쓰레기들! 옛날에야 가난해서 못 키우는 경우도 있었지만 요즘은 나라에서 지원도 많이 해주는데, 쯧쯧. 그래도 낳자마자 죽이진 않았으니 다행이지. 작년 12월에 신생아를 음식물 쓰레기통에 넣어둔 사건 알죠? 그거 내 사건이었잖아. 어미란 년이 아기가 치료를 받아 호전되고 있다는 소식 듣고는 딱 한마디 하더라고요. '씨발'. 정말 그 순간 한 대 때릴 뻔했어요. 건강보험 문제 때문에 주민등록등본을 만들 때도 끝까지 협조 안 했어요. 나이도 어리고 결혼도 안 했는데 서류상으로까지 미혼모 되는 거 싫다고."

"그런 사건이 어디 한두 건인가요? 그놈의 입양특례법이 만들어진 뒤 신생아 살해가 거의 배는 증가한 것 같아요. 친모가 출생신고를 해야 정식으로 입양할 수 있다니, 그런 법은 왜 만들어서……."

"잘난 국회의원님들이 구질구질한 현실에 대해 뭘 알겠어? 입양 아들이 친부모를 찾을 때 도움이 된다고? 웃기시네! 그놈의 법 덕분에 입양아도 못 되고 죽는 아기들이 얼마나 많은데……."

"자자, 그런 얘기는 나중에 술 마시면서 두 분이 하시고. 일단 이효진 사건부터 팝시다. 이효진의 살인교사 사건은 언론의 주목을 전혀 받지 못했어요. 당시 정치권이 진영 싸움으로 시끄러워서 촛불 든 사람들과 태극기 든 사람들이 대치한다는 뉴스만 나왔죠. 그런데 청소부는 어떻게 이효진을 알고 범행 대상으로 삼았을까요?"

"나도 그게 좀 이상해. 사건을 맡았던 하서경찰서 강력팀이나 기억할까, 하서경찰서 다른 부서에서도 잘 모르는 사건일 텐데."

"공범이 정말 형사일 수도 있겠다는 생각이 드네요."

"단순히 알려지지 않은 사건이라는 이유만으로 그렇게 몰아갈 수는 없어요. 저도 재현이한테 얘기 들어서 이효진 사건 알고 있었는데요? 재현이가 형량이 너무 적다고 술이 떡이 되게 마시고 뻗었던 게 아직도 생생해요."

희성이 반박하자 임중빈 형사가 거들고 나섰다.

"이희성 형사 말이 맞아요. 저도 이희성 형사에게 들어서 아는 사건이에요. 이희성 형사가 관심 있는 건 죽어라 파잖아요. 정재현 형사랑 통화하는 걸 몇 번이나 들었어요. 판결났을 때도 술 냄새 풀풀 풍기며 어찌나 열받아 하던지……."

"그런 일이 한두 번이냐? 죽어라 잡으면 뭐 해? 검사, 판사 영감 나리들이 별별 이유를 갖다 대면서 최저형량 때리는데?"

"쳇! 그나마 형량 적은 건 이해한다. 심심하면 집행유예야. 이건 뭐, 범죄자를 잡으라는 건지, 잡지 말라는 건지……."

"오죽하면 청소부 팬클럽까지 생겼겠나?"

"솔직히 청소부 덕분에 요 근래 원남시에서 성폭력 사건이 거의 없어졌잖아. 다른 시에서는 청소부더러 자기네 도시에 왔으면 좋겠다고 난리라던데?"

"말도 마. 원남에서 가까운 용인, 광주, 하남 쪽은 성폭력 전과범들 전입 때문에 골치 아프다더라고. 대부분 제대로 된 직업이 없으니 돈도 없고, 월세가 싼 구시가지 재개발 예정 빌라촌으로 몰려들어서 한 집 건너 한 집이 성폭력 전과범이래."

"원남시 여성청소년과만 신났지. 성폭력 사건이 거의 없어졌으니."

"그런데 그 소문 들었어? 어떤 유튜버가 청소부를 분석했는데……."

이효진 사건에 대해서는 시들한 반응이던 형사들이 청소부 소문에는 눈을 반짝였다. 다들 한마디씩 하는데 천식만 말이 없었다. 뭔가 말하려고 몇 번이나 입을 달싹이다가 한숨만 내쉬었다. 천식은 어떻게든 유효리를 용의선상에서 제외하기 위해 애쓰는 모양이었다. 하지만 유효리에게 유리한 증거나 증인은 나타나지 않았다. 민수는 고개를 갸웃하면서도 천식을 닦달하지 않았다.

망설이던 천식이 드디어 목소리를 냈다.

"유, 효리, 말이에요."

천식의 목소리는 너무 낮아서 바로 옆에 있는데도 신경을 곤두세워야 했다. 천식은 음절 사이사이 한숨을 내쉬며 망설이고 또 망설였다.

"사건이 일어나기 전까지 타투숍에서 일하고 있었어요. 우연이겠죠?"

순간, 갑자기 고요해졌다. 중빈이 재빨리 나섰다.

"아, 진짜! 선배, 유효리는 아니라니까요! 제가 몇 번을 말해요? 유효리는 아니라고요! 수사 하루 이틀 해요? 걔는 벌레 한 마리도 제 손으로 못 죽일 성격이라고요. 그리고 요즘에 셀프타투 하는 사람이 얼마나 많은데요. 셀프타투 검색해보면 관련 상품이 주르륵 뜬다니까요. 유효리가 바보예요? 자기가 타투숍에서 일한 거 우리가 다 아는데 이효진 얼굴에 문신을 새기게? 더욱이 감시까지 당하는 마당에? 청소부가 유효리를 용의자로 만들기 위해 일부러 문신을 새긴 거라고요. 희성이 얘도 맨날 지 혼자 문신해요. 문신 배우는 거 의외로 간단해요. 희성이 너, 문신 배우는 데 얼마나 걸렸냐?"

"한 시간. 내가 워낙 미술에 재능이 있어서 말이죠. 문신 방법 자체는 배우는 데 한 시간도 안 걸려요. 기구 손에 익히고, 원하는 모양대로 그리고 하는 게 어려워서 그렇지 그냥 그림 그리는 거랑 똑같아요."

그 자리에 있던 사람들의 시선이 모두 희성을 향했다.

"그건 왜 배웠어?"

"제가 하려고요."

"뭐? 어디에?"

희성은 손가락으로 눈썹을 쓱 문지른다.

"뭐, 눈썹? 네 눈썹이 그러니까, 가짜라고?"

민수는 너무 황당해서 목소리가 커졌다. 희성의 검은 눈썹은 평범했다. 그런데 저게 문신이라고? 너무 기가 막혀서 벌어진 입이 다물어지지 않았다. 아무리 요즘 젊은이들이 외모나 패션에 관심이 많다고 해도 그렇지, 사내 녀석이 귀걸이로도 모자라 문신이라니, 황당했다.

"거참, 너 정말 군대 나온 사내놈 맞아?"

"분명히 말씀드리지만, 저 현역으로 제대하고 경찰 시험 봤거
든요?"

"취사병이나 뭐 그런 거?"

"아이 씨, 정말! 전 정말 피 튀기는 현장에 있었다고요."

"피 튀기는 현장?"

"네, 피 튀기는 현장이요. 의무병으로 있었거든요. 일반외과 전
문의 밑에서 하루 종일 포경수술 뒤치다꺼리만 했어요. 제가 원
래도 피 보는 걸 싫어했는데, 그때 하도 피에 질려서 선짓국이나
순댓국도 안 먹어요. 그리고 선배, 전에도 말했지만 제발 꼰대처
럼 굴지 말아요. 요즘 같은 시대에 남자가 눈썹 문신하는 게 어
때서요? 숍 가보면 알겠지만 남자들 바글바글해요. 눈썹 하나로
인상이 얼마나 달라지는지 알아요? 제가 멜라닌 색소가 부족한
지 머리카락도 눈썹도 다 갈색이잖아요. 게다가 머리숱은 많은
데 머리카락이 워낙 가늘어서 너무 여성스러워 보이는 게 콤플
렉스였거든요."

"머리카락, 시커멓기만 하구먼."

희성의 머리카락은 푸른빛이 돌 만큼 검었다.

"염색했으니까요. 노랑머리 피의자들이 많아서 그런지, 이상하
게 옅은 색 머리카락은 불량스러워 보이는 것 같기도 하고 싫더
라고요."

186

외모에 신경 쓰는 건 여자들이나 하는 거 아닌가. 하지만 민수는 편견을 입 밖으로 꺼내지는 않았다. 다른 형사들은 민수처럼 황당해하지는 않았다. 희성의 말대로 그 또래에서는 그리 유별난 일이 아닌 모양이었다. 도대체 요즘 애들은 이해할 수가 없었다. 딱히 이해하려 노력하고 싶지도 않았다. 어차피 타인과의 관계에서 완벽한 이해는 불가능했다.

　"선배가 뭐라고 하든 저는 유효리 다시 수사하는 거 반대예요. 그리고 감시하는 형사도 어젯밤 외출하지 않았다고 보고했잖아요."

　중빈이 딱 잘라 말했지만 천식은 대답이 없었다. 다들 비슷한 처지여서 한숨이 나왔다. 용의자가 과거 사건의 피해자라는 상황은 수사를 복잡하고 어렵게 만들었다.

　"어쨌든 새로운 사실 나오면 정보 공유하자고요. 아직까지는 합동수사본부 차린다는 말이 없으니까. 희성이 네가 단톡방 하나 만들어. 네가 여기 있는 사람들 연락처 제일 많이 알 테니까."

　"오케이!"

　"그럼 오늘 회의는 여기서 마치죠. 윗선에서는 아무 말 없지만 일단 연쇄범이니까 일주일에 한 번씩 화요일에 모여 수사 진행상황 공유하고 회의를 하는 게 어떨까요?"

　재현이 프로젝터 전원을 끄며 물었다. 다들 고개를 끄덕이며 일어섰다.

작년 늦가을, 꽤 쌀쌀한 날이었는데 창문을 열어놓고 잠든 모양
이었다. 차가운 공기 덕분에 평소보다 빨리 정신을 차릴 수 있었
다. 아침에 일어나면 정신이 몽롱한 상태를 꽤 오래 견뎌야 한다.
수면제 부작용이다. 커피 캡슐을 머신에 넣고, 토스트를 오븐에 넣
고 샤워를 했다. 스크램블 에그를 만들어 커피, 토스트와 먹었다.
보통 그때쯤이면 정신이 들었다. 저작운동이 두뇌를 자극하니까.

휴대폰이 울렸다. 꽤 오랜 지인이었다. 본인은 나를 친구로 여기
는 모양이지만. 나는 친구나 연인, 가족 따위는 갖고 싶지 않았다.
우정, 이성애, 가족애…… 달콤한 말로 포장된 호르몬의 화학반응
결과에 큰 의미를 부여해 휘둘리고 싶지 않았기 때문이다. 초록색
버튼을 누르자마자 짜증 가득한 목소리가 들려왔다.

"오늘 약속 장소 바꿀 수 있을까? 갑자기 오후 늦게 회의가 하나
생겼어. 베지테리언 키친은 강남역에서 좀 떨어진 뒷골목에 있잖
아. 술 마시려면 차 놔두고 버스 타야 하는데, 시간 못 맞출 것 같
아. 아이 씨, 공무원 업무에서 가장 중요한 게 칼출근 칼퇴근이라
는데, 나는 어째 불량 공무원에서 벗어나지를 못하나?"

"하루 이틀도 아닌데 너도 참 끈질기다. 이제 4년 차인데 아직까
지 불평하는 거 보면 신기하다니까. 그냥 되는 대로 살아. 강남역
이 멀면 안곡백화점에서 만날까?"

"싫다. 너무 북적여. 그냥 서연역에서 만나자."

"그래. 알았어. 그런데, 우리가 언제 약속했었지? 기억이 가물가물하네."

"하여간 그놈의 건망증! 어떻게 어젯밤, 아니다, 오늘 새벽에 한 약속을 잊어버려?"

"오늘 새벽?"

"그래. 내가 이상하게 잠이 안 와서 너한테 전화 걸었거든. 12시 47분에. 시간도 정확히 기억한다."

"아! 이제야 기억난다. 잠이 덜 깼었나 봐."

"아무리 그래도 1시간 넘게 통화를 했는데 잊어버리다니, 너 진짜 병원에 가봐야 하는 거 아니냐? 건망증이 너무 심각하잖아. 집중력이 좋아지는 약도 있다더라. 이름이 페, 페 뭐였는데? 내가 나중에 수첩 확인해보고 알려줄게."

"됐어. 필요 없어."

목소리가 딱 떨어진다. 상대는 당황해서 말을 못했다.

"출근해야 하니까 저녁에 얘기하자."

나는 일방적으로 빨간 버튼을 눌렀다.

재빨리 휴대폰의 최근통화 기록을 뒤졌다. 수면제를 삼키고 누운 뒤 통화한 사람은 모두 세 명이었다. 처음 통화 시간은 3분 17초, 내가 전화를 걸었다. 다음 54초 통화는 아마도 광고 전화였을 것이다. 방금 통화한 사람의 이름이 최근기록 맨 위에 있었다. 오늘 새벽, 1시간 49분이나 되는 기록이 휴대폰에서 점점 어두워졌다. 기억나지 않았다. 나는 새까맣게 변한 휴대폰을 들고 한숨을 내쉬었다.

한창 크리스마스 분위기로 들뜨던 때였다. 퇴근 후 너무 피곤해서 집에 오자마자 곧장 침대로 향했다. 아침에 일어나니 거실에 빈 와인병과 치즈 껍질이 나뒹굴고 있었다. 그날 곧바로 가정용 CCTV를 설치했다.

그리고 작년 12월 31일, 나는 목에 벨트를 감고 그 끝을 문고리에 매달았다. 문에 기대고 앉아 스르르 문을 타고 내려앉았다. 다행히 벨트를 헐겁게 매서 아무 일도 일어나지 않았다. CCTV와 연결된 휴대폰의 작은 화면 속, 목을 매다는 나 자신의 모습은 아무리 봐도 실감나지 않았다.

'수면제와 항우울제 모두 향정신성 의약품이에요. 중독성이 강한 것도 문제지만, 복용할수록 효과가 감소합니다. 게다가 과다 복용할 경우, 환각이나 환청 등 지금보다 훨씬 심각한 정신이상 증상이 나타날 수 있습니다.'

정신과 의사는 매번 처방 약제의 부작용을 설명하고 주의를 주었다. 지겹고 지루해 언제나 딴생각을 했다. 항우울제 효과는 단한 번도 느껴본 적 없었다. 정신과 의사의 분석대로 '우울'이란 감정은 이미 내 성격이 되어버렸으니까.

하지만 수면제 효과가 감소하는 것은 중요한 문제였다. 충분한수면을 취하지 못하면 정신이 혼미해지고 어지러움과 구역질까지 더해져 일상생활이 불가능했다. 의사는 더 강력한 수면제 처방을 원하는 내 부탁을 단호히 거절했다.

'환자분은 이미 가장 강력한 수면제인 졸피뎀뿐만 아니라 다른 수면제를 혼합해서 복용하고 있어요. 위험할 정도로 강력한 처방이죠. 여러 번 말씀드렸지만 졸피뎀은 효과가 좋은 대신 부작용도 심해요. 가장 많이 일어나는 부작용이 수면 중 행동장애예요. 복합수면행동의 가장 큰 문제는 자신이 잠을 자면서 어떤 행동을 했는지 전혀 기억하지 못한다는 거예요. 그렇기 때문에 복합수면행동은 자신도 모르는 사이 점점 더 심각하고 위험해지죠. 잠을 자면서 하는 행동이라 제약이 많은 것 같지만 전혀 그렇지 않아요. 깨어 있는 상태와 다른 점이 전혀 없어서 주위 사람들도 눈치채지 못해요.

복합수면행동은 자신뿐만 아니라 타인까지 해칠 수 있어요. 판단 능력이 없는 수면 상태에서는 평소 억제하거나 금지되었던 욕구와 욕망을 자유롭게 분출하죠. 다이어트 중이면 우적우적 뭔가를 먹기도 하고, 여행하고 싶은 곳으로 떠나기 위해 운전대를 잡기도 해요. 잠재돼 있는 욕구만이 인간을 지배하죠. 오랫동안 하고 싶었던 일? 우울증 환자의 경우는 죽는 거겠죠. 졸피뎀을 복용하고 수면 중 자살을 시도하는 일은 꽤 빈번하게 일어나요. 환자분은 혼자 사시니까 복합수면행동을 하는지 관찰해줄 사람도 없잖아요. 그래서 복합수면행동의 양상이 심각해질 때까지 발견되지 않을 가능성이 높아요. 가정용 CCTV라도 설치해서 환자분의 수면 중 행동을 관찰하는 걸 고려해보세요. 만약의 경우에 대비해야 하니까요.

복합수면행동이 자주 발생하는 경우 뇌손상을 의심해봐야 합니다. 우울증이 심각해지면 뇌의 전두엽이 손상돼 가성치매로 발전할 수도 있어요. 복합수면행동이 자주 발생하면 치매가 진행 중일 가능성이 높아요. 졸피뎀과 알코올은 수용체가 똑같기 때문에 절대 같이 섭취해서는 안 된다고 말씀드렸는데, 아직도 매일 술 드시죠?'

그냥 희미하게 웃었다. 그저 술에 취해 벌이는 술주정일 뿐이었다. 그렇게 믿고 싶었다.

매일 아침 일어나자마자 휴대폰의 최근기록을 먼저 뒤졌다. 다행히 잠든 후 통화기록이 없으면 집안을 살폈다. 그리고 집 안 곳곳에 설치한 CCTV 녹화 영상을 확인했다. 아무 일도 일어나지 않았으면 그제야 커피 캡슐을 머신에 넣고 식빵을 오븐에 넣는다. 매일 아침 에스프레소를 연속으로 세 잔 마셨다. 속이 쓰려도 숙취에서 깨어나려면 어쩔 수 없었다.

잠든 후, 가끔 나는 침대에서 일어나 움직였다. 내 기억에 없는 일을 CCTV 영상에서 보는 것은 소름끼치는 일이었다. 단순한 술주정이었다. 원래 우울증은 인지 능력을 감소시킨다. 단지 그래서였다.

'복합수면행동은 치매가 진행 중이라는 신호일 수도 있어요.'

의사의 경고는 무시했다. 의사들은 원래 환자에게 최악의 상황만을 줄줄 읊어대며 자신의 부족한 실력을 감추려 한다. 단순한 술주정이었다. 그렇게 믿고 싶었다.

5-6

▶ REC

서진은 거울에서 시선을 돌리지 못했다. 고개를 갸웃거리며 턱선을 살피다가 늘어진 턱살을 마사지하다가 눈썹을 쓸어보기도 하고 미간을 찌푸리다 놀라서 손가락으로 미간 주름을 두드리기도 했다. 천식이 거울 뒤에 카메라와 사람이 있다고 말했지만 서진은 아랑곳하지 않았다. 주의가 산만한 게 흠이긴 해도 서진은 수사에 협조적이었다.

"효리가 사회성이 부족한 편이기는 해도 화장실 청소처럼 궂은 일도 먼저 나서서 할 만큼 성실해서 문신하는 법까지 가르쳤어요. 미술에 재능도 있는 편이라 가르치면서 뿌듯하기도 했고요. 그런데 매일 30분씩 일찍 와서 청소하던 애가 출근도 안 하고 전화도 안 받아서 경찰서에 신고까지 했잖아요. 혼자 사는 거 아니까, 혹시 무슨 일이라도 생겼나 싶어 걱정되더라고요. 그런데 경찰 말로는 멀쩡히 집에 있다더군요. 경찰 통해서 통화가 됐는데 '죄송해요' 한마디만 하고는 끝이에요. 저도 부모님이 일찍 돌아가셔서 고생을 많이 했어요. 고아라고 해서 얼마나 잘해줬는데, 정말 머리 검은 짐승은 거두는 게 아니라더니……. 배신감이 얼마나 컸던지

하루 종일 입맛이 없어서 굶다가 손님이 부활절 달걀을 자꾸 권해서 그거 하나 먹고는 급체해서 병원에 실려 갔잖아요."

효리가 갑자기 출근하지 않은 날은 안도현 사건이 일어난 바로 그날이었다. 엠바고가 풀린 것은 저녁이었다. 그나마 안도현의 이름은 이니셜로 보도되었다. 우연이라기에는 뭔가 석연찮았다.

"그런데 정말 효리가 무슨 일을 저지른 거예요? 아, 그건 얘기 못 해주신다고 했지? 그래도 나중에 꼭 알려주신다는 약속은 지키셔야 해요. 제가 궁금한 건 못 참거든요."

"유효리에 관해 달리 기억나는 건 없으세요?"

"사실 이건 별로 중요하지는 않은데요. 증거도 없고……."

서진이 망설이면서 말끝을 흐렸다.

"증거요?"

"그게, 저희가 재고를 월말에 파악하는데 하필이면 그 달에 물건이 비더라고요. 펜 머신 기계, 카트리지 바늘 세트, 문신 잉크 40색 세트가 모두 두 개씩 없어진 거예요. 그래서 신고를 하려다가 경찰 왔다 갔다 하면 장사에 손해일 것 같아서 그냥 적선했다 치고 넘어갔어요. CCTV 녹화 영상도 2주만 보관해서 경찰이 온다고 해도 잡을 수 없을 것 같았고요."

"그걸 유효리가 훔쳐 갔다고 생각하시는 거예요?"

"아무래도 효리가 가장 의심스럽기는 하죠. 한 번도 이런 일 없었거든요. 게다가 다른 알바들은 문신 새기는 법을 모르니 가져가도 소용이 없죠."

서진은 눈을 자주 깜박였다. 마스카라를 잔뜩 칠한 속눈썹이 너무 길어 부자연스러웠다.

민수는 동영상 정지 버튼을 누르고 희성이 유효리 대신 변명해 주기를 기다렸다. 희성은 과거 사건의 피해자들이 용의자로 몰리면 대신 변명하느라 바빴다. 하지만 오늘 희성은 말없이 화면만 바라보고 있었다. 수다스러운 희성의 침묵이 어색하고, 딱딱하게 굳은 희성의 입가가 낯설었다.

"어째 오늘은 조용하네. 정혜미랑 유효리의 변호사보다 더 열심히 개네들 변호하더니 요즘은 좀 시들하다. 하긴 너도 힘들지? 낮에는 형사 노릇, 변호사 노릇 해야지 밤에는 청소부 팬클럽 들어가서 게시판 글 읽어야지. 이중생활도 힘들 거야, 그치?"

비꼬는 말에도 희성은 아무 반응이 없었다. 희성이 청소부 팬클럽 사이트에 접속하는 것을 몇 번이나 보았지만 모른 척했는데, 이제 더 이상 그럴 수 없었다.

"내가 참다 참다 말하는 거니까 꼰대짓 한다고 욕하지 말고 들어. 너 청소부 팬클럽 사이트 너무 자주 들어가는 것 같아. 거기 전부 청소부 편드는 사람들이잖아. 게시판 글 보면 내가 나쁜 놈을 잡으려는 건지 아닌지 혼란스러워질 거야. 하지만 아무리 그럴 듯하게 포장해도 청소부는 범죄자야. 수사를 제대로 하려면 중립성을 유지해야 해. 그러니까 앞으로는 청소부 팬카페에 들어가지 않았으면 좋겠어."

희성은 화면에 시선을 고정하고 있었다. 민수의 시선을 일부러 피하는 듯했다.

"선배 말이 맞아요. 악에 맞서 싸운다고 해서 선은 아니죠. 오히려 더 큰 악일 수도 있어요. 하지만 선배, 청소부가 원래부터 악이었을까요? 어쩌면 너무 거대한 악과 마주해 살아남기 위해 악해진 것일 수도 있어요. 극한상황에 몰려 생존하려면 다른 선택이 없었을 수도 있죠."

"살아남기 위해서 악이 되었다? 그럴 수도 있겠지. 하지만 그렇다고 해서 청소부 편을 들 수는 없어. 악과 마주한다고 해서 모두가 악에 물들지는 않아. 극한상황에 몰린다고 해서 모두가 범죄를 선택하지 않듯이. 너무 가난해 굶어죽기 직전이라고 해서 강도짓을 무조건 용서할 수는 없어. 강도라는 불법적이고 비윤리적인 방법을 쓰기 싫어 그냥 굶어죽는 사람이 옳은 거야. 법과 질서에 동정과 연민이라는 감정을 더하면 정의는 결코 실현되지 않아. 과거에 상처를 받았다고 해서 현재의 나쁜 행동을 이해받고 용서받기를 바라는 건 피해자증후군일 뿐이야."

"자신을 죽이려는 강도에게 반항하고 방어하다 그 강도를 죽인 것은 범죄라고 볼 수 없어요. 그건 정당방위죠."

"정당방위도 폭력이야. 우리나라는 정당방위에 보수적이지. 상대가 먼저 공격했더라도 상대가 더 크게 다치면 정당방위가 성립하지 않아. 오용되거나 남용될 가능성이 많으니까 그렇게 보수적으로 판결하는 거야."

"아뇨. 폭력이 자기방어의 수단이 되면 그건 더 이상 폭력일 수 없어요. 비인간적인 취급을 받으면서도 자신을 방어하기 위한 어떤 조치도 취하지 않고 그런 대접을 계속해서 받아들이는 것이야말로 범죄예요. 자신을 방임하는 것도 죄니까요.[12]"

"법은 우리 모두가 합의해서 만든 거야. 그래서 비록 불합리하고 비논리적이라 해도 법을 무시하는 순간 범죄가 되는 거고. 사회적 약자라고 해서 무조건 선하지는 않아. 오히려 자신의 위치를 이용해 범죄를 변명하고 동정심과 연민을 자극해 교묘히 법망을 빠져나가는 경우도 많아. 그렇게 악이 퍼져나가는 거야. 너도 알잖아? 괜히 이 생각 저 생각 떠올리지 말고 사건에만 집중하자. 생각이 많으면 마음만 복잡하고……."

"맞아요. 복잡하네요."

희성이 민수가 말할 때 끼어든 것은 처음이었다. 희성은 용의자의 어이없는 변명도 자르는 경우가 없었다. 하물며 선배나 동료의 말에 끼어드는 불손한 행동은 절대 하는 법이 없었는데……. 점점 희성이 낯설게 느껴졌다.

"너무 어지러워서 그만두고 싶어요."

민수도 한숨만 나왔다.

"그래. 이번 사건이 그렇게 힘들면, 나 혼자 탐문수사를 할 테니까 너는 그냥 뒤로 빠져서 지원만 하는 걸로 하자."

"아뇨, 싫어요."

희성은 고개를 저었다.

"너무 혼란스러워서 형사라는 직업이 싫어졌어요. 권선징악? 정의실현? 다 헛꿈이었어요. 때려치우고 싶어요."

자조 어린 비웃음과 함께 내뱉는 말에는 감정이 꽉 차 있었다.

"어떤 직업이든 슬럼프가 오기 마련이야. 네가 5년 차지? 그때쯤 슬럼프가 한 번 와. 일은 익숙해져서 새로울 게 없고, 일상이 지루하고 따분해져서 부정적인 생각만 들고, 자아실현과는 거리가 먼 직장 생활에 회의가 드니까. 이해해. 특히 강력반 생활 하다보면 인간이라는 존재의 본성에 대해 의문만 들지. 나도 그랬어. 하지만 이렇게 쉽게 그만두는 건 아냐. 다른 하고 싶은 일이 있다면 몰라도. 혹시 그런 일이 있어?"

"아뇨. 다른 꿈은 꿔본 적 없어요. 어릴 적부터 제가 원한 건 악을 처단하고 정의를 실현하는 것뿐이었죠. 하지만 세상은 그리 단순하지 않네요. 어질고 슬기로운 악인도, 해롭고 옳지 않은 선인도 존재해요. 모순된다고 해서 거짓은 아니에요. 물론 모순되지 않는다고 해서 참인 것도 아니고요.[13] 시비, 선악, 참과 거짓, 모든 것이 복잡하고 단단히 엉켜서 도저히 풀 수 없을 것 같아요."

"너무 깊게 생각하지 마. 생각이 너무 많으면 정답을 찾기가 더 힘들어. 일단 조금만 참아. 어렵게 시험 합격하고 경력도 쌓았는데, 순간의 감정에 휘둘려서 그만두면 후회할 거야. 나도 그랬지만 슬럼프만 넘기면 또 괜찮아져. 이번 사건 때문에 여러 가지 생각이 들겠지만……."

희성은 눈을 내리깐 채 말없이 듣기만 했다. 그리고 끝내 아무 대답도 하지 않았다.

5-7

'졸피뎀과 알코올은 수용체가 같기 때문에 절대 같이 섭취해서는 안 된다고 말씀드렸는데 아직도 매일 술을 드시죠? 이제라도 줄이셔야 해요.'

의사의 잔소리는 언제나 흘려들었다. 수면제는 날이 갈수록 효과가 줄어들었다. 그래서 술을 더 많이 마시기 시작했다. 술에 취해, 수면제에 취해 겨우겨우 잠들었다. 충분한 휴식을 취하지 못한 두뇌는 몽롱했고 시야는 흐릿했다. 다른 감각도 둔해졌다. 감각은 둔해졌어도 신경은 예민해져 짜증이 늘어갔다. 불안과 초조는 신경을 야금야금 긁어댔다. 극도의 긴장은 실수를 유발한다.

벤조디아제핀 계열의 항불안제를 처방받기 위해 의사에게 거짓 증상을 읊어주었다. 교과서적인 공황장애 증상을 의사는 의심하지 않았다. 로라반와 데파스가* 번갈아 처방전에 추가되었다.

'로라반이나 데파스는 알코올과 함께 복용하면 급성 약물중독

---

* 로라제팜(lorazepam)은 벤조디아제핀 계열에 속하는 향정신성 의약품으로 항불안작용, 기억상실, 진정작용, 최면작용, 항경련작용, 근육이완 등의 효과가 있다. 로라반은 로라제팜 정제의 상표명이다. 에티졸람(etizolam)은 벤조디아제핀 계열에 속하는 신경안정제로 신경증, 불안, 긴장, 수면장애 치료에 쓰인다. 데파스는(depas)는 에티졸람 정제의 상표명이다.

이나 호흡곤란으로 죽을 수도 있는 위험한 약이에요. 게다가 뇌를 손상시키기 때문에 기억상실이나 판단력 상실 등의 부작용도 발생합니다. 워낙 힘들어하시니 일단 일주일분만 처방해드리겠습니다. 절대로 알코올 섭취는 금지입니다.'

의사는 대단한 호의라도 베푸는 것처럼 잘난 척하면서 겨우 일주일분을 처방했다. 대신 수면제 용량을 줄였다. 상관없었다.

얼마 전 코로나에도 불구하고 밤늦게까지 불법영업을 하던 술집에서 로히프놀*이 압수되었다는 얘기를 전해 들었다. 형사들이 번잡하게 움직이는 점심시간이었지만 금고에서 로히프놀을 꺼내 주머니에 넣는 나를 눈여겨보는 사람은 아무도 없었다.

복수를 시작한 뒤 몸도 마음도 편히 쉴 틈이 없었다. 설핏 잠이 들 때마다 악몽에 빨려들었다. 가위에 눌린 채 식은땀 범벅이 되어 깨어나면 고작 십 분이 흘렀을 뿐이었다.

하지만 그날, 알코올과 로히프놀의 결합으로 나는 순식간에 깊이 잠들었다. 마약은 초기에 강력한 효과를 발휘한다. 로히프놀은 섭취한 순간 기절하듯 잠들기 때문에 강간 범죄에 악용되는 약물이다. 졸피뎀보다 훨씬 더 효과가 좋았다. 깨어났을 때는 출근 시간이 지나 있었다. 그렇게 오랫동안 깨지 않고 잠들었다는 사실을 믿을 수 없어 시계가 고장 난 게 아닌지 살펴보기까지 했다. 아무

---

* 니트로-벤조디아제핀계 약물인 플루니트라제팜의 상품명이다. 합성 마약의 재료로 이용 되기도 하며, 단기 기억상실을 유발한다.

꿈도 기억나지 않았다. 언제나 악몽의 여운으로 산만했던 정신도 맑았다. 가위눌림에서 벗어나기 위해 발악하느라 쑤셨던 몸도 근육통 없이 가뿐했다.

하지만 아니었다.

전혀 기억나지 않았다. 내가 마지막으로 기억하는 건 미친 듯이 치솟는 신경질과 짜증 때문에 잠이 오지 않아 로히프놀 세 알을 씹어 삼키고 침대에 누웠다는 사실뿐이다.

이효진에게 암회색 비늘을 새겨 넣으며 민재와 마주 보고 웃었을 내가, 나는 기억나지 않았다.

제6장

생존자

Survivor

세상에는 여러 종류의 영웅이 존재하지만 때로 우리는 영웅보다 더 대단한
존재가 되기도 한다. 바로 생존자가 되는 것이다.
- 로라 슈로프·알렉스 트레스니오프스키, 《모리스의 월요일》 중에서

6-1

▶ REC

"안도현 치상 사건은 분명히 과거 사건을 아는 사람이 저지른 겁니다. 친척, 친구, 동료, 선생님, 과거의 지인이든 현재의 지인이든 누구라도 좋아요. 그때 일을 다시 한번 얘기하다보면 떠오를 수도⋯⋯."

천식의 말투는 억지로 누가 시켜서 하는 것처럼 어눌하고 어색했다. 효리의 다문 입술이 비틀리며 비웃음이 새어나왔다. 연갈색 눈동자에 경멸과 증오가 차올랐다.

"내가 용의자에서 벗어나려면 다른 누군가를 지목해야 한다는 뜻이네요. 무슨 게임 같아요. 재미있네요."

"그, 그렇지 않아요. 그저 과거 사건과 관련이 있으니까 다시 한번 진술을 받아야 해서⋯⋯."

천식은 말까지 더듬었다. 효리는 허리를 꼿꼿이 세우며 시선을 고정했다. 취조실의 거울은 카메라나 목격자를 감추기 위해 붙여놓는 것이 아니다. 사람들은 자기 모습이 비치는 거울 앞에서는 거짓말을 덜하는 경향이 있다. 효리는 자신의 얼굴에서 눈을 떼지 않았다.

"또다시 반복해야 하나요? 일부러 관할인 안곡경찰서가 아니라 분정경찰서로 가서 신고했어요. 당시 안곡경찰서장이 그 새끼와 친분이 있었거든요. 신고만 하면 지옥이 끝날 줄 알았어요. 아뇨, 그게 시작이었어요. 형사들은 묻고 묻고 또 물었어요. 기억조차 하기 싫은 그 일을, 감추고 싶은 내 상처를 헤집으면서도 아무런 죄책감이 없었어요. 그 사람들은 그 새끼를 잡아넣기 위해, 나를 위해 그렇게 할 수밖에 없었다고 하겠죠? 아니요, 형사들은 그 새 끼를 풀어주기 위해 잔인한 질문을 한 거예요.

가슴을 주무른 시간은 얼마나 됐죠? 팬티를 오른손으로 벗겼나요? 질 내 사정을 한 게 몇 번이었죠? 정말 강제였어요? 거절 의사를 분명히 밝혔나요? 억지로 그랬다면 반항을 했겠네요? 아뇨, 아 뇨, 아뇨! 거절도 반항도 못했어요. 왜 그랬냐고요? 그냥 몸이 굳 어버렸으니까요. 아팠냐고요? 아뇨, 아무 느낌도 없었어요. 아무 것도 보이지 않고, 들리지도 않고, 느껴지지도 않았어요. 모든 감 각이 마비되었으니까요.

과거 일을 다시 들려달라고요? 나도 몰라요. 그 시절의 일들은 잘 기억나지 않아요. 그저 당황하고 두렵고 믿을 수 없어서 정신 이 멍했어요. 그래요, 지금도 그때 일은 정확히 진술할 수 없어요. 기억나지 않으니까요. 그래서인지 형사들은 사춘기 소녀의 반항 이라고 의심했죠. 최면수사까지 했는데도 성폭행 당시의 일을 결 국 기억하지 못했어요."

흔한 일이었다. 공포에 질린 상태에서는 통증에 대한 감각조차 마비되어 아무것도 느낄 수 없게 된다. 뇌는 아편계 신경전달물질을 내뿜어 고통에 대한 감수성을 감소시킨다. 총을 맞아도, 칼에 찔려도, 몸이 으스러져도 통증을 느끼지 못한다.

40% 이상의 성폭행 희생자들이 마비로 인해 저항하지 못한다. 그런 희생자들은 저항 없이 굴복했다는 가책으로 인해 성폭행범 고소를 포기한다. 용서자 신드롬이다. 어쩌면 문제의 원인이 나였을지도 모른다. 전적으로 내 탓은 아니라도 내가 어느 정도 책임은 져야만 한다. 피해자들은 자신의 상처를 스스로 들쑤신다.

"복수는 생각해본 적 없어요. 복수보다는 나를 죽이는 일이 더 간절했으니까요. 몇 번이나 죽으려고 했어요. 하지만 신은 기어이 나를 살려냈어요. 몇 번이나. 정말 죽고 싶었어요. 죽고 싶은데 죽을 수 없어 절망했어요. 죽음이 단 하나의 소망이었어요. 하지만 신은 나에게 안식을 허락지 않았어요. 이제는 그 희망조차 버렸어요. 그저 나를 가득 채운 절망에 익숙해져야겠죠.[14]"

효리는 가죽끈을 꼬아서 만든 샌들을 신고 있었다. 부러졌던 왼쪽 발목의 흉터는 흘낏 보고 지나칠 수 있었지만 오른쪽 발목에서 뒤꿈치까지 남아 있는 흉터는 눈에 확 띄었다. 목을 매달고 자살을 시도하다 줄이 끊기는 경우 가장 많이 다치는 곳이 발뒤꿈치와 발목이다. 뼈가 으스러졌다 붙은 자국은 우툴두툴했다. 효리는 보란 듯 자신의 상처를 드러냈다.

병원 진료기록 조회 결과 효리는 자해, 수면제 과다복용, 번개탄 흡입, 동맥 절단 등으로 치료를 받았다. 손을 가지런히 모으고 있는 데다 색색의 얇은 가죽끈 팔찌를 겹겹이 착용해 왼쪽 손목을 볼 수는 없었지만 흉터가 가득할 게 뻔했다.

"신은 왜 내 고통을 모른 척하는 걸까요? 왜 날 이 고통 속에 내버려두는 걸까요? 내가 무슨 죄를 지었을까요? 수많은 질문에 대한 답은 하나예요. 어떤 질문을 해도 답은 하나였어요. 죽음 말고는 아무것도 없어요. 그게 유일한 답이었어요. 저보다 훨씬 똑똑하고 많이 배운 대단한 사람들이 말했죠. 모든 인생은 고통이라고요. 그래도 고통은 언제나 처음처럼 낯설어요. 가끔은 내가 깨어 있는 건지 잠든 건지도 모르겠어요. 한 번도 편안하게 잠들지 못했어요. 끔찍한 악몽에서 깨어나고 싶어서 매일매일 나에게 상처를 입혔어요.[15]"

바들바들 떨리는 높은 목소리는 자주 멈췄다. 효리는 심호흡을 하며 진정하려 애썼다. 숨을 쉬기조차 힘든 듯 사이사이 헐떡이는 바람에 목소리가 뭉개졌다.

"친인척들은 모두 그 새끼 편을 들면서 나한테 별의별 협박까지 했죠. 당연해요. 다들 그 새끼한테 들러붙어서 먹고사는 처지였으니까요. 그나마 믿었던 엄마는 합의금을 들고 도망쳤어요. 누구도 믿을 수 없어서 어떤 사람과도 가까워지지 못했어요. 인간들이 두려웠어요. 하지만 사람들은 오히려 사회성이 없다고 나를 뒤에서 손가락질하고, 신체 접촉에 예민하게 반응한다고 결벽증이라고 비난하죠. 그래서 더 움츠러들었어요. 그렇게 언제나 혼자였으니 나 대신 복수해줄 주변 지인 따위는 없어요. 그렇게 난 예민하고 신경질적이고 무능한 인간이 되어버렸는데, 하루하루를 그저 견디고만 있는데, 그 새끼는 교도소에서 겨우 3년을 살고 나와서 사람들의 칭찬에 둘러싸여 행복하게 살고 있죠. 그런데 이제는 나더러 범죄를 저지르지 않았냐고 묻네요? 내가 어떻게 해야 내 말을 믿나요? 아니, 날 믿어줄 마음은 있긴 한가요? 하루 종일 형사가 나를 감시하는 거, 다 알아요. 그러니 그만 괴롭히고 차라리 지금 나를 잡아가요. 나는 더 이상 과거를 떠올리려 애쓰고 싶지 않으니까요."

효리는 기진맥진해 등받이에 기대며 팔짱을 끼고는 눈까지 감아버렸다. 꼭 다문 입술이 새파랗게 질려 있었다.

연달아 또 다른 영상이 재생되었다. 효리와 천식의 옷만 바뀌었을 뿐 내용은 엇비슷했다. 천식이 동영상 정지 버튼을 누르며 한숨을 내쉬었다.

"이게 마지막 진술이었어요. 이효진 문신 사건 전날이었죠. 진술 후에는 진이 빠졌는지 제대로 걷지도 못해서 제가 집까지 태워다 줬어요. 그걸 집이라고 부를 수 있을지 모르겠지만, 부엌도 화장실도 없는 진짜 방 한 칸만 있는 옥탑이에요. 감시하고 있던 형사가 낌새가 이상하다고, 사흘째 외출도 안 하고 인기척도 없다고 하는데 왠지 불안하더라고요. 결국 강제로 문을 열고 들어갔는데……. 처음엔 죽은 줄로만 알았어요. 워낙 썩는 냄새가 고약한 데다 바닥에 널브러져서 미동도 없었으니까요. 옷을 입은 채 대소변을 봤으리라고는 상상도 못했어요. 하서의원 응급실 의사 말로는 탈수증세가 심각해서 조금만 늦었어도 죽었을 거라더군요."

우울성 혼미였다. 효리는 운동능력을 상실하고 외부 자극에 반응도 하지 않았다. 안구 운동이나 불수의적 연하운동만이 가끔 나타날 뿐이었다. 물론 먹지도 마시지도 못했다.

"그래서 하서의원 중환자실에 입원 중이라고요? 감시는 붙였죠? 속이는 걸 수도 있잖아요."

민수의 질문에 천식은 이맛살을 찌푸렸다. 중빈은 기가 막히다는 듯 하, 헛웃음을 지으며 고개를 저었다.

"갖가지 검사를 한 뒤 세 명의 정신과 전문의가 분석해서 내린 진단이에요. 물론 중환자실 앞에는 감시하는 형사도 있고요. 그리고 이효진 문신 사건이 발생한 날도 형사가 감시 중이었어요. 효리는 전혀 움직이지 않았다고요. 강민수 형사님은 참 의심이 많네요. 아니, 날 못 믿는 건가? 저도 형사 생활한 지 십 년이 넘었어요. 그렇게 허술하지 않다고요."

"완벽한 감시는 불가능해요. 돌아가면서 잠복했을 테니 분명 틈이 있었을 겁니다. 언제쯤 진술이 가능할 정도로 회복될까요?"

"자진 출두해서 다섯 번이나 진술했고, 거짓말탐지기를 비롯한

210

각종 뇌 검사에서도 문제가 없었어요. 다시 진술 받아야 할 필요성을 못 느끼겠는데요."

싸늘한 말투만큼 천식의 눈길도 사나웠다. 자신은 효리를 의심했으면서도 민수의 의심에는 신경을 곤두세웠다. 어쩌면 천식은 효리를 변명해주며 자기 자신의 의심을 가라앉히는 것인지도 모른다.

"음성분석가도 그렇게 말할까요? 거짓말은 감정적 반응을 유발하고, 감정의 변화는 성대를 조여서 평소보다 높은 음성을 내게 만들죠. 거짓말을 끼워 맞추기 위해 생각하느라 자주 머뭇거리고요."

"저도 그 정도의 상식은 있습니다. 하지만 긴장으로 성대가 조일수도 있고, 트라우마를 떠올리느라 힘들어서 머뭇거릴 수도 있어요. 효리가 진술할 때마다 정신과 주치의가 따라왔어요. 우울증이 너무 심각해서 삶에 대한 의욕조차 없기 때문에 복수를 할 리 없다고 확신하더군요. 그래서 되도록 질문을 하지 않았어요. 추궁하거나 의심하는 것조차 스트레스가 될까 봐서요."

천식이 부연설명을 했다.

"우울증이라 배려를 했다고요? 오히려 더 의심하고 더 많이 심문했어야 되는 거 아닌가요? 심각한 트라우마를 겪거나 오랫동안 우울증을 앓은 경우에는 뇌의 전두엽이 손상되죠. 전두엽 손상이 진행되면 폭력적 성향이 강해지고 죄책감이 사라져서 비윤리적 행동을 하게 되고요. 사고와 판단은 흐려지고 감정을 조절하거나 억제하는 기능도 떨어져요. 그래서 우울증 환자들은 문제를 많이 일으켜요. 작은 다툼에도 상대방을 죽이거나 사소한 슬픔에도 빌딩 옥상에서 뛰어내리죠. 잘 알잖아요?"

"통계상으로는 열 명 중 한 명이 우울증을 앓아요. 우울증 환자의 범죄율은 유의미할 정도로 높지 않아요."

희성이 끼어들었다.

"확률의 오류지. 범죄자 중 우울증 환자의 비율은 충분히 높아. 전두엽이 많이 손상되면 자신이 한 일을 기억하지 못하는 경우도 있어. 가성치매가 오는 거지. 거짓말탐지기 조사에서 사건과 아무 관련이 없는 것으로 나왔다고요? 하지만 효리가 안도현에게 복수한 사실을 잊어버렸다면 효리가 믿는 진실이라는 것도 사실이 아닌 게 되죠. 어떻게 생각해요? 우울증이라면 잠을 못 자서 수면제를 처방받았으니 수면 복합 장애일 수도 있어요. 미국에서 이미 일어난 범죄입니다. 범인은 수면제를 복용하고 잠들었다가 새벽에 자동차를 몰고 가서 장인을 죽이고 집으로 돌아와 다시 잠들었어요. 물론 범행을 전혀 기억하지 못했고요. 당시 범인이 수면 복합 장애라고 변호해서 무죄를 선고받았죠. 만약 효리가 그렇다면요?"

민수의 말에 누구도 대답하지 못했다.

6-2[16]

보복하지 못하는 무력감은 '선'이 된다. 불안한 천박함은 '겸허'가 된다. 증오하는 사람들에게 복종하는 것은 '순종'으로 바뀐다.

비공격성과 비겁함이 풍부한 약자가 문 앞에 서서 어쩔 수 없이 서성이기만 하는 것은 '인내'라고 부른다. 심지어 미덕이라고까지 불리기도 한다.

영리한 무력감은 체념하며 조용히 기다리는 미덕이라는 화려한 수식어로 포장된다. 그래서 마치 나약함 자체가 하나의 임의적 수행 능력이며, 의도되고 선택된 공적인 행위라고 생각하게 만든다.

복수할 수 없는 것이 복수하고자 하지 않는 것으로 불리고, 심지어는 용서라고 불리기까지 한다. 게다가 사람들은 '적에 대한 사랑'을 말한다. 땀을 뻘뻘 흘리면서 말이다.

6-3

▶ REC

"민경이는 아주 소극적인 아이였어요. 누가 질문을 해도 작은 목소리로 단답형 대답만 할 정도였죠. 입학하고 며칠 뒤 의붓아버지에게 성폭행을 당할 뻔했다고 신고했다가 번복한 일도 있어서 민경이에게 신경을 더 많이 썼어요. 혹시 왕따를 당하지 않을까 걱정했는데, 소연이와 둘이서 잘 어울려 다니더라고요. 소연이도 아주 조용하고 소극적인 학생이었는데, 의붓아버지와 갈등이 심해서 우울증으로 정신과 치료를 받고 있었거든요. 둘이서만 속닥거리는 걸 볼 때면 심란했어요. 서로 의지할 수 있겠다는 생각이 들었다가, 혹시라도 둘이 나쁜 생각을 하면 어쩌나 걱정도 되었어요.

그런데 여름방학이 시작되자마자 민경이가 그렇게……, 되었죠. 죽은 민경이도 불쌍하지만, 저는 소연이도 걱정이었어요. 교장 선생님이 부탁하셔서 결국 제가 중학교 3년 내내 소연이 담임을 맡았어요. 환경 변화가 심리 상태에 나쁜 영향을 줄까 봐서요. 예상보다 소연이가 잘 버틴다고 안심하고 있을 때 일이 터졌어요. 민경이 어머니가 출소한 직후부터 누군가가 그 집 현관문 앞에 너덜너덜하게 찢긴 고양이 사체를 널브러뜨렸죠. 토막 나서 버려진 길고양이 사체는 모두 열아홉 마리나 됐어요. 좁은 동네라 소문이 파다하게 퍼졌죠. 경찰이 소연이를 범인으로 지목했을 때, 도저히 믿을 수 없어서 CCTV 영상도 직접 확인했어요. 소연이는 겁이 많아서 소풍을 가서도 놀이기구 하나 못 타던 아이였어요. 작은 벌레 한 마리만 봐도 질겁하던 아이였는데……. 그런데 화면 속의 소연이는 너무나 태연하게 고양이 사체를 꺼내 현관문에 던지고 짓밟더군요. 미성년자이고, 합의도 했고, 심리적으로 불안정한 상태라 처벌은 면했어요. 그게 중학교 2학년 겨울방학이었죠.

3학년 때부터는 갑자기 외모에 집착하기 시작했어요. 화장에, 염색에, 파마에, 매니큐어에……. 매일 학생부에 불려 가는 게 일이었죠. 그래도 다행이라고 생각했어요. 다른 무언가에 신경을 쏟으면 그나마 민경이를 잊게 될 테니까요. 이런저런 사건 때문에 의붓아버지와의 관계도 많이 좋아졌어요. 의붓아버지가 하서경찰서 강력팀 형사셨거든요. 소연이는 민경이 사건을 아무도 모르는 곳으로 떠나고 싶어 했어요. 그래서 기숙사가 있는 용인의 미용고등학교에 진학했죠. 올해 스승의 날 찾아왔는데, 많이 밝아졌더라고요. 원래 아이들이 크면서 성격이 변하기는 하지만 완전히 다른 사람처럼 느껴졌어요."

▶ REC

"안소연 학생이요? 굉장히 명랑하고 쾌활하죠. 입학식 날 임시반장을 하고 싶다고 나설 만큼 적극적이기도 하고요. 가끔 수업시간에 떠들어서 혼나기도 하지만 워낙 애교가 많고 넉살이 좋다 보니 교사들도 야단을 못 쳐요. 미적인 감각도 뛰어나고 손재주도 있어서 미용기술 습득도 빨라요. 학교에서 가르치지 않는 미용기술은 유튜브만 보고도 능숙하게 따라 하더라고요. 문신이요? 문신은 교사보다 훨씬 잘하죠. 오죽하면 학부모들까지 소연이에게 눈썹 문신을 부탁할 정도예요."

교복을 입은 소녀는 화면 속에서 점점 자라났다. 아니, 변했다. 동그랗던 눈은 뾰족해졌고, 도톰하던 입술은 얇아졌다. 두꺼운 화장으로도 날카로워진 인상을 숨길 수는 없었다. 금세 울음을 터뜨릴 듯 우울한 표정을 짓고 있는 중학교 입학식 단체사진과는 달리 고등학교 입학식 단체사진 속의 소녀는 환히 웃고 있었다. 가짜 웃음이다. 요즘 희성이 으레 짓는 표정이다. 도대체 누구를 속이기 위해 억지로 웃는 걸까? 소녀에게도, 희성에게도 묻고 싶었다.

강민경과 안소연이 팔짱을 끼고 찍은 사진이 마지막에 나왔다. 중학교 1학년 여름방학식에 찍었다는 사진 속의 아이들은 솜털이 보송보송했다. 정재현 형사는 사진에서 시선을 떼지 못하고 한숨을 내쉬었다.

"중학교 담임과 고등학교 담임의 진술이 완전히 정반대예요. 사춘기를 지나면서 성격이 변하는 경우도 있지만, 안소연 학생처럼 극단적으로 변하지는 않아요. 아마 트라우마 때문에 성격이 변한 것 같습니다."

심각한 트라우마를 겪은 사람들은 강해지고 악해진다. 선한 인격은 나약해서 상실감과 공포심을 견뎌낼 수 없다. 생존을 위해서는 새로운 인격이 필요하다. 그래서 복수를 할 수 있을 만큼 공격적이고 파괴적인 인격이 탄생한다. 가끔 과거의 인격과 새로운 인격 사이에서 방황하는 경우도 있다. 해리성 인격장애였다.* 공격성은 적극성으로, 파괴성은 능동성으로 포장되어 자기 자신까지도 속인다. 그리고 복수의 순간을 기다리며 깊은 곳에 숨어 있다가 갑자기 나타난다.

"안소연의 의붓아버지가 우리 하서경찰서 강력팀 강민규 형사

---

* 해리성 인격장애는 한 사람 안에 두 가지 이상의 다른 정체성을 지닌 인격이 존재하는 정신질환이다.

예요. 과거 이효진의 집 앞에 고양이 사체를 유기했던 사건기록을 보니, 안소연은 강민규 형사의 인트라넷 아이디와 비밀번호를 이용해서 이효진의 집을 알아냈더군요. 혹시나 해서 올해 강민규 형사의 인트라넷 접속기록을 뒤졌는데, 안도현의 주소를 검색한 흔적이 발견됐어요. 검색한 바로 그날 안소연의 경찰서 방문기록도 남아 있고요. 이효진이 문신 테러를 당하기 전날 안소연이 기숙사 외박 신청을 한 기록부도 입수했어요. 하지만 안소연을 비롯한 가족 모두가 묵비권을 행사하고 있어요. 강민규 형사는 병가를 신청해 출근하지 않고 있고요. 조만간 강제소환해 조사를 진행할 예정입니다."

회의 내내 한마디도 하지 않던 희성이 나지막이 한숨을 내쉬었다. 희성은 지원팀으로 가라는 권유를 거절했다. 민수도 기어이 희성을 내치고 싶지는 않았다. 수사에 소극적이라 해도 상관없었다. 희성이 곁에 남아 있다면 그 정도는 감당할 수 있었다.

6-4[17]

나는 나의 운명을 안다. 언젠가 나의 이름에는 엄청난 사실이 추억으로 연상될 것이다. 즉, 세상에서 전대미문의 대위기와 가장 심원한 양심의 갈등 그리고 이제까지 신뢰되고 요구되었으며 신성시되었던 모든 것에 거역하며 만들어졌던 결정에 대한 추억 말이다.

나는 인간이 아니다. 하나의 다이너마이트이다. 그럼에도 불구하고 나 자신 속에는 어떤 종교의 창시자와 같은 사고방식은 존재하지 않는다. 종교란 천민의 관심사이다. 나는 신앙을 갖고 있는 무리들과의 접촉 뒤에는 손을 닦고 싶다.

나는 최초의 비도덕주의자이며, 이것이 또한 나를 탁월한 파괴자로 만든다.

6-5

▶ REC

"마리아, 제 세례명이에요. 제가 성녀 마리아 고레티 축일에 태어났거든요. 아마 탄생에서부터 제 운명은 결정돼 있었나 봐요. 마리아 고레티 성녀님이 누군지 아세요? 모르시죠? 강간 희생자 및 소녀들의 수호성인이세요. 생후 100일에 받은 세례명이 하필이면 강간 희생자의 수호성인을 따랐다니, 우연치고는 소름 끼치고 운명이라면 잔인하죠.

성녀님은 1890년 10월 16일, 이탈리아 안코나의 가난한 집에서 태어나셨어요. 농장 일을 하던 아버지 루이지 고레티가 말라리아로 사망하면서 형편이 더 어려워졌지만, 성녀님은 어린 동생들을 보살피고 집안일을 도왔어요. 성녀님은 학교를 다닐 형편이 못 되어

글을 배울 기회가 없었지만, 어머니 아순타 카를리니가 알려주는 성경이나 교리서의 긴 구절을 통째로 암송하고, 멀리 사는 어머니 친구와 본당 신부님의 도움을 받아 교리 공부를 하며 11개월이나 첫 영성체를 준비했대요. 첫 영성체에 필요한 옷이나 구두도 마련할 처지가 안 됐지만, 어쨌든 성녀님은 1902년 5월 29일에 예로니모 신부님의 집전으로 영성체를 받으셨어요. 그리고 죽음의 그 순간까지 예수 그리스도를 위해 순수한 영혼을 지켜나가겠다고, 죄를 짓기보다는 차라리 죽음을 택하겠다고 성모님께 맹세했어요.

한집에 살던 농장 일꾼 조반니 세레넬리의 열일곱 살 아들 알레산드로 세레넬리는 아름답고 성숙한 성녀님에게 관심을 보였어요. 1902년 7월 5일 오후, 알레산드로는 바느질을 하던 성녀님을 강제로 끌고 가서 침실 문을 잠그고는 미리 준비한 수건으로 입을 틀어막고 강간하려 했어요. 하지만 성녀님은 완강히 저항하며 하느님께 대죄를 짓지 말라고 꾸중하셨어요. 알레산드로는 도망치는 성녀님의 등을 칼로 열네 번이나 찔렀죠. 집에 돌아온 어머니가 성녀님을 발견하고 병원으로 옮겼어요. 성녀님은 마취 없이 20시간이 넘는 수술을 받으셨어요. 오로지 벽에 걸린 액자 안의 십자가에 못 박힌 예수님을 보면서 그 고통을 견디셨다고 해요. 그리고 병원으로 찾아온 신부님께 고해성사와 마지막 영성체를 하시고는 말씀하셨죠.

'예수 그리스도의 사랑 때문에 저 역시 알레산드로를 용서할 것이며, 그를 위하여 천국에서 기도할 것입니다. 저는 십자가 옆에 있던 강도처럼 그를 천국에서 만날 수 있기를 바랍니다. 아마 하느님께서도 그를 용서해주실 거예요. 어머니, 저를 용서해주세요. 성모님께서 저를 기다리고 계세요.'

마지막에는 기쁨에 가득 찬 목소리로 '아버지, 아버지, 아버지'라고 말씀하시며 주님의 품에 안기셨죠. 1902년 7월 6일 오후, 그리스도의 성체와 성혈 대축일이었어요. 첫 영성체를 받은 지 한 달여가 지난 바로 그때, 성녀님의 나이는 열한 살이었죠.

방에 숨어 있다가 동네 사람들에게 잡혀 경찰에 넘겨진 알레산드로는 전혀 반성하지 않았어요. 로마 레지나 첼리 법정에서는 알레산드로가 미성년자라는 이유로 종신형 대신 시칠리아 노동형무소에서의 30년 노동형을 선고했죠. 감옥에서도 말썽을 부리던 알레산드로가 어느 날 밤, 간수를 불렀어요.

'갑자기 마리아가 나타나더니 아름다운 백합 꽃다발을 주었습니다. 내가 꽃다발을 받아 들자 그 꽃들은 갑자기 촛불처럼 작은 불로 변했습니다. 어서 신부님을 불러주십시오!'

간수들은 그가 미친 줄 알고 '신부님께 드릴 말씀이 있으면 글로 적어보라'고 말했는데, 알레산드로는 무릎을 꿇고 글을 쓰기 시작했대요.

'저는 제가 저지른 일에 대해 진심으로 슬퍼하며 뉘우치고 있습니다. 저는 예수님에 대한 사랑으로 죽을 때까지 자신의 순결을 지키려 한 죄 없는 소녀의 생명을 빼앗았습니다. 모든 분께 제가 저지른 죄와 잘못을 진심으로 뉘우치고 있습니다. 하느님과 상처 입은 마리아의 가족 모두에게 용서를 청합니다. 저도 언젠가는 다른 모든 믿는 이들같이 주님의 인자하신 용서를 얻으리라는 생각만이 제게 희망을 줍니다.'

그 후 알레산드로는 날마다 지난 잘못을 반성하고, 다른 죄인들을 위하여 기도하며 형기를 마쳤어요. 그리고 출옥하자마자 마리아의 어머니가 사는 코리날도로 찾아가 무릎을 꿇고 용서를 빌었어요.

'나에게 용서를 청한다고? 알레산드로! 마리아는 이미 너를 용서했다. 그런데 어떻게 내가 너를 용서하지 않을 수 있겠느냐! 나 역시 이미 마음으로부터 너를 용서했다. 어서 들어오너라. 밖의 날씨가 좋지 않구나.'

마리아의 어머니는 그렇게 알레산드로를 용서했어요. 그 뒤 알레산드로는 카푸친 작은형제회의 평수사가 되어 죽을 때까지 수도원에서 회개와 봉사의 삶을 살았어요. 1947년 4월 27일, 교황 비오 12세에 의해 성녀님이 시복되었는데, 그때 알레산드로는 시복 재판의 중요한 증인이 되었죠. 1950년 6월 24일, 마리아 고레티의 시성식에도 알레산드로는 성녀님의 어머니와 함께 참석했어요. 그렇게 열한 살 어린아이가 성인품에 올랐죠.

단순히 성폭행에 맞서다 목숨을 잃는다고 성인이 될 자격이 생기는 건 아니에요. 성녀님의 자비심과 행동, 용서 등이 그녀를 성인으로 만들었죠. 후우, 어떻게 날짜 하나 틀리지 않고 생소한 이름을 한 번 망설이지도 않고 긴 이야기를 할 수 있냐고요? 하루 종일 성녀님의 인생을 복기하며 보낸 적이 많았으니까요. 어느 인턴 선생님 말로는 제가 대장 내시경을 위해 수면마취를 한 상태에서도 성녀님의 일생을 줄줄 읊었대요. 매일 큰 소리로 복기했어요. 잠꼬대로도 성녀님의 일생을 중얼거렸대요. 간호사 선생님들도 성녀님의 일생을 줄줄 읊을 정도죠. 하지만 그렇게 노력했는데도 용서는 포기했어요."

"용서가 위대하다는 건 일종의 편견이에요. 어렵고 힘들기 때문에 용서가 위대하다고요? 아뇨, 복수가 더 어렵고 힘든 법이에요. 용서는 용감한 인간만이 할 수 있다고요? 용서한다는 것이 강함의 증거라고요? 죄를 용서할 만큼 강한 사람만이 사랑하는 법을 안다고요?[18] 나는 겁 많고 나약한, 사랑을 모르는 인간으로 사는 쪽을 선택하겠어요. 매일 용서에 대한 성직자들과 철학자들의 설교를 찾아 듣고, 책을 읽고, 영화를 봤어요. 이 세상 그 누구보다 용서에 대해 많이 읽고, 보고, 듣고, 썼을 거예요. 하지만 그 어떤 것도 저를 설득하지 못했어요. 오히려 가장 인상 깊었던 건 니체의 말이었죠. 용서를 하는 사람은 용서 말고는 다른 의지가 없는 나약한 사람이다."

"어느 날은 오기가 생겼어요. 반드시 살아남겠다고, 그래서 반드시 한인걸에게 마땅한 대가를 치르게 하겠다고, 내가 당한 것보다 더 잔인하고 악랄하게 복수하겠다고 맹세했어요. 내 고통보다 더한 고통을 한인걸에게 내려달라고 빌었어요. 오로지 원망하고 증오하면서 아픈 시간을 버텼어요. 그날, 바로 그날만 반복되었어요. 매일 똑같은 날이었죠. 그날, 내가 아끼는 공주인형의 머리카락을 자른 여동생을 미워했고, 여동생을 때린 나를 야단쳤던 엄마를 원망했고, 뾰로통해서 집을 뛰쳐나가는 나를 붙잡지 않은 아빠를 증오했고, 길을 가르쳐달라는 한인걸의 부탁을 뿌리치지 못했던 나를 경멸했어요. 시간은 그날에 멈추었죠. 그렇게 그날만 맴돌았어요."

"어린 시절, 언제나 주말이면 성당에 가서 미사를 드렸어요. 진심으로 기도했어요. 하느님께서 나를 사랑한다는 사실을 의심한 적 없어요. 그렇게 절대적인 분이었고, 그분의 뜻을 따르기 위해 온 힘을 다했어요. 그런데 하느님은 자신을 믿고 따르는 내게 그런 일이 일어나는 것을 모른 척하셨죠. 신부님들이, 수녀님들이, 목사님들이, 스님들이, 온갖 종교를 떠받드는 사람들이 문병 와서 말했죠. 하느님께서 나에게 상처와 고통을 주신 어떤 깊은 뜻이 있을 거라고, 인간으로서는 이해할 수 없는 이유가 분명 있을 거라고……. 그렇게 하느님을 대신해 변명하며 믿음을 강요할 때마다 구역질이 났어요. 감히 나에게 충고하고 위로하는 사람들 모두를 경멸했어요. 그리고… 그 어떤 존재보다… 하느님이 가증스러웠어요."

"언제나 모순된 감정과 생각 때문에 어지럽고 혼란스러웠어요. 악을 막을 수 있는데도 막지 않으셨다면 하느님은 자비로우신 존재가 아니죠. 막으려 했지만 막을 수 없었다면 하느님은 전능하신 존재가 아니죠."

"하느님은 존재하지 않는다고, 존재하더라도 절대적인 선이 아니라고, 절대선에서 악이 탄생한다는 것은 모순이라고, 아니 하느님은 오히려 변덕스러운 악일 수도 있다고……. 그러다 깨달았죠. 마지막까지도 하느님의 존재를 부정하지 못하는 나 자신을……. 하느님을 부정하면서도 기도했어요. 제발 고통을 멈춰 달라고, 죽여 달라고 빌었어요."

"한인걸을 용서할 수 없고, 용서할 생각도 없어요. 용서는 인간의 영역이 아니라 하느님의 영역이니까요. 한인걸을 용서할 하느님 따위 인정하고 싶지도 않았어요. 구질구질하게 하느님께 매달리고 싶지 않았어요. 끝까지 하느님을 버리지 못하는 내가 가여웠어요. 그 무엇보다 강하고 절대적인 존재에게 의지하고 싶어 하는 나약한 나 자신을 용서할 수 없었어요."

"평생 대변 주머니를 매달고 살아야 한다는 말을 들은 날, 저는 미쳐버렸어요. 울고, 소리 지르고, 내던지고, 위로하려는 신부님에게 침을 뱉고, 진정제를 놓으려는 간호사를 할퀴고, 울먹이는 엄마에게 쌍욕을 퍼부었어요. 링거를 깨부수고 날카로운 유리 조각을 집어 들었어요. 모두 죽여버리고 싶었어요. 세상 모두가 고통스럽게 죽어가게 만들고 싶었어요. 그 순간, 깨달았어요. 아, 내가 사람을 죽일 수도 있겠구나. 한인걸보다 더 잔인하고 악랄하게 누군가를 해칠 수도 있겠구나. 악은 그렇게 기하급수적으로 전염되면서 팽창하죠. 한인걸 때문에 내가 악해지고, 아빠가 악해지고, 엄마와 여동생이 악해지듯……. 악과 마주하고 살아남기 위해서 우리는 또 다른 악으로 변해버렸죠. 하지만 한인걸과 같은 선택을 할 수는 없었어요. 악이 되어 살아남는 것보다는 차라리 내 손으로 나를 죽이는 게 낫다고 생각했어요. 그래서 바로 여기, 목 아래의 혈관을 찔렀죠."

"하느님은 기어이 나를 살려냈어요. 부모님은 매일 울면서 빌었어요. 살아만 달라고. 아이에게 가장 강한 존재는 부모예요. 무슨 일이 있어도 나를 지켜줄 거라 믿었던 부모님이 나보다 약하다는 것을 깨닫는 순간, 문득 하느님도 약한 존재일 수 있다는 생각이 들었어요. 내가 하느님을 원망했던 건 하느님이 무엇보다 강하다고 생각해서였어요. 하지만 어쩌면 하느님도 나약할 수 있다고, 그래서 악에게 짓밟히는 나를 구하지 못했던 거라고, 그래도 하느님은 매 순간 최선을 다해 악과 싸우고 있을지도 모른다는 생각이 저를 사로잡았어요. 차라리 한인걸에게 당했던 그 순간 죽이시지 기어이 살려내서 고통을 견디게 만든 하느님을 원망했어요. 어쩌면 내 목숨만은 살리고자 하느님은 최선을 다해 악과 싸웠을 텐데, 나는 그 최선을 무시하고 경멸하고 거부했어요.

그렇게 저는 나약한 하느님을 이해하기로 했어요. 저는 한인걸을 용서하지 않았어요. 건방지기 짝이 없지만, 저는 저를 보호해주지 못한 나약한 하느님을 용서한 거예요. 그리고 결심했어요. 나 자신마저도 악이 되어 하느님과 대립하지는 않겠다고. 악이 되지 않기 위해 저주를 그만두고 증오를 멈췄어요. 악에 물들지 않기 위해 부정적인 감정을 버렸어요. 그렇게 한인걸을 잊고 지냈어요."

　"한인걸은 내게서 어린 시절을 빼앗았어요. 나에게는 자라나는 시간이 없었어요. 그냥 순식간에 늙어버렸죠. 더 이상 증오하고 원망하면서 내 시간을 무가치하게 소비하고 싶지 않았어요. 한인걸이 더 이상 내 시간을 빼앗고 내 삶을 지배하는 것을 용납하기 싫었어요. 돌멩이에 걸려 넘어졌다고 돌멩이를 증오하면서 시간을 허비하고, 돌멩이를 부숴버린다고 달라지는 것은 없으니까요. 까르르까르르, 친구들은 사소한 일에도 소리 높여 웃어요. 너무 부러워요. 그 웃음이 정말로 부러워요. 그렇게 웃을 수 있는 철없는 시절을 빼앗겼다는 게 가장 안타까워요. 그러니 내가 하찮은 악인 따위에게 시간을 또 낭비했다는 추측은 사양하고 싶네요."

　형사 생활을 20년째 하면서 모든 종류의 인간을 다 만나봤다고 생각했다. 선악은 언제나 공존했다. 범죄자가 있는 곳에는 피해자도 있었다. 비열한 살인자부터 선량한 자선사업가까지, 비참한 밑바닥 인생에서부터 누구나 부러워하는 인생까지 엿볼 수 있었다.

하지만 혜미는 어느 누구와도 달랐다. 부드럽지만 위엄 있는 목소리, 우아하고 기품 있는 몸짓, 따뜻하고 온화한 눈빛…… 어린 시절 스트레스를 많이 받은 아이들이 그렇듯 작은 키에 몸집이 왜소한데도 묘하게 위압감을 주었다. 평범한 인간이 범접할 수 없는 아우라가 소녀를 둘러싸고 있었다. 강인한 내면을 지닌 자의 여유로움이 넘쳐흘렀다.

혜미가 처음으로 진술하는 동안 거짓말탐지기는 한 번도 거짓 반응을 보이지 않았다.* 하지만 민수는 도무지 믿을 수 없었다. 거짓말탐지기를 속이는 것은 의외로 쉽다. 거짓말탐지기는 인간이 당황했을 때 피부의 습도나 온도변화를 감지하는 장치였다. 당황하지 않으면 구분하지 못한다. 거짓말탐지기의 과학적 원리를 무조건 신뢰하는 것은 어리석은 일이다. 위선과 거짓으로 살아가는 범죄자들은 뻔뻔하게도 자신의 신체까지 속이며 진실 반응을 유도한다.

두 번째 진술부터는 안곡 S대병원에서 진행되었다. 혜미 측 변

---

* 거짓말을 하면 교감신경이 활성화되어 호흡이 가빠지고, 심장박동수가 빨라지며, 혈압이 올라가고, 땀이 나게 된다. 피부에 흐르는 전기의 양도 변한다. 거짓말탐지기는 이러한 생리적 변화를 동시에 감지할 수 있는 시스템을 이용해 거짓을 판단한다. 과학수사연구소에서 사용하는 고기능 거짓말탐지기의 경우 정확도가 97% 정도다. 하지만 범인이 진실을 말할 때도 혀를 깨물어서 통증을 일으켜 일부러 교감신경을 흥분시키면 진실을 말해도 거짓을 말해도 둘 다 거짓으로 탐지되기 때문에 수사가 제대로 이뤄지기 힘들다. 또 죄를 짓지 않았는데도 긴장하거나 죄책감을 느껴서 반응하는 사람도 있어 결과 분석에 너무 의존해서는 안 된다.

호사가 요구한 방식이었다. MRI 및 PET 검사* 결과, 혜미의 전두엽과 측두엽은 손상도 없었고 정상 크기였다. 진술을 하는 동안 fMRI 검사에서는** 뇌의 어느 부위에서도 활성화가 증가되지 않았다. 뇌지문감식이라 불리는 EEG 검사도*** 혜미 측 변호사가 먼저 제안했다. 혜미는 한인걸이나 안도현의 얼굴을 보고도 범행 현장인 집을 보고도 P300 반응을 보이지 않았다.

마침내 혜미가 마지막 진술을 끝내고 변호사와 함께 조사실에서 나갔다. 희성은 닫힌 문을 바라보며 감탄했다.
"볼 때마다 홀리는 것 같아요. 내 어깨에도 닿지 않는 작은 여자애의 기에 눌릴 줄은 상상도 못했어요. 물론 변호사와 여러 번 연

---

* MRI(자기공명영상, Magnetic Resonance Imaging) 검사는 초전도 자석과 고주파 및 컴퓨터를 이용하여 뇌조직과 혈관의 이상을 진단한다. 미국에서는 1991년부터 뇌 영상자료를 법정에서 사용하기 시작했다. 당시 2급 살인으로 기소된 허버트 와인스타인은 MRI 및 PET(양전자 방사 단층촬영, Positron Emission Tomography)를 통해 전두엽 및 측두엽 손상을 증명함으로써 과실치사가 인정되었다. 우리나라에서도 2015년 11월, 뇌 영상을 사용한 감정이 국내 최초로 진행되었다.
** fMRI(기능적 자기공명영상, functional Magnetic Resonance Imaging) 검사는 혈류와 관련된 변화를 감지해 뇌활동을 측정하는 기술이다. 뇌의 어떤 부위가 사용될 때 그 영역으로 가는 혈류량도 따라서 증가한다는 사실을 이용해 어떤 부위의 신경이 활성화되었는지를 측정한다. 2001년 숀 스펜스의 연구에 따르면, 피험자가 진실을 억제하려고 노력하기 때문에 거짓말을 할 때는 억제와 관련된 뇌의 영역인 복외측 전전두피질이 활성화된다.
*** EEG(electroencephalogram, 뇌전도) 검사는 피검사자의 머리 위에 미세전극이 내장된 장치를 씌우고 사진이나 단어 등을 컴퓨터 화면으로 보여주면서 대뇌피질의 두정엽에서 P300이라는 유발전위를 측정한다. 뇌는 익숙한 그림이나 문자를 지각하면 0.3초 후 뇌에서 양극 전위가 급격히 증가해 생리심리학적으로 P300이라 명명된 뇌파를 발생시킨다.

습했겠지만, 떨지도 않고 냉정하고 차분하네요. 어쨌든 평범한 인간은 아닌 게 분명해요. 잊었다는 건 용서한 거죠. 세상에는 수많은 사람이 존재하니까 복수 대신 용서를 선택하는 인간도 있겠죠. 하지만 그런 사람을 직접 보게 될 줄은 몰랐어요. 믿기 힘들지만 검사결과가 그렇게 나왔으니 과학과 기술을 믿어야겠죠. 정말 위인전에나 실릴 이야기네요. 자신의 인생을 완전히 부숴버린 범인을 용서하고 스스로 벌어진 상처를 꿰매 다시 인생을 살아갈 수 있다니, 그것도 미래를 꿈꾸면서 그런다니 정말 믿기 힘드네요. 어린아이지만 존경스러워요."

민수는 아무 대꾸도 하지 않았다. 그제야 희성이 눈을 돌려 민수를 바라본다.

"선배는, 믿지 않는군요."

"혜미가 거짓말을 했다기보다는 자신의 상처를 극복하는 방법으로 용서라는 방어기제를 선택한 게 아닐까 하는 생각이 들어. 자기 세뇌도 진실 반응을 유도할 수 있어. fMRI는 진실기억과 진실이라고 믿는 거짓기억을 거의 구분하지 못하지. 너무 고통스러우면 고통을 멈추기 위해서 용서 충동도 강해져. 끔찍한 트라우마를 끝내버리고 싶다는 종결 욕구가 끈질기게 피해자를 괴롭히지. 사랑하는 사람들이 자신의 트라우마 때문에 고통스러워하는 모습을 본다는 건 견디기 어려운 일이야. 가해자를 용서하고 트라우마를 종결하려는 욕망은 점점 커져서 결국 뇌까지 속여버리지. 게다가 모든 종교는 용서를 도덕적이고 영적인 의무로 여겨서 무의식적으로 강요해. 그래서 종교에 대한 믿음이 강한 사람들은 용서할 수 없는 상황인데도 불구하고 용서할 수 없는 것을 자책하지. 그런 여러 상황과 감정이 복합적으로 작용해서 기억이 상실되었을 수도 있어. 용서보다는 잊는 게 더 쉬울 테니.[19]"

희성은 눈만 깜박였다. 설핏 눈에 스치는 감정이 복잡했다. 감정을 읽어내기도 전에 희성이 눈을 감아버렸다. 길게 심호흡을 하고 눈을 뜬 희성에게서는 아무런 감정도 느껴지지 않았다.

"자기 세뇌라⋯⋯, 거짓 용서라⋯⋯. 그렇다고 해도 상관없어요. 완벽한 자기 세뇌를 위해 얼마나 많은 고통을 참아내야 했는지, 거짓으로라도 용서하기 위해 얼마나 많은 상처를 극복해야 했는지, 트라우마를 지우기 위해 얼마나 많은 노력을 해야 했는지 저는 상상만으로도 버거우니까요. 저 아이는 살아남은 것만으로도 충분히 훌륭하고 존경받을 만해요. 저는 용서라는 단어를 이해할 수도 없고 이해하고 싶지도 않아요. 인간은 자신이 이해하지 못하는 것들을 전부 부정하고 싶어 하죠.[20] 하지만 저는 혜미의 용서는 믿어요. 거짓된 용서라도 속아주고 싶으니까요."

하지만 민수는 믿을 수 없었다. 단순히 자신이 용서할 수 없다고 해서 타인의 용서를 폄하하는 것은 아니었다. 가끔은 용서라는 개념이 존재하는지 의심스러웠다. 뇌에 새겨진 트라우마를 인간의 힘으로 없애는 것은 불가능했다. 과학적·의학적 연구 결과 트라우마는 절대 사라지지 않는다. 합리적 의심과 기적 사이, 민수는 어느 것도 쉽게 선택하지 못했다.

아직도 아버지를 죽인 남자의 뒷조사를 멈추지 못하고 있다. 아버지를 죽이고 누나를 하반신불수로 만든 그 남자는 손녀와 함께 동네를 산책할 때면 웃음이 떠나지 않는다. 어린 민수를 괴롭혔던 그 남자의 딸이 낳은 손녀다. 복수와 용서 사이, 언제나 흔들리는 그 길 위에서 민수는 이미 오래전에 지쳤다.

6-6

신의 존재를 부정한 적은 없었다. 존재한다는 과학적 증거도 없고 존재하지 않는다는 논리적 증명도 불가능한 무언가, 존재가 의문인 존재, 그게 신에 대한 나의 정의였다.

만약 신이 있다면, 신은 그저 심심해서 인간을 창조했을 것이다. 잔인한 운명의 장난도 치고, 용서를 강요하면서도 이유 없이 타인을 미워하고 증오하는 사람들이 활개를 치고 다니도록 내버려두고, 생명을 하찮게 여기는 미친 지도자를 끊임없이 탄생시켜 전쟁을 일으키고, 행운과 불행을 변덕스럽게 누군가에게 몰아주며 희생과 노력을 무시하고, 시련과 좌절을 견디지 못하고 자살하는 인간들을 지옥에 보내면서 신은 무료한 시간을 달랜다.

그리고 아주 가끔 기적이라고 착각할 만한 일을 벌인다. 어리석은 인간들이 불가능에 가까운 확률을 위해 기도하면서 신을 계속 떠받들라고 말이다. 인간들은 자신들의 오류나 무지를 인정하

는 것보다는 기적이라는 거짓을 믿었다.[21]

이성도 정의도 자유도 버려야만 겨우 신의 노예가 될 수 있다.[22] 신의 노예가 된 가련한 자들은 자신의 가련함조차 신에게 선택받았다는 영예로운 증거이며 신의 축복이라고 착각한다. 그들은 '믿음 속에서', '사랑 속에서', '희망 속에서' 살아간다.[23]

다행히 나는 평범한 인간들처럼 맹목적이지도 멍청하지도 않았다. 신은 죽었다. 우리가 그를 죽여버렸다.[24] 그리고 전능하지도 선하지도 않은 신만이 남았다.

니체는 '생존하는 것'이 삶의 목적이 될 수 없다고 생각했다. 하지만 누군가는 살아남았다는 이유만으로 위대한 기적이 된다. 바로 나처럼 말이다. 생(生)과 사(死) 중에서 내 선택은 언제나 생(生)이었다. 나의 생존은 신이 아니라 오로지 나의 의지와 판단으로 이루어졌기에 더 위대하다.

6-7

희성은 밤을 새웠는지 표정이 멍했다. 시선은 모니터를 향해 있었지만 민수가 옆자리에 앉아도 모를 만큼 생각에 집중해 있었다. 잠을 못 잤는지 눈 밑이 거무스름한 데다 눈도 충혈된 채였다. 민수도 복잡하고 산만한 생각이 끊임없이 떠올라 뒤척이다 밤을 새웠다. 한인걸 치상 사건을 맡고 나서는 잠을 제대로 자지 못했다. 정신과에 가서 수면제라도 처방받아야 할 것 같았다.

민수는 희성의 어깨를 툭 치며 휴게실 쪽으로 고갯짓을 했다. 자판기에서 밀크커피를 뽑아 한 잔은 희성에게 건네주고 나머지 한 잔을 후후, 불어 들이켰다.

"정신 차리는 데는 자판기 커피가 최고야."

평소에는 텁텁한 느낌이 난다며 인스턴트커피를 마시지 않던 희성이 대구 없이 종이컵을 집어 들어 홀짝였다. 하지만 역시 입맛에 맞지 않는지 바로 탁자에 내려놓았다.

"아직도 한인걸 때문에 머릿속이 복잡해? 설마 진짜 사표 낼 건 아니지? 복잡하게 생각하지 마. 형사를 하면서 가장 좋은 점이 뭔지 알아? 그저 상부의 명령에 따르기만 하면 된다는 거야. 군인과 경찰은 무조건 상부의 명령에 복종하도록 훈련받지. 선택과 판단은 모두 다른 사람이 하는 거야. 그러니까 너도 단순하게 생각해. 한인걸은 그저 치상 사건의 피해자일 뿐이다, 라고 생각하면 되는 거야. 우리, 단순하게 생각하자."

희성은 눈도 마주치지 않았다. 아직도 고민 중인 듯했다. 물끄러미 종이컵만 바라보던 희성이 한숨을 내쉬었다.

"선배가 했던 말, 곰곰이 생각해 봤어요. 정의를 실현하는 데 융통성은 필요 없죠. 악(惡)에게 최선의 노력이 무시당하고 끊임없이 좌절해도, 아무런 이유 없이 악이 나를 증오하고 경멸해도, 언제나 선보다 강한 악 때문에 절망적인 상황이 닥쳐도, 그렇게 악에게 상처 입어 너덜너덜해졌더라도, 어떤 이들은 선을 지키면서 죽어가는 것을 선택하겠죠. 그리고 그들이 옳은 거죠. 이지메를 함께하자는 제안을 거부했다는 이유로 오히려 왕따가 되어도, 성적 조작과 편법을 쓰는 사람에게 밀려 시험에 불합격해도, 아부와 뇌물로 승진한 후배가 상관이 되어 갑질을 해도, 내부고발을 했다는 이유로 퇴직을 종용당해도. 아무리 억울하고 처참한 상황에서도 선(善)을 지키는 사람들이 있죠. 그리고 그런 부모를 보고 자란 자식 중 몇 명은 또다시 바른 길을 가게 되겠죠. 그렇게 겨우겨우 선이 유지되는 거죠.[25]"

한숨만 나왔다. 아무래도 희성을 수사에서 배제해야 할 모양이다. 희성이 고개를 들고 시선을 마주했다. 잠을 제대로 자지 못해서인지 말갛던 피부가 푸석했다.

"참고인과 용의자 진술 거의 다 끝났으니까 넌 이제 빠져도 괜찮아. 아니, 빠져. 정식으로 강력팀장님과 형사과장님께 보고할 거야. 괜스레 관련인 만나다 또 마음 흔들려서 사표 낸다는 헛소리하지 말고, 그냥 수사에서 빠져. 한 발자국 떨어져서 보면 생각이 바뀔 거야. 알았지?"

꾹 다문 입은 열리지 않았다. 민수는 희성의 어깨를 툭툭 치며 달랬다. 달싹이는 희성의 입술은 말라 있었다. 몇 번을 벙긋거리다 결심이 섰는지 한숨을 내쉬었다.

"오늘 새벽, 세 사건의 공통점을 하나 발견했어요."

"뭐?"

민수가 물었다. 희성은 애를 태우듯 말을 꺼내고는 한참 동안 침묵을 지켰다.

"유효리, 정혜미, 강민경, 안소연까지 모두 같은 정신과에서 진단을 받았어요. 서로 아는 사이예요."

순간, 숨이 멎었다.

제7장

호모 사피엔스 사피엔스

Homo sapiens sapiens

슬기롭고 슬기로운 사람

그들의 죄는 사유하지 않은 것이다.

– 한나 아렌트, 《예루살렘의 아이히만(Eichmann in Jerusalem)》* 중에서

---

* 제2차 세계대전 후 나치 전범 재판에서 아돌프 아이히만은 자기 손으로 사람을 죽이지 않았으며, 공무원으로서 임무에 충실했을 뿐이라고 변명했다. 한나 아렌트는 이 재판을 기록한 책 《예루살렘의 아이히만》에서 '악의 평범성'이라는 개념을 제시하며 아이히만의 유죄를 주장했다. 악의 평범성이란 모든 사람이 당연하다고 여기는 행동이 악이 될 수 있다는 개념이다. 즉, 악마적인 인간이 아니라 평범한 인간이 악을 행하는 것을 의미한다. 자신이 기계적으로 행하는 일에 대해 비판적으로 사고하지 않는 무사유(thoughtless) 그 자체가 바로 악이라는 의미다. 홀로코스트도 국가의 명령에 복종해야 한다고 여기는 평범한 사람들에 의해 행해졌다.

7-1

정기영, 47세, 여성, 미혼, K대 의학과 출신 정신과 의사……. 민수는 병원 대기실의 푹신한 소파 등받이에 기대며 기영의 신상을 복기했다. 젊은 여직원 한 명이 접수와 수납을 담당했고 간호사조차 없는 작은 병원이었지만 앉을 자리가 없을 정도로 북적였다. 환자 대부분이 젊은 여자였다.

민수는 진료실에서 환자가 나오고 다음 환자가 들어가기 전 틈을 이용해 진료실로 들이닥쳤다. 접수원과 이야기를 나누던 희성이 놀라서 어, 소리를 지르는 게 들렸다. 일어나서 환자를 맞으려던 기영의 눈이 커졌다. 곧바로 접수원과 희성이 문가로 다가왔다. 민수가 책상 위에 명함을 놓자 기영이 보고는 살짝 미간을 찌푸렸다.

"예약 환자가 많아서 대화 나눌 시간은 없을 것 같은데요."

예상대로 기영은 정중하게 거절했다.

"기다리죠."

기영의 미간 주름이 깊어졌다. 희성은 이맛살을 잔뜩 찌푸린 채 진료실에서 나온 민수를 쿡 찔렀다.

"아, 진짜! 선배, 왜 그래요? 무례한 행동이잖아요. 다른 환자들도 있는데."

그나마 오늘은 다른 환자들이 힐끔거려 잔소리가 짧았다. 희성은 강압적인 수사 방식을 혐오했다. 아무리 비열하고 잔인한 범죄자라도 존댓말을 쓰려고 노력했다. 희성이 욕설을 퍼부은 사람은 단 한 사람, 한인걸뿐이었다. 민수도 되도록 참고인이나 용의자를 존중하는 편이었다. 하지만 기영은 갖가지 핑계로 대면 조사 약속을 네 번이나 어겼다. 민수의 인내심도 한계에 도달했다.

진료는 8시가 넘어서야 끝났다. 기영은 일어선 채로 민수와 희성을 맞이했다. 약간 지친 기색이었지만 완벽하게 감정을 감춘 얼굴이었다.

기영은 어떻게든 직접적인 만남을 회피하려 애썼다. 전화 통화만으로는 비언어적 측면을 전혀 관찰할 수 없었다. 순간적인 표정과 몸짓은 진술만큼 중요했다. 기영도 그 사실을 알고 있을 것이다. 그러니 지금도 팔짱을 끼려다 말았겠지. 팔걸이를 움켜쥔 손은 어딘가 어색하고 잔뜩 힘이 들어가 있었다. 아무리 숨기려 해도 방어적인 태도는 숨기기 어려운 법이다.

"난감하고 곤란한 상황이라는 건 잘 알고 있습니다. 환자의 비밀은 어떤 경우에도 누설하고 싶지 않으시겠죠. 의사의 비밀누설금지와 환자의 사생활 보호를 목적으로 하는 법률까지 있으니까요. 하지만 진료기록 누설에 대해 엄격하게 처벌하는 미국에서도 합리적이고 타당한 경우에는 비밀누설을 용인하고 있어요. 특히 범죄와 관련되면 당연히 의료정보를 경찰에 신고하고 진술할 의무가 있어요."

희성이 말하는 동안 기영은 물끄러미 희성을 바라보았다. 희성은 기영과 눈을 맞추고 기다렸다. 기영은 천천히 눈을 감았다 떴다. 그러고는 심호흡을 한 뒤 희성에게서 시선을 돌렸다.

"전화로도 말씀드렸지만 우연의 일치입니다. 안곡에 있는 개인 정신과 병원은 열세 곳이에요. 여의사는 저뿐이고요. 성폭력 피해자들은 복잡한 대학병원보다 소규모 개인병원을 원하고, 남자 의사보다는 여자 의사를 선호하는 경우가 많아서 혜미와 효리가 제 환자가 된 겁니다."

"거기까지는 우연이라 해도 혜미와 효리가 같이하는 상담 모임은 우연으로 보기 힘든데요?"

"상담 모임은 나이가 비슷한 환자끼리 모으다 보니 둘이 같은 그룹에 속하게 된 거예요. 혜미와 효리 외에도 세 명이 더 참여하죠. 물론 30~40대 모임도 따로 있고요. 혜미도 효리도 복합성 외상 후 스트레스 장애를 심각하게 앓았어요. 이미 아시겠지만 효리는 복수는커녕 죽을힘도 없어요. 완전히 지쳐서 나가떨어진 상태죠. 대부분 우울증이 심각하면 자살을 한다고 생각하는데, 아니에요. 정말 바닥으로 떨어진 사람들은 죽을힘도 없어요. 자살은 오히려 우울증이 조금 회복되는 단계에서 많이 일어나죠. 효리는 너무 무기력해서 생존 본능조차 잃어가는 상태였어요. 일상생활도 힘들어해서 직장을 그만두고 입원하라고 권유했는데, 하필이면 그때 안도현 사건이 터졌죠. 효리가 처음 경찰조사를 받으러 간 날, 저도 함께 갔어요. 효리의 상태로는 그렇게 섬세한 계획을 세우는 범행이 불가능하다고 몇 번이나 말씀드렸죠. 수사 도중에 상태가 악화될 가능성이 높으니 조심하라고 경고도 했고요. 하지만 제 의학적 소견을 믿지 않고 기어이 효리를 용의자로 몰아가는 바람에 우울성 혼미 상태로 만들어버렸죠."

기영은 누구와도 시선을 마주치지 않았다. 눈을 내리깔고 있어 감정을 읽어내기가 힘들었다.

"혜미는 성폭행 당시 여섯 살로 어렸던 데다 구타로 정신을 잃었기 때문에 자세한 상황을 기억하지 못해요. 물론 한인걸에 대한 본능적 공포심은 아주 컸어요. 미술치료를 할 때면 한인걸을 손톱을 뾰족하게 기른 악마로 묘사하곤 했죠. 여러 연구 결과 트라우마는 극복이 불가능해요. 기억은 뇌의 해마에 저장되고 지워지죠. 하지만 불안과 공포로 인한 충격은 편도체에 각인돼 사건 당시와 비슷한 상황이 벌어지면 그때의 기억과 감정을 되살려요. 무의식을 담당하는 편도체가 활성화되면 뇌의 다른 부분들은 제 기능을 못하죠. 감정은 폭발적으로 분출되고, 신체는 제멋대로 움직이고, 사고는 불가능해요. 그런 증세를 공황발작이라고 하죠. 편도체의 기억을 재처리하는 다양한 치료법이 시도되고 있지만 유의미한 효과를 보인 건 없었어요.

하지만 혜미는 완치되었죠. 처음에는 저도 믿지 못했어요. 그래서 별별 검사를 다 해봤죠. MRI, fMRI, PET, EEG까지 했어요. 결과는 똑같았어요. 혜미는 사건 현장 사진을 보고도 편도체가 비정상적으로 활성화되지 않았고, 대뇌변연계의 상호작용에도 아무 문제가 없었죠. 트라우마를 극복한 거예요. 무엇이 어떻게 혜미를 치료했는지는 정확히 알 수 없어요. 효리도 혜미와 똑같은 치료를 받았으니까요. 효리와 다른 점은 혜미가 한인걸을 용서했다는 사실뿐이에요."

"혜미는 한인걸을 용서하지 않았다고 진술했는데요?"

"아직도 부정적인 감정이 남아서 그래요. 하지만 심리검사 결과 공포, 증오, 원망, 경멸 등의 부정적 감정 수치는 평범한 사람이 한인걸에게 가지는 부정적 감정 수치와 비슷해요. 한인걸을 용서한 거죠. 모두 잊었다고 하죠? 용서하지 않고서는 불가능한 일이에요. 어쨌든 의학적 연구와 실험 데이터로 볼 때 효리나 혜미가 복수를 할 가능성은 제로에 수렴해요."

"말씀대로라면 혜미는 더 이상 치료를 받지 않아도 될 만큼 회복되었으니 굳이 상담 모임을 할 필요가 없었네요. 고 3이라 바쁜데도 상담 모임에 참여했다는 게 이해되지 않는군요."

"혜미는 멘토로 참여했어요. 물론 본인이 자발적으로 나섰고요."

"좋아요. 혜미 부모님과 혜미 여동생까지는 가족이니까 같은 병원을 선택했을 거고. 효리도 우연이라고 생각하죠. 두 번은 우연일 수도 있으니까. 하지만 안소연은요? 원래 치료받던 정신과에서 이리로 옮긴 이유가 뭘까요?"

"강민경이 성폭력 신고를 했을 때, 하서경찰서 여성청소년과에서 먼저 제게 자문을 요청했어요. 검사 결과 중증의 우울증 진단을 내렸고, 무료로 민경이를 치료해주겠다고 약속했어요. 소연이는 민경이와 함께 병원에 오곤 했어요. 민경이의 죽음은 제게도 충격이었어요. 그래서 소연이가 저를 찾아왔을 때, 민경이를 아는 사람과 이야기를 나누고 싶다고 했을 때 거절하지 못했죠. 길고양이 사체 사건은 소연이 어머니가 경찰에 제출할 진단서를 발급받으러 오셔서 알게 되었어요. 굉장히 놀랐죠. 민경이가 죽은 지 1년이나 지난 뒤였고, 소연이는 겁이 많고 소극적인 데다 약물치료 덕분에 많이 회복되었다고 생각했으니까요. 하지만 착각이었던 거죠.

소연이는 길고양이를 죽인 것에 대해 죄책감도 느끼지 못할 만큼 우울증이 심각했어요. 우습게도 원래 우울증의 원인이었던 의붓아버지와의 관계는 여러 사건이 벌어지면서 좋아졌어요. 아시겠지만 하서경찰서 형사인 의붓아버지가 길고양이 사건 해결을 위해 애쓰셨죠. 우울증 치료는 최소한 2년이 걸려요. 소연이는 3년째 치료받고 있고요. 요즘 들어서는 수면제만 처방받을 만큼 호전됐어요. 아! 혹시 나중에 또 오해하실까 봐 미리 말씀드리는데, 강민경 성폭력 사건을 수사했던 하서경찰서 여성청소년과 금경윤 형사도 제 병원에서 치료받으세요. 끝까지 추적해서 수사했으면 강민경이 살해당하지 않았을 거라는 죄책감 때문에 우울증을 앓고 있죠. 자신이 민경이에게 신뢰감을 주지 못해 민경이가 진술을 번복했고, 결국 살해당한 거라고 생각해서 죄책감이 커요. 그리고 또 누가 있더라……. 아, 혜미 부모님이 치료받는 건 아신다고 했죠? 가끔 불면증 약을 처방받으세요. 혜미 여동생도 공황장애를 치료 중이고요. 음, 제가 빠뜨린 게 있나요?"

"아니요. 예상과 달리 아주 적극적으로 자세히 진술해주셔서 감사합니다. 그런데 선생님의 진단대로라면 전부 범인이 아니네요? 다들 우울증을 앓았지만 나아졌고. 그럼 수면제는요?"

"네?"

"우울증은 보통 불면증과 함께 오잖아요. 수면제는 아직도 모두 처방받나요?"

고개를 끄덕이는 기영의 눈가가 살짝 떨렸다.

"시간이 꽤 흘렀으니 수면제의 강도도 세졌겠군요. 졸피뎀을 비롯해 많은 종류의 수면제가 장기 복용 시 수면행동장애라는 부작용을 수반하죠. 그래서 본인도 모르는 사이에 범죄를 저지르는 일도 있고요. 시간이 흐르면 보통 다른 감정은 약해지지만 증오심은 오랫동안 억제할수록 오히려 더 강해져요. 게다가 복수를 하는 경우, 뇌의 보상회로가 주는 쾌감은 상상을 초월할 만큼 강력하죠. 증오심으로 동정이나 연민 같은 인간의 포용력이 사라져서 평소에는 소극적이고 여린 사람이라도 복수의 쾌감에 젖으면 잔인하고 무자비한 행동을 거리낌 없이 저지르죠. 죄책감을 전혀 느끼지 못하니까요. 그렇기 때문에 증오심으로 인한 복수는 고통은 전혀 없으면서 희열만 안겨주게 되죠."

주먹 쥔 기영의 손이 파르르 떨렸다.

"잘 아시네요."

"범죄자들 중에는 정신병을 앓는 사람들이 많으니까요. 심신상실 상태면 감형을 받기 때문에 멀쩡한 사람들도 정신병자 행세를 하며 형사를 속이려들기도 하고요. 서당개 삼 년이면 풍월을 읊는다고 이래저래 정신과 의사 선생님들과 자주 만나다 보니 우울증이나 조현병에 대해 꽤 많이 알게 됐어요. 복수하는 사람들은 정의를 실현한다고 착각하죠. 인터넷에서 악성 댓글을 다는 사람들도 자신이 정의를 실현한다고 믿어요. 비난 댓글을 쓸 때 분비되는 도파민은 아주 강력한 마약이나 다름없죠. 그 황홀함을 맛본 사람들은 도파민이 주는 희열감 때문에 악성 댓글을 계속 쓰게 돼요. 결국 도파민에 중독돼 아무리 처벌을 받아도 또 악성 댓글을 쓰게 되는 거고요.

우리가 쫓는 범인은 이미 범행이 주는 쾌감에 중독된 상태일 거예요. 아마 본인이 정의를 실현한다고 착각하겠죠. 그리고 중독자답게 잡히기 전까지는 범행을 멈추지 않을 겁니다. 과연 혜미가 한인걸을 용서했을까요? 용서해야 한다는 강박관념 때문에 끊임없이 반복한 자기 세뇌가 성공한 거라면요? 그렇게 무의식적으로 억누르고 있던 증오심이 한인걸의 출소를 계기로 폭발했다면요? 아니면 이미 길고양이 사건으로 복수의 쾌감을 경험한 안소연이 그 쾌감을 잊지 못하고 또다시 범행을 저질렀다면요?"

"제 의학적 소견은 과학적인 검사 결과를 바탕으로 한 거예요. 오랜 시간 진료를 했다고 해도 환자의 상태를 판단할 때 감정을 개입시키지는 않아요. 그런데 형사님은 제 진술을 신뢰하지 않고 자신만의 편견으로 판단하시네요."

"사람의 말을 믿는 것보다는 의심하는 데 훨씬 익숙해서요. 유력한 용의자의 진술일수록 쉽게 믿어서는 안 되죠."

"증거도 없이 심증만으로 범인을 정해놓고 수사하는 것은 좋은 방법이 아니에요. 용의자에 대한 부정적이고 회의적인 태도는 자신에게도 나쁜 영향을 미쳐요."

"수사 방법까지 충고해주실 필요는 없습니다. 제 정신 상태에 대한 의학적 소견도 필요 없고요."

"성폭행 피해자들의 상처를 헤집으면서까지 청소부를 잡아야 하나요? 청소부를 빨리 찾아야 한다는 데는 저도 동의해요. 성폭행의 트라우마를 극복하지 못해 정신과적 치료가 필요한 환자라고 추정되니까요. 하지만 청소부가 처벌을 받아야 하는지에 대해서는 의문이네요. 전 청소부가 단순한 범죄자라고 생각지 않아요. 청소부는 과거에 제대로 처벌받지 않은 사람들을 대상으로 정의를 실현하는 거예요. 남천식 형사님은 청소부 체포에 회의적이시던데, 강민수 형사님은 청소부를 질 나쁜 범죄자라고만 생각하시네요. 성폭행 피해자들의 트라우마를 잔인하게 들쑤시면서까지 청소부를 잡아야 할까요? 피해가 이익보다 엄청나게 큰데도요? 그게 올바른 일이라고 생각하세요?"

"누구나 법을 어기면서 정의실현을 하겠다고 나서면 사회가 온전할 수 없어요. 청소부는 엄연히 범법자입니다. 범죄자를 잡는 건 형사의 의무고, 전 제 임무에 충실할 뿐입니다."

"직업적 사명감이 투철하시네요. 국가를 비롯한 조직에 무조건적으로 충성하는 게 항상 옳은 건 아니에요. 홀로코스트를 비롯한 민간인 학살이나 전쟁은 평범한 사람들이 저지른 만행이었어요. 그들은 조직 상부의 명령에 복종할 의무가 있는 군인이나 경찰이었으니 어쩔 수 없었다고 변명하겠죠. 하지만 그들은 충분히 생각하고 판단하고 선택할 수 있었어요. 쉰들러처럼요."

"충고 감사합니다. 하지만 저도 청소부에 대해선 많이 생각하고 결정했으니 염려하지 마세요."

"많이 생각했다……. 불행이네요. 그 선택과 판단이 저와 달라서요. 아직도 제 환자들에 대해 궁금한 점이 있나요?"

"아뇨. 묻기도 전에 모두 진술해주셔서 의문점이 어느 정도는 해소되었습니다."

"그럼 안녕히……."

기영은 기다렸다는 듯 일어서서 고개를 숙였지만, 민수는 오히려 의자 등받이에 기대며 다리를 꼬았다.

"아뇨. 아직 끝나지 않았습니다."

"네?"

기영은 어리둥절해하며 엉거주춤한 자세로 물었다. 기영과 함께 일어섰던 희성이 의아한 눈빛으로 민수를 바라보다 다시 자리에 앉았다.

"이제 환자 말고 선생님에 대한 이야기를 해볼까요?"

"무슨?"

"일단 앉으시죠."

기영은 허리를 꼿꼿이 세우고 앉아 입을 꾹 다물었다.

"선생님께서는 어떻게든 대면 진술을 피하려 하셨죠. 결국 제가 전화로 두 시간 동안 진술을 받아야 했어요. 진술하면서도 혜미와 효리가 아는 사이라는 사실은 끝까지 숨기셨죠. 우연이라고 생각했다고요? 그렇게 생각했어도 경찰에 알려야 했어요. 하지만 아니었죠. 선생님은 중요한 사실을 고의적으로 숨겼어요."

"고의적이라니요? 그저 물어보지 않았으니 답하지 않았을 뿐이에요. 남천식 형사님께 확인해보세요. 효리가 처음 진술할 때는 물론이고 몇 번 더 동행했어요. 비록 성인이기는 하지만 보호자가 필요하다고 생각해서요. 혜미는 부모님도 계시고 상태도 안정적이라 동행하지 않았을 뿐이에요. 환자의 비밀보장은 정신과 의사의 커다란 의무 중 하나예요. 단순히 의심스러운 우연이라는 이유만으로 환자의 비밀을 누설할 수는 없죠."

기영의 목소리가 날카로워지면서 떨리기까지 했다. 민수는 기영이 진정할 수 있도록 잠시 침묵했다. 팔짱을 낀 기영의 시선이 왼쪽을 향한다. 거짓말을 한다는 신호다.

"물어보지 않아서 답하지 않았다? 그런 변명을 믿을 만큼 제가 어리석어 보이나요? 혜미와 효리의 관계를 숨긴 이유가 뭡니까? 그저 두 사람을 보호하기 위해서였나요, 아니면 다른 이유가 있나요?"

기영이 의자에 앉은 상태로 뒤로 돌아 책장에서 서류 파일을 꺼내 책상에 툭툭 던지듯 쌓아놓았다.

"그렇게 강압적으로 심문하지 마세요. 처음에 남천식 형사님이 방문하셨을 때는 다행히 점심시간이라 대면 진술을 할 수 있었고, 효리에 대해 아는 대로 진술했어요. 남천식 형사님도 딱히 효리를 의심하지 않았고요. 한인걸 사건이 일어나고 나서야 하필 용의자가 모두 우리 병원에 다니는 게 묘하다 싶었지만, 딱히 알릴 필요를 느끼지는 않았어요. 별로 중요한 사실이라고 생각지 않았으니까요. 상담 모임에서 만나 복수를 계획한다? 추리소설을 너무 많이 보신 거 아닌가요? 상담 모임은 올해 1월부터 성폭행 피해자 중 지원자로 구성해 운영해왔어요. 일주일에 한 번씩 만나 같은 상처를 지닌 사람들끼리 서로 위로하고 격려하자는 취지에서 만든 프로그램이고, 느리지만 회복에 도움이 된다고 결론지었죠. 외국에서는 우울증 환자 모임이 많이 활성화돼 있고, 효과에 대한 검증도 이루어졌어요. 게다가 안소연은 상담 모임에 참여하지 않으니 억지로 엮으려 하지 마세요. 이게 상담모임일지, 이건 진료와 처방 기록, 또 이건 모임 전후의 MRI를 비롯한 각종 검사 결과를 비교한 서류입니다. 제 노트북을 압수하셔도 돼요."

꽤 두꺼운 파일이 차곡차곡 쌓였다. 희성은 파일들과 노트북을 백팩에 넣었다.

"선생님은 어떻게든 환자들을 용의선상에서 제외하고 싶어 해요. 비논리적이고 불합리하고 편파적인 진술이죠."

"그게 무슨……"

"선생님은 대면 약속을 네 번이나 어겼어요. 전화 진술에서도 굉장히 비협조적이었고, 고의적으로 사실을 숨기기까지 했어요. 도저히 이해할 수 없었죠. 그저 환자의 비밀 보장을 위해서라기엔 너무 적극적으로 거부하는 게 이상했어요. 아무리 강한 라포가 형성되었다 해도 지나쳤어요. 그래서 지난 며칠 동안 선생님에 대해 알아봤죠. 성폭력 피해자 상담으로 명성이 자자하더군요. 12년 전 혜미 사건 때도 먼저 무료진료를 제안하셨다면서요? 그 뒤로도 경찰에 협조해 성폭력 피해자의 심리분석도 하고, 성폭력 피해자 모임도 지원하고……. 이젠 원남에 있는 경찰서의 모든 여성청소년과 형사들이 나서서 피해자에게 선생님을 소개할 정도라더군요."

"맞아요. 그래서 혜미와 효리, 민경이까지 모두 제 환자가 된 거죠. 아까 말씀드렸잖아요."

"석사논문과 박사논문 모두 성폭행 피해자 치료와 연구로 받으셨더군요. 그 밖의 논문도 전부 성폭행 피해자의 정신분석에 대한 거고요. 이 정도면 성폭력 사건에 집착한다고 봐도 되겠죠."

"의사들은 다 그래요. 단 한 가지라도 전문이 되고 싶어 하죠."

"그런데 말입니다, 왜 하필 성폭력을 선택했을까요? 갑자기 그 이유가 궁금해졌습니다. 아무래도 사건에 도움이 될까 해서 선생님이 졸업한 K대학교까지 가서 박사논문을 찾아 읽었어요. 그 논문에 나오는 환자 B 말인데요……."

기영이 이를 악물었다. 어찌나 힘을 주었는지 팔걸이를 잡은 손의 핏줄이 도드라져 보였다. 희성이 어리둥절한 얼굴로 바라보았다. 일부러 희성을 K대학교에 데려가지 않았다. 희성 때문에 민수 자신까지 흔들리는 것은 막아야 했다.

"그 환자 B가 선생님 아닙니까?"

순간, 기영은 굳어버렸다. 희성이 놀라서 헉, 숨을 멈춘 채 민수를 바라보았다.

"B가 당한 성폭행 사건의 묘사가 너무 뛰어났어요. 읽으면서 내내 뭔가 꺼림칙했죠. 그러다 깨달았습니다. 이건 마치 피해자의 진술서 같다는 걸. 그래서 선생님의 과거를 추적했죠. 유명한 사건이라 저도 기억하고 있어요. 의대 본과 시절 MT에서 동기 남학생세 명에게 성폭행을 당했더군요. 가해자 남학생들의 집안은 모두 부유한 데다 부모들의 인맥이 넓어 온갖 수단으로 합의하고 사건을 덮으려 했어요. 불행히도 선생님은 어린 시절 부모님을 잃고 산동네 다세대 빌라 옥탑방에 사는 신세였죠. 거액을 제시해도 선생님이 합의해주지 않자 가해 남학생들은 성관계 시 찍은 나체사진을 유포하겠다고 협박하며 사건을 무마시키려 했고요. 경찰 신고 후에도 가해자들은 반성의 기미가 없었죠. 오히려 피해 여학생의 동의하에 집단 성관계를 했으며, 피해 여학생이 과거에도 성생활이 문란했다고 주장했죠. 동기들을 상대로 피해 여학생의 평소성격과 이성 관계에 대한 설문조사까지 벌였고요. 결국 재판 내내 알코올로 인한 심신상실을 주장해 집행유예 처분을 받아냈죠.

가해자 부모들은 어떻게든 언론에 알려지는 걸 막으려 했지만, 재판이 길어지면서 소문이 나기 시작했죠. 가해자들이 아무 일

없었다는 듯 학교를 다니고 있고, 오히려 피해자가 휴학을 고려하고 있다는 뉴스에 사람들은 분노했어요. 결국 대학 측은 여론에 밀려서 가해 남학생들을 퇴교 조치했어요. 하지만 세 명 중 둘은 다시 수능시험을 치러 명문대학교 의학과에 진학했죠. 얼마 전 강남역사거리에 생긴 3층 규모의 성형외과가 그 가해자 둘이 동업하는 병원이라는데, 소문 들으셨죠?"

"그래서요? 사건과 관계없는 질문에도 제가 답해야 하나요? 아니, 이건 사생활 침해에 가깝네요. 그래요, 제가 바로 그 여학생이에요. 성폭행 트라우마가 있어 더 관심을 가지고 성폭력 피해 여성들을 위해 봉사하는 게 그리 이상한 일인가요? 그리고 저는 용의자도 아닌데 단순 참고인의 뒷조사를 이렇게까지 하다니, 충분히 과잉수사로 항의할 수……."

"왜 참고인이라고 확신하세요? 형사들은 수사할 때 용의자인지 참고인인지 밝히지 않고 진술을 받습니다. 그게 상당한 압박감을 주거든요. 어쩌면 자신이 단순 참고인이 아니라 용의자일지도 모른다는 생각에 어떻게든 사건과의 관련성을 줄이려고 아무 상관없는 사실까지 마구 진술하는 경우가 많거든요. 그렇게 지루하고 긴 수다를 듣다보면 어느 순간 긴장이 풀린 진술인이 무심결에 중요한 사실을 털어놓게 돼요. 범인은 의료지식이 상당한 사람이에요. 주위에 의사가 있다면 배울 수도 있겠죠. 아니면 정말 의사거나."

"말도 안 되는……."

"맞아요. 말도 안 되죠. 정신과 환자들과 형사사건 범인의 공통

점이 그거예요. 황당하고 비논리적이고 편파적인 정신세계. 잘 아실 텐데요?"

기영은 마른침을 삼켰다.

"선생님은 인턴 때 바로 옆 침상의 다리 절단 환자를 보고 기절할 만큼 혈액공포증이 심각했다고 선생님의 동기가 알려주더군요. 선생님이 숨기고 싶어 하니 모른 척했지만, 정신과를 선택한 것도 혈액공포증 때문일 거라고 짐작하더군요. 그동안 계속 의문이었어요. 왜 청소부는 황산으로 피부를 녹인 뒤 상처를 입혔을까? 그 얘기를 듣고 나서야 어쩌면 청소부도 피를 보기 싫었던 게 아닐까, 하는 생각이 들었죠. 효리, 혜미, 혜미 여동생, 민경, 소연, 혜미 부모님, 금경윤 형사까지 사건에 관련된 사람들이 모두 같은 병원에 다닌다? 그들이 우연히 마주치거나 같은 상담 모임에 참여할 수는 있어요. 안곡의 개인 정신과 병원은 열세 곳이고 여의사는 선생님밖에 없으니 이 병원을 선택할 가능성이 꽤 높죠. 하지만 그 만남이 우연이 아니라 의도된 것이었다면? 그들 모두와 관련된 단 한 명이 원남시에서 태어나 자라고, 성폭행 트라우마가 있고, 혈액공포증이 있으면서 의학 지식이 있을 확률은 얼마나 될까요?"

기영은 이를 악물었다.

"혹시 사건과 관련해 또 다른 사실이 기억나면 연락 주십시오."

민수는 기영을 쳐다보지도 않고 책상 위에 두었던 명함을 앞으로 쓱 밀었다. 기영은 눈을 내리깔고 명함만 노려보았다.

7-2

악(惡)은 수많은 모습으로 끊임없이 나타났다. 불공평한 업무 분장, 상사의 부당한 갑질, 동료의 비열한 모함, 선후배의 교묘한 따돌림……

단 한 번도 폭력 편을 든 적이 없었다. 아버지가 내게 행한 폭력은 나를 절대적인 비폭력주의자로 만들었다. 하지만 폭력성은 점점 나를 잠식했다. 지하철역에서 낯선 누군가를 밀어버리고 싶었다. 공원에서 뛰노는 아이들에게 폭탄을 던지고 싶었다. 그리고 무엇보다 나를 죽이고 싶었다.

감히 폭력 따위가 나를 지배하고 파괴할 수는 없었다.
내 발로 정신과에 찾아갔다.
심각한 우울증.
의사는 이미 알고 있던 진단을 내렸다.

우리나라에서 판매 중인 항우울제 상표명은 200여 종이 넘는다. 렉사프로, 이팩사엑스알, 세로자트, 팍실 CR, 레메론솔탭, 프로작…… 의사는 석 달마다 항우울제 종류를 바꾸어 처방했지만 어느 것도 효과가 없었다. 그저 다양한 부작용만 겪었을 뿐이다.

뇌의 슬픔 중추인 Cg25 영역 뇌심부 자극술, 정신역동적 심리

치료, 인지행동치료, 대인관계 심리치료, 안구운동 둔감화 및 재처리(EMDR), 상상요법, 무의식, 비언어적 자극……. 다양한 시도는 유의미한 효과를 보이지 않았다.

우울증은 나아지지 않았지만, 그래도 꾸준히 병원에 다녔다. 항우울제도 시간에 맞춰 꼬박꼬박 복용했고, 예약시간 10분 전에 병원에 도착해 얌전히 기다렸다. 내 생명을 존중해주고 싶었다. 그것이 내가 바란 단 한 가지였다.

7-3

정기영은 감시당한다는 것을 눈치챘는지 집과 병원만 오갔다. 십 년이 넘게 알고 지냈다는 대학동창조차 기영에 대해 아는 게 거의 없었다.

"집단 성폭행 사건 이후 성격이 폐쇄적으로 변했어요. 꼭 필요한 말 외에는 입도 열지 않았고 누구와도 어울리지 않았어요. 동기들도 처음에는 어떻게든 도와주려고 나섰지만, 본인이 무시하거나 거절하니까 나중에는 그냥 내버려뒀죠. 저는 솔직히 기영이가 정신과 전문의가 될 수 있을지도 의문이었어요. 대학교부터 정신과 레지던트까지 십 년을 넘게 같이 생활했는데도 기영이의 목소리가 낯설 정도였으니까요. 그래도 성적은 늘 1등이었어요. 성폭행 사건 뒤 경찰조사에, 재판에, 언론에 그 난리 중에도 수석을 했으니, 뭐. 소문에는 형편이 어려워서 장학금을 못 받으면 생활이 어려울 정도라고 하더군요. 그러니 더 독하게 공부할 수밖에 없었겠지만, 가해 학생들과 친했던 애들은 독한 년이라고 욕 많이 했죠. 저는 어떻게 생각하느냐고요? 기영이가 정신력이 강한 편이기는 해요. 성폭행 트라우마가 있으면서도 그 분야를 연구한다는 거, 굉장히 위험한 일이거든요. 저희 교수님도 그렇고, 저도 말렸어요. 트라우마를 자극해서 도움 될 게 없으니까요. 하지만 기어이 고집을 부려서 성폭행 트라우마 연구로 석박사를 했죠."

정신분석과 전문의, 심리학과 교수, 프로파일러 등 여러 분야의 전문가들이 가스라이팅 가능성을 제기했다. 가스라이팅은 여러 수단과 방법을 사용해 타인의 행동과 사고를 지배하는 것으로 부부, 연인, 직장상사와 부하직원 등의 관계에서 많이 발생한다. 가스라이팅으로 인한 범죄가 늘어나면서 외국에서는 신체적 통제가 없는 정신적 통제도 위법행위로 간주하고 있다.

친밀하지만 불균형한 권력관계, 심리적 불안, 사회적 고립, 무너진 자존감, 자기애의 충족, 공감, 통제……. 가스라이팅 범죄의 공통적인 특징이다. 특히 정신과 환자들은 자신의 판단력을 신뢰하지 못하고 의사에게 심각하리만큼 의존하는 경우가 많다. 용의자들은 모두 정기영을 절대적으로 신뢰하고 있었다. 정기영의 정신적 지배력과 복수에 대한 열망이 복합적으로 작용했다면 범행은 충분히 가능했다. 어쩌면 모두가 범인일 수도 있었다.

  헤미, 효리와 함께 집단상담을 했던 다른 사람들까지 참고인으로 불러 조사했지만 별 소득이 없었다. 한 명은 강도에게, 한 명은 학교 선배에게, 다른 한 명은 직장 동료에게 성폭행을 당했다. 성폭행 가해자 중 강도는 복역 중이고, 학교 선배와 직장 동료는 모두 출소한 상태였다. 그들이 또 다른 범죄 대상이 될 가능성도 무시할 수는 없었다. 민수의 지원 요청에 우진과 준기는 뿌루퉁해 불만을 표시했다.

  "성폭행 가해자까지 신변 보호를 해야 해요? 그냥 청소부에게 당하게 내버려둬요."

  "청소부가 얼마나 똑똑한데 동일한 피해자 모임에서 범행 대상을 정했겠어요? 그냥 우연이겠죠."

  "한인걸 사건 있고 나서 성폭행 전과자들 집 주변에 CCTV도 많이 설치했잖아요. 굳이 잠복까지 할 필요 있어요?"

  "성폭행 전과자들은 원남시에서 다 빠져나가는데 이것들은 간도 크네. 왜 이사 안 했대요? 그냥 다른 곳으로 이사하라고 해요."

  하필이면 희성이 병원에서 진료를 받고 출근하는 화요일이었다. 민수는 설득에 소질이 없었다. 우진과 준기는 의자에서 일어나지도 않고 버텼다. 결국 형사과장까지 끼어들어서야 일이 해결되었다.

  우진과 준기는 반항이라도 하듯 쿵쾅거리며 나갔다.

  "나 좀 보자."

자리로 돌아가려는 민수를 형사과장이 불러 세웠다.

민수는 형사과장의 사무실로 따라 들어가며 한숨을 쉬었다. 희성의 존재가 더욱더 아쉬웠다. 희성은 적당히 추임새를 넣어주면서 기나긴 잔소리를 그치게 만드는 재주가 있었다. 자신이 말하는 도중에 누가 끼어드는 것을 극도로 싫어하는 경찰서장조차도 희성의 언변에 홀딱 넘어가 설교를 짧게 끝내곤 했다.

민수는 일부러 자리에 앉지 않고 책상 옆에 섰다. 앉으면 잔소리가 더 길어질 게 뻔했다.

"이희성 형사 요즘 무슨 일 있어?"

"네?"

전혀 예상치 못한 질문이어서 되물었다.

"갑자기 그건 왜 물으세요?"

"둘이 사건 빼고 다른 얘기는 안 해?"

"다른 얘기요?"

"너희 별로 안 친하지? 안 봐도 뻔하지. 혹시 선배랍시고 괜히 불뚝거린 거 아냐? 요즘 애들 우리 때와는 달라. 이 형사가 워낙 성격이 좋고 예의 바르고 살갑기는 해도 이 형사도 요즘 애야. 우리는 당연하다고 생각하는 것도 요즘 애들은 받아들이기 힘들어하더라. 솔직히 강 형사가 사람 가까이하는 성격은 아니잖아. 이 형사는 가족이 없어선지 친화력이 좋아선지 인간관계를 중요시하는 편이고. 그런 면에서 부딪친 거 아냐?"

"도대체, 갑자기, 무슨 말씀입니까?"

황당해서 목소리가 높아졌다. 희성은 이제껏 만난 파트너 중 성격이 가장 잘 맞았다. 형사라는 직업은 언제나 위험에 노출되어 있는 만큼 같이 맞서 싸울 파트너와의 단합력이 필수다. 하지만 평범한 직장동료 수준을 넘어서는 끈끈한 애정이 민수에게는 낯설고 어색했다. 개인의 과거와 현재를 모두 공유해야만 생기는 것이 애정이라면 별로 달갑지 않았다. 희성은 부담스러울 정도로 가까이 다가오지도 차가울 정도로 멀어지지도 않으며 적당한 거리감을 유지해서 좋았다.

"정말 아무것도 몰라?"

"기가 막혀서! 무슨 일인지 차근차근 말씀하세요. 엉뚱한 소리로 시간 끄는 거 딱 질색입니다."

"지난주에 갑자기 사표를 냈어. 이유도 말 안 하고 무작정 사표를 들이미는데, 이 형사 성격에 쉽게 결정했을 리도 없고, 사직 이유를 물어봐도 대답 없이 사직 처리 해달라는 말만 되풀이하더라고. 혹시 뭐 아는 거 없어?"

저절로 한숨이 나왔다.

"이번 사건 맡으면서 좀 힘들어했어요. 그냥 해보는 말이겠거니 했는데…… 아무리 그래도 그렇지, 어떻게 이렇게 쉽게 그만두겠다고 할 수 있는지 이해가 안 되네요."

"요즘 애들은 뭐든 빠르잖아. 결정도 그만큼 빠르겠지. 적성에 안 맞으면 차라리 그만두는 게 나을 수도 있고. 이 형사가 천애고아라는 건 알지? 말려줄 부모님도 의논할 어른도 없으니 더 쉽게 사표 썼을 수도 있어. 일단 붙잡고 얘기 좀 해봐."

"네."

그렇게 대답하고 나오니 희성이 그새 출근해 있었다. 어디 조용한 곳으로 데려가 얘기를 나누려는데 철규가 다가왔다.

"회의실에서 얘기하죠."

주위를 살피는 눈길이 심상찮았다. 철규는 원남시 경찰서 세 곳의 마약 반출입대장을 검토하고 있었다. 철규가 회의실 의자에 털썩 주저앉더니 들고 있던 파일을 내밀었다.

"뭔데 이렇게 심각해?"

희성이 파일 내용을 대충 훑으며 물었다.

"민수 선배 예상이 맞았어요. 마약류 반출입대장에서 조작 흔적을 찾았어요. 관내 경찰서에서 헤로인을 압수한 건 올해 5월 분정경찰서가 마지막이었어요. 경기남부경찰청 마약수사대 폐기대장에는 112g이라고 기재돼 있는데, 분정경찰서 대장에는 122g으로 되어 있어요."

"말도 안 돼. 분정경찰서 마약팀 전부 다 내가 아는 사람들이야. 마약을 빼돌릴 만한 형사는 없어. 다들 고지식한 성격이라서……."

희성이 재빨리 반박했다.

"오히려 고지식한 형사라 정의를 실현하겠다는 강박관념이 있을지도 몰라. 모든 보안규칙이 완벽히 지켜진다고 확신할 수 있어?"

희성이 한숨을 내쉬며 고개를 주억거렸다.

"여러 정황상 경찰이 관계된 건 분명해. 청소부는 돈이 목적이 아니었지만 헤로인을 공급한 경찰은 돈이 목적일 수도 있고."

"저도 그렇게 생각해서 일단 분정경찰서 사람들 중 돈문제가 있을 만한 사람을 조사하려고 했어요. 그런데 과거 사건에 관련된 형사가 두 명이나 있더라고요. 그래서 그쪽부터 팠어요. 일단 금경윤. 여자, 33세, 170cm, 65kg. 하서경찰서 여성청소년과에 근무할 때 강민경이 신고한 성폭력 사건을 담당했습니다. 각종 무술 유단자라서 웬만한 남자들과 무술 대결을 해도 지지 않는다더군요. 발 사이즈도 255mm예요. 강민경이 살해된 뒤 죄책감으로 힘들어해서 정신과 치료를 받았는데, 그게 하필 안소연이 다니는 그 정신과예요. 아시죠? 지금도 여성청소년과에서 성폭력 사건을 담당하는데, 검사가 때리는 형량이 가볍다고 매번 싸운답니다. 남자 형사들이 고개를 젓더라고요. 완전히 골수 페미니스트라고. 올해 초, 하서경찰서에서 분정경찰서로 전입했어요. 그리고 또 한 명은 김승준. 남자, 49세, 173cm, 67kg. 선배님도 아는 사람이에요. 기록을 확인해보니 16년 전 용인에서 같이 근무했더군요."

민수는 고개를 끄덕였다. 김승준 형사는 안도현의 친딸 성폭행 사건을 담당했는데, 안도현의 진술을 믿었다는 이유로 여론의 표적이 되어 좌천당했다. 워낙 고지식하고 형사라는 자부심이 대단했던 사람이라 수사방향이 잘못돼 유효리가 더 고통받았다는 사실을 받아들이기 힘들어했다.

"승준 선배가 얼마나 꼿꼿한데 그런 비리를 저질러요?"

희성이 맞받아쳤다.

"딸이 아파. 희귀병인데 건강보험이 적용 안 되는 치료라서 돈이 많이 들어가나 봐. 분정경찰서에서도 몇 번이나 성금을 모아 줬다던데?"

민수는 희성을 빤히 바라보았다. 희성은 주눅이 들어 눈을 피하면서도 중얼거렸다.

"돈이 목적이었다면 안도현 집에 현금과 시계가 그대로 남아 있었던 사실을 어떻게 설명할 거예요?"

"청소부는 돈이 목적이 아니겠지. 하지만 김승준 형사나 금경윤 형사가 범인에게 헤로인을 넘긴 공범이라면? 복수도 하고 돈도 벌 수 있어. 일석이조잖아. 누구나 혹하지 않겠어? 형사라고 해서 언제나 올바른 건 아냐. 알잖아?"

머릿속이 복잡했다. 확증이 없는 사건은 모든 사람을 용의자로 만들고 있었다. 범인을 제압할 힘이 있으면서도 마른 체형, 분정경찰서에서 빼돌린 헤로인, 공장에서 없어진 황산, 거리의 CCTV 위치 지도, 안도현의 전입 주소지, 의학적 지식, 공통분모가 되는 정신과 병원…… 정기영이 뒤에서 모든 것을 조종했다면 가능한 일이었다. 정기영이 직접 범행을 했을 가능성도 배제할 수는 없었다.

"분정경찰서 남천식 선배가 이번에 많이 도와줬어요. 아무래도 내부에서 벌어진 사건이라 수사가 껄끄러운데 천식 선배는 오히려 적극적이더라고요. 어떻게든 민수 선배보다 먼저 범인을 잡겠다고 눈에 불을 켜던데요? 선배, 또 까칠하게 구셨죠? 다 같이 힘을 모아도 잡을까 말까인데, 내부 분열까지 있으면 정말 곤란해요. 분정경찰서 내부에서 발생한 사건이니 그쪽에서 수사하겠다고 시간을 달라고 했지만, 감사과에 사건을 접수했어요. 그러니까 결과를 기다려보죠."

희성의 한숨이 깊었다. 민수는 고개를 돌려 외면했다.

7-4

의사의 답은 항상 똑같았다. 예상할 수 없습니다. 모르겠어요. 병의 원인도 정확히 밝혀내지 못하고 진행 과정도 추측하지 못한 채그저 현재 상태를 설명해주는 게 의사로서는 최선이었다. 의사는 꼬치꼬치 캐묻는 내 말에 모호하게 뭉뚱그려 대답했다.

'병이 얼마나 빨리 진행될지는 알 수 없어요. 젊은 사람의 경우 진행 속도가 아주 빠를 수도 있고 아주 느릴 수도……'

아세틸콜린에스테라아제 억제제인 타크린, 도네페질, 리바스티그민, 갈란타민, 아리셉트, 엑셀론, NMDA 수용체 길항제인 메만틴, 은행나무 추출물, 콜린성 전구체인 콜린알포세레이트, 오메가-3 지방산, 항산화제인 비타민 E, 셀레질린, 콜린알포세레이트, 항소염제, 여성호르몬 치료……. 할 수 있는 방법은 모두 시도했다.

언제나 그렇듯 나는 나쁜 운의 소유자였다. 병은 의사의 예상보다 빨리 진행되었다. 서둘러야 한다.

7-5

이효진이 사는 다세대 빌라 근처 편의점 CCTV 영상 속 인물을 보려고 형사들이 영상분석실로 몰려들었다. 청소부로 추정되는 사람은 모자와 마스크, 장갑, 신발까지 온통 검은색이었다. 여자인지 남자인지조차 애매했다.

단 하나 특이점은 왼쪽 다리를 전다는 것이었다. 유효리에게 불리한 증거였다. 게다가 이효진의 집에서 발견된 문신도구는 유효리가 일했던 가게에서 없어졌다는 품목과 일치했다. 유효리는 우울성 혼미에서 회복했지만 진술을 할 만큼 호전되지는 않았다.

절름발이라는 특징으로 역추적했지만, 범인은 하서구 버스정류장에서 마지막으로 찍힌 뒤 주변 CCTV에서 완전히 사라졌다. 성훈 선배를 비롯한 모니터링 요원들은 버스정류장 인근의 CCTV와 정차하는 모든 버스의 실내 CCTV를 뒤졌다. 하지만 아무리 찾아도 검은 옷의 절름발이는 눈에 띄지 않았다.

제8장

눈먼 자들의 도시

Ensaio sobre a cegueira

나는 우리가 눈이 멀었다가 다시 보게 된 것이라고 생각하지 않아요.
나는 우리가 처음부터 눈이 멀었고 지금도 눈이 멀었다고 생각해요.
눈은 멀었지만 본다는 건가.
볼 수는 있지만 보지 않는 눈먼 사람들이라는 거죠.
- 주제 사라마구, 《눈먼 자들의 도시》 중에서

8-1

참관실에 들어서자 먼저 와 있던 정재현 형사가 고개를 끄덕한다. 민수도 고개만 끄덕이고는 조사실이 들여다보이는 유리창을 향해 시선을 돌렸다. 이효진 사건이 언론에 보도된 뒤 전국 각지에서 민재를 위한 장난감과 옷, 기저귀와 이유식 등 온갖 유아용품이 답지했다. 조사실이 아니라 놀이방처럼 보일 정도였다.

희성이 조사실 문을 열고 들어서자마자 위탁모 심연주의 품에 안겨 있던 민재가 발버둥을 쳤다. 민재는 바닥에 내려놓자마자 희성에게 쪼르르 달려와 팔을 벌렸다. 안아달라는 뜻이다. 희성이 무릎을 굽히기도 전에 민재는 발뒤꿈치를 들어 희성의 목에 팔을 감고 매달린다.

"민재, 안녕?"

희성이 시선을 맞추며 인사하자 민재는 좋아서 입이 헤 벌어졌다. 뚝뚝 떨어지는 침을 닦아주려 연주가 손수건을 들고 오자 민재는 경계하며 희성에게 더 꼭 달라붙었다. 연주는 기가 막히다는 듯 헛웃음을 지었다.

"진짜 희한하네요. 어떻게 매일 같이 먹고 자는 나보다 이희성 형사님을 더 좋아하죠? 나이가 어릴수록 직감이나 본능이 더 예민하거든요. 지금 이 상황에서 자기가 의지할 사람은 이희성 형사님이라고 판단했나 봐요. 그래도 이 형사님께 너무 집착하는 건 아닌지 걱정이네요. 이 형사님과 만났다 헤어진 날은 저녁도 잘 안 먹고 잠투정도 심해요."

심리학을 전공했다는 연주는 아이의 사소한 행동도 분석하기를 좋아했다. 희성은 민재를 안은 채 신발을 벗느라 낑낑댔다. 알록달록한 뽀로로 매트 위로 올라서자 희성과 연주의 눈높이가 비슷해졌다. 한 계단을 내려오는 듯한 모습이 아직도 낯설었다. 희성의 키가 손가락 두 마디 정도 작다는 사실은 뽀로로 매트가 기증되고 나서야 알게 되었다.

"분명히 말씀드리지만 제 키는 172cm입니다. 뼈대도 가늘고 말라서 더 작아 보이는 거지 깔창도 두 개밖에 안 쓴다고요. 콤플렉스는 아니지만 다른 사람들한테는 얘기하지 마세요."

희성은 민수가 묻기도 전에 뚱한 표정으로 선수를 쳤다. 특히 숫자 '2'를 힘주어 말하는 바람에 콤플렉스가 더 강조되었다. 그제야 희성이 신발 벗는 식당은 무조건 가기 싫다고 했던 이유를 알 수 있었다. 희성에 대해 잘 알고 있다고 생각했는데 아니었다. 희성은 자기 자신에 대해서는 말을 아꼈다. 그런데도 수다스럽고 솔직한 성격이라 생각했다. 희성이 거리낌 없이 고아라고 밝힌 순간 생겨버린 편견이었다. 사실 남자가 키를 속이는 건 흔한 일이어서 사소한 비밀이라 웃어넘길 수 있는데도 이상하게 찝찝한 느낌이 남았다. 어쩌면 희성은 수많은 비밀을 간직하고, 수없이 거짓말을 했을지도 모른다는 생각이 머릿속을 맴돌았다.

"어떻게 단시간에 이런 유대가 생기는지 이해가 되지 않아 곰곰이 생각해봤더니 민재가 외모를 따지는 것 같아요. 어리니까 겉모습에 반응하는 거죠."

연주는 자신의 분석이 꽤 마음에 드는 듯했다. 민재가 위탁모인 자신보다 희성을 더 따르는 게 억울한 모양이었다.

"그래도 그렇지, 정말 신기할 정도로 이 형사님만 따르네요."

연주는 볼 때마다 의아하다는 듯 말했지만 민수에게는 낯설지 않은 장면이었다. 희성이 발령받은 지 얼마 안 되었을 때였다. 성훈 선배와 철규가 아동학대 사건을 맡았는데 피해자가 도통 입을 열지 않았다. 형사과장은 형사들에게 피해자인 초등학교 1학년 세희와 돌아가면서 1시간씩 놀아주라고 명령했다. 어른에 대한 경계심이 강해 누가 가까이 다가오는 것도 꺼리던 세희는 이상하게도 희성에게는 단번에 달라붙어 떨어지지 않았다. 구속된 부모 대신 조부모가 세희를 키우겠다고 데리러 왔을 때도 아이는 엉엉 울면서 희성의 목을 꼭 끌어안고 떨어지지 않으려 해 곤란을 겪었다.

민재는 희성의 목을 꼭 끌어안은 채 입을 오물거렸다. 귀에 대고 뭐라 속삭이는 것처럼 보인다. 아닌가? 그런데 희성은 아무 반응이 없다. 순간 희성과 민수의 시선이 부딪쳤다. 민수가 고개를 갸웃하자 희성이 희미하게 미소 지으며 시선을 돌렸다.

"뭐라고 해요?"

연주의 물음에 희성은 고개를 저으며 민재의 등을 토닥였다.

"그냥 칭얼거리는 거예요. 심심한 모양이네요. 어떻게 해줄까, 민재야? 삼촌이 비행기 태워줄까?"

희성이 민재를 어깨 위로 들어 올리고는 조사실 안을 돌기 시작했다.

"슈웅~ 와, 우리 민재 비행기가 하늘을 납니다."

그러는 게 좋은지 민재의 입이 헤 벌어졌다. 벌어진 입에서 침이 뚝뚝 떨어져 희성의 머리카락을 적시고 얼굴로 흘러내렸다. 하지만 희성은 개의치 않고 민재를 높이 들어 올렸다. 민재는 천장을 두드리며 까르르 소리 내어 웃었다.

"또, 또, 또!"

마침내 아이가 소리 내서 말했다. 희성이 민재를 하늘로 던졌다 받았다.

"하하하! 또, 또, 또!"

민재는 어찌나 신이 났는지 숨까지 헐떡이며 웃어댔다.

"희성이 저 자식, 아이 좋아하는 건 여전하네요. 아니다, 아이들이 희성이를 좋아한다고 해야 하나? 우리 분정경찰서에 있을 때도 아이들 관련된 사건엔 다들 희성이를 찾았어요."

어느새 천식이 들어와 한마디를 보탰다. 민재는 처음 만난 순간부터 희성에게 안겼다. 이효진 사건 담당형사인 정재현과 왕성재 대신 희성이 민재에게 진술을 받기로 결정한 이유였다.

아이들은 본능적으로 유순하고 착한 성품의 인간을 알아보고 의지하는 경향이 있다. 생존을 위한 전략이다. 모든 동물의 새끼는 귀엽고 예쁜 생김새로 보호본능을 자극하고 선한 보호자를 선택해 살아남는다. 그렇게 생존본능은 유전자에 새겨져 생명체의 특성을 결정할 뿐 아니라 사고까지도 지배한다.

하지만 민수는 무의식적인 생존본능이 인간을 지배한다는 연구 결과를 부정하고 싶었다. 인생의 모든 순간이 자신의 의지와 선택으로 결정된다고 믿고 싶었다. 그러나 결정, 판단, 사고를 관장하는 뇌는 생존본능을 가장 우선시한다. 그래서 비록 비열하고 잔인한 선택일지라도 생존 가능성이 높은 쪽을 선택하게 만든다. 민수의 선택은 민수 자신의 선택인 동시에 민수 자신의 선택이 아니기도 했다. 그렇게 변명했다. 본능에 의해 결정돼 거부할 수 없는 선택이었다고 자신을 세뇌하며 살아왔다. 비겁했지만 어쩔 수 없었다. 하지만 그 비겁함마저도 민수의 선택은 아니었다.

'비겁한 겁쟁이!'

누나의 비명이 귓가를 울렸다. 머리가 지끈거렸다. 희성은 지치지도 않는지 여전히 민재를 들고 조사실을 빙글빙글 돌았다.

결국 지쳐서 바닥에 드러누운 희성의 귀에 민재가 속삭인다. 벌써 세 번째 진술이었다. 그동안은 민재에게 유의미한 진술을 받아내지 못했다. 민재는 큰 소리를 내는 법이 없었다. 학대받은 아동의 특성 중 하나였다. 민재의 속삭임에도 희성은 헉헉대며 일어나지 못했다. 그러자 답답한지 민재가 마침내 목소리를 높였다.

"뱀! 또 뱀 그려줘!"

아이는 엄마의 얼굴에 그려진 뱀이 인상 깊었는지 희성을 볼 때마다 뱀을 그려달라고 조른다. 희성이 스케치북에 뱀을 그리기 시작한다. 이효진의 얼굴이 스케치북에 되살아난다. 보름이 지났지만 이효진의 상태는 더 악화되었다. 계속되는 자해 소동에 손발을 묶자 이번엔 혀를 깨물었다. 결국 이효진은 입마개까지 한 채 정신과 폐쇄병동에 입원 중이었다.

"엄마 무셔! 엄마 뱀! 엄마 무셔! 우우우!"

민재가 부르르 떨며 스케치북 안의 뱀을 쓰다듬는다.

"이모, 이모! 뱀 그렸어!"

'이모'라는 단어에 크레파스를 든 희성의 손이 움찔했다. 천식과 민수는 서로의 얼굴을 마주 보았다. 처음이었다. 민재가 청소부 이야기를 먼저 꺼낸 것은.

"이모가 뱀을 그렸어?"

"이모 좋아. 예뻐."

"아, 예뻐? 민재가 이모를 좋아하는구나. 이모가 어떻게 해줬는데 민재가 이렇게 좋아하는 걸까?"

"쉬, 쉬."

민재가 검지를 입에 대고 소리를 낸다.

"아, 이모가 조용히 하라고 했어? 그래서 민재는 조용히 구경만 했어?"

"착하다, 예쁘다."

민재는 희성의 손을 가져다 자신의 뒤통수를 쓰다듬으며 말했다.

"아, 이모가 이렇게 해줬어? 우리 민재, 착하다, 예쁘다. 그럼, 우리 민재 진짜 착하고 예쁘지."

희성은 민재의 뒤통수를 부드럽게 쓰다듬었다. 민재는 희성의 손길이 좋은지 손바닥에 머리를 비벼댔다. 희성은 조사실 구석으로 옮겨둔 책상에서 몽타주 파일을 가져와 펼쳤다.

"자, 우리 착한 민재! 이제부터 이모 찾기 놀이를 해볼까?"

희성은 무릎 위에 민재를 앉히고, 몽타주 파일을 한 장 한 장 넘기며 민재의 반응을 살폈다.

사건에 관련된 모든 여성의 사진을 조금씩 변형한 몽타주만으로도 양이 엄청났다. 특히 안도현과 한인걸의 진술, CCTV 영상을 바탕으로 만든 제1번 몽타주는 화장이나 머리모양 등의 변형 이미지가 열 개나 될 만큼 공을 들였다. 스무 번이나 수정된 제1번 몽타주 속의 소녀는 묘한 느낌이었다. 커다란 눈동자에 비해 푸른색 콘택트렌즈는 크기가 작아서 마치 두꺼운 갈색 펜으로 테두리를 그려 넣은 것처럼 선명했다. 맑고 투명한 흰자위와 대조돼 어두운 눈동자는 깊은 우물처럼 속이 보이지 않아 아련하고도 슬픈 느낌을 자아냈다. 투명하고 흰 피부에 도톰한 입술이 붉게 도드라졌고, 귀를 살짝 덮는 길이의 머리카락은 푸른빛이 날 만큼 검었다. 뚜렷하고 선명한 이목구비였지만, 갸름하고 작은 얼굴 덕분에 인상은 부드러웠다.

"제1번 몽타주를 보면 볼수록 느낌이 이상하다고 했던 말 기억해요? 선명하면서도 흐린 듯 몽환적인 느낌이라고. 그 누구일 수도 있지만, 그 누구도 아닌 얼굴이라고."

천식이 시선을 민재에게 고정한 채 입을 열었다.

"우리 큰애가 몽타주를 보더니 아빠가 지후 오빠 사진을 왜 가지고 있냐고 묻더라고요. 좋아하는 가수가 여장했을 때의 모습이랑 똑같다고. 그래서 찾아봤더니 진짜 닮았어요. 물론 그 가수가 용의자라는 건 아니고. 어쩌면 범인이 남자일지도 모른다는 생각이 스치더라고요. 곱상하게 생긴 젊은 남자를 성장 발달이 늦은 소녀로 착각할 수도 있잖아요. 그래서 묘한 느낌이 들 수 있겠더라고요."

"물론 그럴 수도 있겠죠. 하지만 유전자 분석, 프로파일러 분석, 필체 감정까지 모든 전문가들이 여자라고 결론지었잖아요. 게다가 관련 인물 중에는 그런 조건이 없고요. 혜미 아버지가 여장을 할 순 있겠지만 젊지 않으니까. 정기영은 키가 160cm로 작은 편이니 청소부는 아니에요. 하지만 청소부를 뒤에서 조종했을지도 모르죠. 지금으로서는 정기영의 가스라이팅 가능성이 가장 높기는 한데, 증거도 없고 모두 범행을 부인하고 있으니…… 한인걸과 안도현의 진술을 보면 범인이 같은 사람일 것도 같고. 후우, 답답하네요. 어떻게 된 게 사건이 터질 때마다 용의자 수가 늘어나는지…… 어쩌면 과거 사건과 아무 상관이 없는 인물일 가능성도 배제할 수는 없어요. 이러다가는 정말 미제로 넘어가겠어요."

재현은 오히려 그러기를 바란다는 듯한 말투였다. 민수는 아무 대꾸도 하지 않았다. 천식이 비뚜름한 미소를 지으며 민수를 흘낏 보고는 재현에게 말했다.

"왜? 너도 청소부 잡기 싫어졌냐?"

"솔직히 원한에 의한 범죄를 수사할 때면 가끔 범행 동기가 이해되기도 해요. 사기를 당해 가족이 뿔뿔이 흩어지고 집안이 망해버린 남자가 사기꾼을 잡아 두들겨 팬다든지, 부인이 몇 번이나 바람을 피워도 자식을 위해 이혼하지 않던 남편이 자기 안방에서 상간남과 부인의 간통 현장을 목격하고 부엌칼을 휘두른다든지…… 하지만 범행 동기에 공감한다고 해도 흔들린 적은 한 번도 없었어요. 그런데 이번 사건은 이상하게도 마음이 복잡하네요. 과연 청소부를 잡는 게 옳은 일인가 의문이 들고……."

"나도 여전히 혼란스러워. 그런데 누가 그러더라. 악을 파괴했다고 선은 아니라고, 오히려 더 강한 악일 수도 있다고."

"어? 그거 어제 희성이가 술 마시면서 했던 말인데?"

민수는 고개를 휙 돌렸다. 몇 번이나 설득했지만 희성은 그만두겠다는 고집을 꺾지 않았다.

"그래? 희성이도 청소부 검거에 회의적인 것 같던데 그런 말을 했어?"

"회의적이기만 하면 다행이게요? 경찰 그만두고 싶어 하더라고요. 이미 사표를 제출했대요. 강민수 형사님은 알고 계시죠?"

민수는 말없이 고개를 끄덕였다. 1년 정도 휴직하면서 생각을 정리할 시간을 가지라고도 권했지만 희성은 끝내 사직을 고집했다.

"좀 말리지 않고 뭐 하셨수? 희성이만큼 유능한 형사 찾기 힘들어요. 우리 분정경찰서에서 근무할 때는 서로 희성이와 파트너 하겠다고 신경전까지 벌였다니까."

대답 없이 한숨만 내쉬는 민수 대신 재현이 나섰다.

"으이구, 말도 마세요. 그때 희성이가 얼마나 마음고생을 했는데요. 희성이한테 파트너를 선택하라니, 그게 말이 돼요? 누구를 선택해도 선택받지 못한 나머지가 섭섭해할 텐데, 희성이한테 그런 심리적 부담까지 주고……. 하여튼 분정경찰서도 희성이 사표 내는 데 한몫했어요."

"우리 서가 왜?"

"신규 발령 받았을 때 형사과장 미친놈이었잖아요. 해결 빠르고 점수 높은 사건은 아부하는 놈들한테 주고, 지저분하고 힘든 사건은 전부 희성이한테 미루고. 게다가 점수는 무조건 양보하라하고. 갑질, 갑질, 그런 갑질이 또 어디 있어요? 그 새끼, 유흥업소에서 뒷돈 받아먹은 거 들통 안 났으면 경찰서장까지 했을걸요?"

"어쨌든 좌천됐잖아. 그리고 갑질위원회인가 뭔가 생기고 나서는 과장이나 서장이 갈구는 거 좀 덜하지 않아?"

"개뿔! 신고해도 위원회 열고 구두 경고만 하고 끝이잖아요. 그나물에 그 밥, 지역끼리 학교끼리 어떻게든 끼리끼리 뭉쳐서는 서로 봐주기를 하니까 발전이 없는 거예요."

"너무 그러지 마라. 꼰대짓 한다고 욕먹을까 봐 나는 후배님들한테 더 조심하니까."

"허! 조심하시는 분이 저를 보자마자 말 놓으셨어요?"

"어이구, 내가 참는다 참아. 나 신규 때만 해도……."

"아, 그놈의 나 때! 지겨워 죽겠어요. 이러니까 희성이가 경찰 문화에 적응 못하겠다고 하는 거예요."

"그래서 희성이는 기어이 그만두겠대요?"

민수가 천식과 재현의 대화에 끼어들었다.

"희성이 고집을 누가 말려요. 희성이 쟤가 겉으로는 유약해 보이지만 한번 결정하면 그대로 밀고 나가요. 나쁜 놈 잡는 경찰이라는 자부심이 완전히 깨졌대요. 희성이가 은근히 고지식한 면이 있거든요. 솔직히 단순 무식한 저도 요즘은 마음이 왔다 갔다 해요. 이효진은 친딸 죽인 날도 네일아트를 받으러 갔던 여자예요. 그런데 겨우 1년? 판결 후 너무 분통 터지고 억울해서 희성이 붙잡고 얼마나 술을 마셔댔는지 몰라요. 어제도 희성이 의견에 반박하지 못하겠더라고요. 희성이 말대로 청소부의 잘못이 아니에요, 법의 잘못이지. 법, 윤리, 관습, 인간이 만든 모든 게 불완전하잖아요. 하지만 지배층은 완벽하지 않다는 것을 인정하고 수정하지는 않고 권위와 권력으로 결점을 감추려고만 하죠. 청소부는 그 불완전한 틈새를 메우는 것뿐이에요. 그런데 청소부를 잡으라니, 희성이처럼 생각 많은 애가 그동안 얼마나 고민이 많았겠어요? 사직하는 대신 휴직이나 보직변경도 생각해보라고 했는데 싫대요. 무조건 그만두고 싶대요. 그래서 그냥 그만두라고 했어요. 희성이야 워낙 능력이 좋으니 무슨 일을 해도 잘할 거예요."

"그거야 그렇지. 희성이야 무슨 걱정이겠냐, 우리가 걱정이지. 청소부를 제외하고는 희성이가 모든 사건에 관련된 유일한 인물인데, 이렇게 중간에 그만두면 구심점이 사라지잖아. 그나마 희성이가 있어서 우리가 흩어지지 않고 합동수사를 하는 건데."

"아시는 분이 지난주 회의 때는 왜 그러셨어요?"

천식은 민망한지 고개만 주억거렸다.

지난주, 지원수사를 하는 형사까지 거의 백여 명의 형사들이 안곡경찰서 대회의실에 모였다. 각 사건의 현 진행상황을 공유하고 수사상의 오류나 문제 등을 발견하기 위해서였다. 원남시의 경찰서장 세 명이 모두 참석했고, 안곡경찰서 형사과장이 사회를 맡았다.

형사들이 하나둘 들어와 자리를 채울 때부터 회의가 순조롭지 않으리라 예상했다. 형사들은 경찰서별로, 분과별로, 팀별로, 남녀별로 두서넛씩 띄엄띄엄 앉았다. 희성은 이전 근무지인 분정경찰서와 현 근무지인 안곡경찰서 형사들과 인사를 주고받느라 허리를 펼 새도 없었다.

형사라는 직업은 외근이 많고 비교적 근무 환경이 자유롭기 때문에 개성 강한 사람들이 많다. 언제나 위험에 노출돼 있어서 드센 사람도 많았고, 고집도 만만치 않아 합동수사를 하면 반드시 싸움이 벌어졌다. 결국 정기영에 대한 수사 방법을 두고 민수와 천식의 토론이 말다툼으로 변했다. 여러 형사들이 끼어들어 서로 목소리를 높였다. 다혈질인 천식이 멱살이라도 잡을 듯 민수에게 다가왔다. 강력팀장들과 형사과장들이 나섰다. 경찰서장들은 자기 경찰서 편을 들며 오히려 싸움을 부추겼다. 안곡경찰서장과 분정경찰서장은 경찰대학 동기였지만 승진 경쟁으로 사이가 좋지 않았다. 별것도 아닌 일이 경찰서 간 자존심 싸움으로 커지고 말았다. 싸움을 말리던 하서경찰서 사람들까지 둘로 나뉘어졌다.

회의실 좌우로 갈려 대치하는 상황에서 희성이 민수와 천식 사이로 끼어들었다.

"천식 선배 의견도 민수 선배 의견도 일리가 있어요. 하지만 이렇게 대치하는 건 수사에 아무런 도움이 되지 않아요. 차라리 두 가지 방법을 모두 시도해보면 어떨까요? 물론 훨씬 힘들겠지만……."

희성은 누구 편도 들지 않았다. 순간, 섭섭함을 감출 수 없었다. 하지만 민수가 뭐라고 불만을 꺼내기도 전에 철규가 희성에게 쌍욕을 퍼부었다.

"왜 네 의견을 확실히 밝히지 않고 이편저편 왔다 갔다 해? 넌 언제나 그러더라. 솔직히 의견이 다르다고 해도 의리상 당연히 파트너인 민수 선배 편을 들어야 하는 거 아냐? 그래, 백 번 양보해서 차라리 남천식 형사 편을 들더라도 몇 년을 같은 경찰서에서 근무한 정 때문이라고 이해하겠다. 그런데 이건 뭐, 완전히 박쥐 새끼잖아. 씨발, 책임 회피하려고 수 쓰는 것도 아니고."

희성은 아무 대꾸도 하지 않았다. 어색한 침묵이 흐른 뒤 희성이 입을 열었다.

"그만해요, 다들."

그때 처음으로 희성의 차가운 얼굴을 보았다. 아무 감정이 드러나지 않는 얼굴과 살짝 떨리는 목소리가 낯설었다. 그렇게 흐지부지 싸움을 피할 수 있었지만, 그 뒤로 철규는 노골적으로 희성을 무시했다.

"철규가 뒤끝이 좀 길어. 그래도 꽤 친하게 지냈는데 요즘 너한테 너무한 거 아니냐? 아까도 일부러 네 말 무시하고."

은근슬쩍 민수가 철규를 비난할 때도 희성은 차분했다.

"친하게 지냈으니 더 섭섭하겠죠."

희성은 오히려 철규를 두둔하며 민수를 다독였다. 다정한 말투였지만 한숨이 묻어났다. 철규처럼 대놓고 따돌리지는 않았지만 희성을 대하는 형사들의 태도는 눈에 띄게 달라졌다. 대부분 곤란한 눈빛과 어색한 말투로 희성에게 거리를 두었다. 민수에게는 익숙한 일이었다.

발령받은 경찰서마다 분위기는 조금씩 달랐지만 무리를 만드는 습성은 어디나 같았다. 인간뿐만 아니라 대부분의 동물은 자기 무리를 만들고 무리 밖의 다른 동물을 경계한다. 민수는 무리를 둘러싸고 단단한 벽을 쌓아올리는 인간들을 도저히 이해할 수 없었다. 그들은 경계 안의 인간과 밖의 인간을 뚜렷이 구분 짓는 행위가 그들의 결속을 견고히 한다고 믿었다. 따돌림이라는 폭력은 그 믿음을 바탕으로 자라난다. 무리에서 떨어져 나온 동물은 생존하기 힘들었다. 그래서 인간은 무슨 방법을 써서라도 어떤 무리에든 끼어들려고 안달하고, 무리에 속하지 못하면 불안해한다.

하지만 민수는 어릴 때부터 혼자 있는 게 좋았다. 자신의 비밀을 숨기기 위해서라면 혼자여야 했다. 그래서 언제나 혼자였다. 그렇게 살아왔고, 살아갈 것이다. 끼리끼리 뭉쳐야 생존할 수 있다는 암묵적 규칙 따위는 무시했다. 상관들도 동료들도 그런 민수를 못마땅하게 여겼다. 어떻게든 친해져보려는 파트너의 노력도 모른 척했다. 파트너가 자주 바뀌었지만, 아무렇지 않았다. 사람들이 민수를 따돌리는 것이 아니라 민수가 사람들을 따돌리는 것이기에 괜찮아야만 했다. 혼자만의 평화를 깰 어떤 위험도 감수하고 싶지 않았다.

아마 그런 점에서 민수는 희성과 동질감을 느꼈던 것 같다. 희성은 어느 무리에도 속하지 않았다. 민수와 다른 점이라면 누구나 희성을 좋아해 자기 무리에 끌어들이려 한다는 점이었다. 능력 있는 구성원이 많을수록 무리의 권력이 커지니 당연한 일이었다. 하지만 희성은 어떤 무리에도 속하지 않고, 언제나 각각의 무리가 만든 경계선 위를 아슬아슬 조심스레 걸었다. 그러면서도 경계 밖으로 내쳐지지 않는 희성의 사교적 능력이 가끔은 부러웠다. 그런데 그 경계선이 사라져 희성도 혼자가 되었다.

민수는 철저히 고수하던 거리감을 깨고 희성 곁에 서고 싶었다. 처음이었다. 누군가와 함께하고 싶다는 생각은.

"강 형사님!"

천식의 목소리가 갈라졌다.

"도대체 무슨 생각을 그렇게 해요? 몇 번이나 불러도 모르고. 아련하고 안타까운 눈빛이던데 혹시 첫사랑 생각했어요?"

민수는 입술을 꾹 물었다. 천식은 고개를 절레절레 저으며 한숨을 내쉬었다.

"희성이가 우리를 엮어주는 유일한 끈이었는데……."

천식은 말을 흐리며 한숨만 내쉬었다. 천식의 한숨이 두통으로 예민해진 신경을 긁어댄다. 두뇌는 신체에서 아픔을 느끼지 않는 유일한 기관이다. 그런데도 누군가가 머릿속 깊숙한 곳을 송곳으로 쑤셔대는 것 같아 괴로웠다. 뭔가를 놓치고 있는데 그것이 무엇인지 알 수 없었다. 답답하고 짜증이 나는데 도무지 아무것도 떠오르지 않았다.

8-2

인간의 조상인 호모 사피엔스는 호전적이고 싸우길 좋아하는 종이었다. 갈등하고 싸우기 위해 인간들은 본능적으로 수많은 것을 대립시켜서 둘로 나눠버린다. 진보와 보수, 남과 여, 청년과 노인……. '내가 속한 무리'는 언제나 '다른 무리'와 달리 선하고 옳은 법이다.

선과 악에 대한 고찰은 언제나 너무 위험하다. 세계가 생겨난 이래 지금까지 스스로를 비판 대상으로 허용하는 권위는 존재하지 않았다. 인간들은 자신의 도덕과 타인의 도덕이 다른 것을 부끄러워하지 않을 만큼 뻔뻔하다. 나는 자신에 대해서는 너그럽고 타인에게는 엄격한 인간을 경멸한다. 즉, 나는 대부분의 인간을 가증스럽게 여긴다. 인간은 자신이 속한 무리를 위해서라면 감히 도덕을 비판하고 도덕을 문제로 삼고 의문시하는 비도덕적인 일까지 저지른다.[26] 그렇게 사고 없이 무리에 대한 맹목적 충성심만으로 가치를 판단하는 이들이 가장 위험하다. 전쟁, 홀로코스트, 킬링필드…… 생각하지 않는 인간들은 끔찍하고 잔인한 만행을 끝없이 되풀이한다.

시비와 선악의 경계는 불분명하고 모호해서 서로 교차하기도 하는데, 인간들은 중립을 용납하지 않는다. 사실은 시비와 선악을 가장 완벽하게 판단하는 게 중립일지도 모르는데, 인간은 자신의 의견을 반대하는 쪽보다 중립을 지키는 쪽을 더 증오한다. 그렇게 편을 갈라 싸우다 이기는 쪽이 선이 된다. 항상 같은 결론이다. 강한 것이 선이 되고 약한 것이 악이 되는 게 역사다. 그리고 싸움이 끝나면 적보다 중립이었던 이들을 과거 청산이라는 명목으로 처단한다. 오히려 적은 화해와 화합이라는 명분으로 껴안는 경우가 더 많다. 그렇게 역사는 반복된다.

궁금하다. 평화를 노래하고 꿈꾼다면서도 언제나 싸우는 모순적 인간들은 나를 어떻게 생각할까? 의문이다. 자신과 자신이 속한 무리를 기준으로 선을 정의하는 인간들은 나를 무엇이라 판단할까? 나는 선일까, 악일까?

아니, 그들의 생각은 중요하지 않다. 나는 선이자 악이다. 나는 비할 바 없이 끔찍한 미증유의 인간이다. 그렇다고 해서 내가 비할 바 없이 좋은 인간이 되는 것이 불가능하지는 않다. 나는 최초의 비도덕주의자다. 그래서 나는 파괴자 중의 파괴자다. 선과 악의 창조자이기를 원하는 자는 먼저 파괴자여야만 하며 가치를 파괴해야만 한다. 이렇게 최고악은 최고선에 속한다. 하지만 이것이 창조적 선이다.[27)]

나는 비도덕주의자다. 그리고 나를 다른 모든 인류와 구분해주는 비도덕주의자라는 사실에 긍지를 느낀다. 어느 누구도 그리스도교적 도덕을 자기 밑에 있는 것으로 생각지 않았다. 그러기 위해서는 높이와 멀리 바라보는 시각과 이제껏 전혀 들어보지 못했던 심리적인 깊이와 심연성이 필요하다.[28)]

나는 타인의 시비와 선악을 거부한다. 나는 기존의 절대적 가치를 모두 깨부순다. 삶에 있어서 절대적 판단은 없다. 삶은 '사실판단'이 아니라 '가치판단'이기 때문에 절대적 답이 있을 수 없다. 그래서 나는 절대적 기준을 제시하고 강요하는 종교의 도덕을 비판한다. 그리고 나만의 가치관을 스스로 세워나간다. 이미 모든 인간을 지배하고 있는 도덕, 신앙, 가치는 예외를 용납하지 않는다. 하지만 나는 그들이 주는 고통을 즐긴다. 나는 극복하는 인간이다.
나는 극복하는 인간이며, 극복함으로써 창조하는 인간이다. 나는 타인의 도덕을 초월하고, 절대적 시비와 선악을 구분하는 신앙을 뛰어넘고, 나만의 가치를 창조하는 인간이다. 나는 위버멘쉬다.[*]

마지막까지 설득했지만, 희성은 단호히 고개를 저었다.

"걱정 마세요. 죽을 때까지 먹고살 돈은 있어요."

"말도 안 돼. 네 나이, 이제 겨우 스물아홉이야. 100세 시대에 벌써 돈을 그만큼 모았다고? 혹시 유산을 많이 받은 거야?"

희성은 대답 없이 웃기만 했다. 그러고 보니 부모님이 언제 어떻게 돌아가셨는지도 몰랐다. '고아'라는 단 한마디로 희성은 자신의 가정사에 대한 호기심을 싹둑 잘라버렸다. 혹시나 상처가 될지도 몰라 희성에게는 누구도 개인사를 자세히 묻지 못했다. 재현이 말했던 것처럼 희성은 개인사를 거리낌 없이 말하는 듯하면서도 교묘하게 자신을 드러내지 않는 재주가 있었다.

"스물아홉에 중2병이야? 다른 직업을 준비할 생각도 없다면서, 젊은 놈이 일도 없이 뭐 하려고?"

"일단 잠이나 푹 자려고요."

"뭐? 잠?"

"네. 잠도 자고, 멍하니 있기도 하고, 뒹굴뒹굴하며 천장만 보기도 하고, 쓸데없는 낙서도 하고, 의미 없고 쓸모없는 일을 하면서

---

* 위버멘쉬(Übermensch)는 어원적으로 '뛰어넘는(Über) 인간(mensch)'을 뜻한다. 그리스도교적 선악 기준의 도덕관념을 초월하고, 비극적 상황 속에서도 삶을 즐기고 긍정하며, 자기만의 새로운 가치를 창조하고, 그 가능성의 극한까지 실현하고자 하는 사람이다.

시간을 보내려고요. 저는, 언제나 저를 닦달하며 살았어요. 한 번도 제대로 쉬어본 적이 없어요. 항상 뭔가를 했어요. 그렇게 뭔가를 이뤄내야만 삶이 의미 있다고 생각했어요. 내가 살아야 하는 이유를 찾고 싶었어요. 가치 있는 뭔가를 이루기 위해 발버둥 치며 살았어요. 그래서 단 한 번도 편히 자본 적이 없어요. 이제는 아무것도 하고 싶지 않아요. 그냥 편안히 살고 싶어요."

체념과 포기를 말하면서도 희성은 밝았다. 오랜만에 보이는 미소였다. 그래서 더 이상 말릴 수가 없었다. 민수는 희성의 어깨를 툭 쳤다.

"그래. 가라, 가."

돌아서 가는 희성의 발걸음이 가벼웠다.

8-4

복수를 시작할 때, 나와 관련된 인물은 대상에서 제외하기로 결심했다. 위험하기 때문만은 아니었다. 개인적인 복수는 내 의도를 왜곡할 수 있었다. 하지만 그 작은 마을에서 다시 반복되는 내 인생을 두고 볼 수만은 없었다. 어차피 악이 될 거라면 철저한 악이 되어야 했다.

세월이 십 년 넘게 흘렀는데도 동네는 그대로였다. 동네 초입의 구멍가게도, 바로 앞 커다란 느티나무도, 그 아래 평상까지 평범한 시골 동네였다. 자동차가 마을에 들어서자마자 가게의 미닫이문이 열리고 할머니가 빼꼼히 밖을 내다본다. 자동차에서 내려 다가가자 할머니의 눈이 가름해진다.

"이 동네는 무슨 일로 오셨수?"

"이거 하나 계산해주세요."

먼지가 뽀얗게 쌓인 음료 선물세트와 현금을 내밀자 잔뜩 경계하던 눈에 금세 호의가 가득하다. 할머니 손의 부채가 나를 향해 바람을 일으킨다.

"안곡 S대병원에서 봉사 나왔습니다. 어르신들 혈압이나 당 측정도 해드리고, 무료 건강검진도 안내해드리려고요. 마을회관을 쓸까 하는데, 가능할까요?"

"가능하고말고. 좋은 일 하겠다는데."

"마을회관에서 방송할 수 있을까요? 동네 어르신들을 모두 모아야 하는데."

"방송은 무슨, 필요 없어. 더워서 전부 마을회관에 모여 있을 거여. 에어컨 없는 집도 많고, 있어도 혼자 있는데 에어컨 틀기 아까우니까 아침에 일어나자마자 마을회관에 가서 저녁까지 먹고 선선해지면 집에 가거든."

"할머니도 같이 가세요."

"그럴까? 더워서 손님도 없는데."

느티나무집 할머니는 기다렸다는 듯 가게문을 닫고 조수석에 올라탔다. 할머니는 짧은 동행길이 흡족했는지 마을회관에 들어서면서 대단히 친밀한 사이라도 되는 양 나를 소개했다. '무료' 건강검진과 안곡 'S대병원'이라는 단어는 떨떠름한 얼굴의 노인들을 어느새 내 주위로 불러 모았다.

"이상하게 낯이 익네. 우리 어디서 보지 않았어?"

동네에서 젊은 편에 속하는 부녀회장이 고개를 갸웃하며 돋보기 너머로 나를 살폈다.

"그런 말 많이 들어요. 제 인상이 좀 평범하잖아요."

끈질긴 시선을 피하기 위해 혈압계를 들여다보는 척하며 고개를 숙였다. 다행히 부녀회장은 금세 흥미를 잃고 화투판에 끼었다. 정확히 스물네 명. 네 명은 외출 중이라 했다. 어쩔 수 없었다. 운에 맡겨보는 수밖에.

"앞으로 건강검진 하실 일 있으면 꼭 안곡 S대병원으로 오셔야 해요. 제가 아까 명함 드렸죠? 건강검진센터에서 엄지민 실장 찾으시면 돼요. 그리고 이건 어르신들 드시라고 가져온 산삼 와인이에요."

'산삼'이라는 말에 흩어져 있던 노인들이 몰려들었다. 뿌리가 가는 장뇌삼에 노인들은 쉽게 속아 넘어갔다. 플라스틱이 타는 것 같은 지독한 냄새를 가리기 위해 인공 인삼향을 과하다 싶을 정도로 넣어서인지 150ml 한 병을 열었는데도 방 안 가득 향이 퍼졌다.

"산삼이라 그런가, 요래 조그만 게 들어 있어도 향이 확 풍기네."

종이 박스 안에 가득했던 갈색 병이 순식간에 없어졌다. 은근슬쩍 하나를 더 가져가는 할머니들도 있었다.

"아이고, 뭐 이런 걸 다. 주려면 우리가 줘야지. 이렇게 받기만 해서 어쩌나."

"홍보용으로 드리는 거예요. 저희 안곡 S대병원 의사 선생님들 몇 분이 이 와인을 만드셨거든요. 하루에 와인 한 잔 마시면 심혈관질환에 좋다는 얘기 들어보셨죠?"

"그럼그럼, 내가 뉴스에서 봤지."

"우리나라 고유의 와인을 만들겠다는 목표로 5년이나 연구해서 만든 거예요. 많이 드시지 말고 딱 150ml 한 병씩만 식사하시면서 드세요. 당장 내일 아침에 눈 뜨면 세상이 완전히 달라 보일 거예요."

"아이고, 이렇게 좋은 걸."

"드시고 효과 좋으면 연락 주세요. 재료가 워낙 귀하다 보니 시판하지는 않거든요. 대부분 일본으로 수출하고 우리나라에서는 브이아이피에게만 판매하는데, 제가 특별히 어르신들께는 할인된 가격으로 드릴게요. 오늘 외출하셔서 못 오신 분들은 댁이 어딘가요? 그분들도 한 병씩 드렸으면 좋겠는데요."

"아이고, 뭘 안 온 사람까지 챙겨?"

"젊은 처녀가 마음 씀씀이도 곱지. 걱정 마. 내가 전해줄게."

마을 부녀회장이 일곱 병이 남은 종이 박스를 냉큼 들어올렸다. 내 손으로 직접 전하는 것은 아무래도 무리였다.

"산삼이 효능이 좋긴 하지만 한 번에 많이 드시면 안 되는 거 아시죠? 꼭 하루에 한 병만 드셔야 해요."

만약의 경우에 대비해 다시 한번 당부했다.

▶ REC

미경은 정재현 형사의 명함을 제대로 보지도 않고 탁자 위에 던지다시피 했다. 물론 재현의 인사도 무시했다. 후우, 재현은 심호흡을 하며 화를 참는 듯했다. 그러든 말든 미경은 로고가 커다랗게 박힌 명품백을 한 번 쓰다듬고는 탁자 위에 놓고 의자에 앉아 다리를 꼬았다. 재현도 미간을 찌푸리며 자리에 앉았다.

미경은 재현에게는 관심 없다는 듯 거울을 보며 정수리를 잔뜩 부풀린 머리카락을 정리했다. 한 올도 빠짐없이 뒤로 모아 틀어올린 머리모양이 답답했다. 진주 귀걸이와 목걸이, 검은색 C사 정장까지 전형적인 안곡 사모님 복장이다.

"성함이 박미경 씨, 맞죠?"

"박미경 교수예요."

미경은 재현이 큰 실수라도 한 듯 눈을 동그랗게 뜨고 정정했다. 교수라는 발음을 특별히 강조하면서도 어미는 길게 늘어진다.

"우아한 척은. 나 참 우스워서."

참관실에 있던 왕성재 형사가 비웃었다. 미경은 어제 하서경찰서 바닥에 드러누워 난동을 부렸다고 한다. 담당 형사의 수사 의지가 없다고 항의하며 쌍욕을 내뱉고, 일으켜 세우려는 형사들을 때리고 발로 차며 소리를 질러대다 결국 경찰서장이 나오고 나서야 멈췄다는 것이다.

"네, 교, 수, 님. 어제 신고한 내용 다시 한번 진술해주십시오."

"쳇! 언제는 들은 척도 안 하더니 갑자기 웬 관심이래? 이렇게 진술 들을 시간에 빨리 범인이나 잡아요. 뻔하잖아요. 선녀보살이 마을에서 쫓겨났다고 보복한 게 틀림없다니까요. 아니면 할머니들이 전부 다 갑자기 눈이 멀 리가 있어요? 사람 하나 잘못 들어와서 동네가 완전히 풍비박산됐어요. 할머니들 전부 선녀보살이 저주굿을 해서 그런 거라고 겁먹고 신고하지 말라고 하시지만, 손주들이나 자식들 생각은 달라요. 저주굿 때문이라니, 나 원 참. 할머니들이야 못 배우셔서 그 따위 미신을 믿지만 자식들은 아닙니다. 제가 대책위원회 대표거든요. 그래서 할머니들 몰래 신고하러 온 거예요. 그 무당이 독초, 약초에 대해서도 잘 안다더라고요."

"처음부터 차근차근 설명해보시겠어요?"

미경이 빨간 입술을 오므리고 잠시 망설였다.

"차근차근, 작년 사건부터요."

순간, 당황한 미경의 입이 벌어졌다. 어깨가 움츠러들며 보란 듯 내밀었던 가슴이 쑥 들어갔다. 미경은 헛기침을 하고는 꼬고 있던 다리를 바꿨다.

"그건 기록 보시면 아실 거 아니에요."

"원래 사건이 나면 진술을 몇 번이고 받아요. 아시잖아요? 바쁘다고 빨리 끝내달라고 하신 걸로 아는데, 협조 좀 하시죠?"

미경이 못마땅한 듯 입술을 비죽이다 한숨을 내쉬었다.

"후우, 저도 자세히는 몰라요."

"아는 대로만 진술해주시면 됩니다."

"무당이 할머니 동네에 들어와 살기 시작한 건 재작년 초였어요. 본명은 모르겠고 할머니들은 선녀보살이라 불렀어요. 거기가 하서구에서 유일하게 남은 재개발 예정 지역이라 빈집이 많은데, 그냥 빈집에 들어와 산 거죠. 무당한테 좀 모자란 딸이 하나 있었는데, 이름이 오민영이에요. 후우, 정말 황당해서. 그 모자란 게 무슨 마음을 먹었는지 동네 할아버지들이 자기를 성폭행했다고 학교 담임한테 이야기한 거예요. 그게 작년 가을이었어요. 담임이란 사람이 걔 말만 믿고 경찰에 신고하는 바람에 일이 커졌죠. 나 원 참, 억울해서⋯⋯. 증거도 없는데 무조건 걔 말만 옳다고 하더라고요. 돈 없고 든든한 뒷배 없고 무식한 노인네들, 혹시나 자식들한테 연락 갈까 봐 쉬쉬하다가 결국 재판까지 갔어요. 열 명이 넘는 동네 할아버지들이 돌아가면서 성폭행을 했다는데 그게 말이 돼요? 기가 막혀서. 솔직히 말씀드리면, 성관계가 있었던 건 사실이에요. 성관계가 있었다는 건 저희 쪽에서도 인정한다고요. 그런데 걔가 성폭행을 당한 게 아니라 몸을 판 거라니까요. 느티나무집 할머니 말로는 과자나 사탕이 먹고 싶으면 쪼르르 달려가서 할아버지들한테 매달려 졸랐대요. 솔직히 남자라면 혹하지 않겠어요? 과자 살 돈 몇 푼 쥐어주면 성매수를 할 수 있는데?

그런데 걔 담임이 무슨 여성단체에 고발하고, 거기서 또 변호사가 나와서 할아버지들을 장애인을 성폭행한 파렴치범으로 몰고 가는 바람에 일이 커졌어요. 성매수는 집행유예에 존스쿨*만 다니면 된다는데, 성폭행은 징역형일 가능성도 높으니까요. 나 원 참, 기가 막혀서. 노인네들이 자식 보기 부끄럽다고 끝까지 숨겼는데 재판정에서 구속되는 바람에 다 알려졌죠. 그래서 자식들끼리 대책위원회도 만들고, 동네 마을회관 땅까지 건설업자한테 헐값에 넘기고, 각자 돈 보태서 비싼 변호사를 샀어요. 아시죠? 우리나라에서 제일 큰 K&P 로펌. 지금 소송 중인데 모두 집행유예로 풀려나올 거라고 했거든요. 우린 그 판결 소식만 기다리고 있었는데……."

미경이 갑자기 울먹이면서 손수건을 꺼냈다.

"어제 아침에 할머니한테서 전화가 왔는데 갑자기 앞이 안 보인다는 거예요. 아침에 깨서 눈을 떴는데 그냥 캄캄하더래요. 제가 안곡에 살거든요. 당장 할머니 모시고 병원에 갔더니 글쎄, 실명했다는 거예요. 원래 백내장을 앓긴 하셨지만 이렇게 갑자기 눈이 머는 경우는 없대요. 의사도 원인을 알 수 없다더라고요. 아무리 생각해도 이상했어요. 그렇게 갑자기 눈이 머는 경우가 어디 있어요? 그런데 짐 챙기러 동네에 갔더니 난리가 났더라고요. 할머니들이 다 눈이 잘 안 보인다는 거예요. 그 순간, 범죄일 거라고 확신하고 신고했어요. 그런데 하필이면 담당형사가 할아버지들 사건 수사했던 형사인데 반응이 좀 시큰둥하더라고요. 그래서 항의하느라 어제는 제가 좀 많이 흥분했어요. 그러잖아도 담당형사 바

---

* 존스쿨(John school)은 성(性) 구매 초범 남성이 기소유예를 조건으로 하루에 8시간 동안 재범방지교육을 받는 프로그램이다.

꿔달라고 진정서 넣을까 했는데, 이젠 형사님이 담당하는 거 맞죠? 이왕이면 할아버지들 사건도 형사님이 수사해주시면 좋을 텐데…… 저희가 진짜 억울하거든요."

미경은 한참이나 담당형사 김규민에 대한 불만을 토로했다. 참관실에서 듣고 있던 규민은 헛웃음을 지었다.

"억울하긴, 개뿔! 동네 전체가 미쳤어요. 전부 팔십, 구십 노인네들인데 죽어도 성폭행이 아니래요. 피해자는 지적장애 1급이에요. 성행위가 뭔지도 잘 모른다고요. 열네 살이지만 정신연령은 세 살밖에 안 돼요. 그런 아이한테 성매매를 했다고 뒤집어씌우다니, 다들 양심도 없어요. 솔직히 저는 동네 할머니들도 벌받아야 한다고 생각했어요. 동네에서 무슨 일이 벌어지는지 뻔히 알면서도 모른 척한다는 게 말이 돼요? 방임죄잖아요. 어쩌면 그 많은 사람 중 단 한 명도 신고를 안 해요?"

"그 동네는 사람들이 다 떠나서 빈 동네나 마찬가지 아니었어요?"

"재개발이 확정되면서 갑자기 꽉 들어찼어요. 원래도 서류상으로는 빈집이 없었는데, 실거주자 조사를 한다 어쩐다 하니까 불이익이라도 받을까 봐 갑자기 작년부터 이사 들어오기 시작했어요. 원래 열 가구 정도 남아 있었는데, 지금은 실거주자만 서른 가구가 넘어요. 인구도 오십 명이 넘고요. 물론 노인네들이 구속되는 바람에 반토막 나긴 했지만, 지금은 스물여덟아홉 명쯤 살 걸요? 인심 좋은 시골 마을 같은 겉모습에 속지 마세요. 다 쓰러져가는 집에 산다고 불쌍히 여길 것도 없어요. 대부분 안곡 아파트에 살면서 주소지만 거기에 옮겨놓은 사람들이니까. 다들 한통속이 돼서 말을 짜 맞추고 오민영을 무고죄로 고소까지 한 사람들이에요. 곧 있으면 죽을 텐데 나 같으면 지옥 갈까 봐 무서워서라도 못 그러겠어요.

그나마 피해자인 오민영의 진술이 일관성이 있고, 여성단체와 장애인단체까지 나서서 기소할 수 있었어요. 그런데 K&P 변호사들이 성매매로 몰아가더라고요. 아무리 돈이 좋아도 그렇지, 변호사들도 참 너무해요. 초범이고 고령이니까 선처를 해달라니, 기가 막혀! 비아그라까지 먹으면서 성폭행한 노인네도 있고, 13세 미만 아동 성추행 전력이 두 번이나 있는 노인네도 있어요. 돌아가는 꼴이 집행유예 나올 것 같아 억울했는데, 결국 청소부가 나섰네요. 강민수 형사님이 청소부 잡느라 고생하신다는 얘기는 들었어요. 그런데 어쩌죠? 전 청소부 덕분에 십 년 묵은 체증이 쑥 내려간 것처럼 속이 시원합니다. 이번에는 작정하고 모습을 드러냈네요. 그러면 뭐 하나? 목격자들이 전부 눈이 멀어버렸는데."

규민은 들뜬 목소리로 심정을 쏟아냈다. 그동안 미경에게 어지간히 괴롭힘을 당한 모양이었다. 민수는 그저 듣고만 있었다.

노인들은 청소부의 이미지를 또렷이 기억하지 못했다.

"눈이 어두운 데다 별로 신경 써서 보지 않아서 기억이 잘 안 나. 눈동자 색깔? 파란색이냐고? 음, 그냥 평범한 한국 여자였어. 다리를 절었냐고? 아니, 멀쩡했어."

가녀린 20대 미녀라는 건 이미 아는 사실이었다. 희고 자그마한 얼굴과는 어울리지 않게 목소리가 허스키하다는 것과 다리가 정상이라는 사실이 새로 알아낸 사실 전부였다.

기다려. 꼭 다시 돌아오게.

청소부는 점점 대담해지고 있었다. 변장했을 가능성이 높지만 낮에 자신의 모습을 완전히 드러냈다. 게다가 메시지를 남기기 위해 다시 돌아오기까지 했다. 마을회관 현관 전신거울의 메시지가 없었다면 자신의 범행이라는 것을 숨길 수 있었다. 이효진 사건도 마찬가지다. 하지만 청소부는 기어이 흔적을 남겼다.

"대중의 관심을 끌기 위한 행동이에요. 아마 성장 과정에서 부모의 사랑을 충분히 받지 못했을 거예요. 한부모가정일 가능성도 높고요."

"할머니마다 조금씩 진술이 다르지만, 다들 미인이라는 말은 빼놓지 않았습니다. 예쁜 아기가 애정결핍인 경우는 흔치 않아요. 나르시시스트라 과시욕이 큰 거예요."

"지속적으로 성폭행을 당했을 가능성이 높아요. 그렇다면 가까운 사이, 친인척에게 당했을 거예요."

"절대로 잡히지 않을 거라고 확신하기 때문에 흔적을 남기는 거죠. 정의실현에 대한 강박관념도 있고요."

프로파일러, 정신과 의사, 심리학자……. 전문가들의 분석은 제각각이었다. 정반대 의견도 많았다. 혼란스러웠다. 범인의 심리를 꿰뚫던 희성의 존재가 새삼 아쉬워왔다.

오민영의 심리치료를 맡고 있는 사람도 역시 정기영이었다. 정기영의 구속영장은 증거불충분으로 기각되었다. 대부분의 전문가들은 한 사람도 아닌 몇 명을 동시에 가스라이팅하는 것은 불가능하다는 입장이었다. 모두가 시간이 흘러 사건이 잊히기만을 바랐다.

8-6

처음에는 그저 스트레스가 쌓여 순간적으로 한 실수라 생각했다. 내 건망증보다 심각한 일들이 언제나 산더미처럼 쌓여 있었다. 그런데 실수가 점점 잦아졌다. 자동차를 주차하고 나서 D에 기어를 놓은 채 자동차에서 내리기도 하고, 몇 년간 알고 지냈던 동료의 이름이 갑자기 생각나지 않아 당황하기도 했다. 아파트 공동현관의 비밀번호가 기억나지 않을 때 비로소 건망증이 심각하다는 것을 깨달았다.

"우울증 때문에 집중력이나 인지능력이 떨어질 수도 있어요. 우울증이 심각해지면 해마 신경세포에 손상을 입히거든요."

처음에는 의사도 대수롭지 않게 여겼다. 단순히 페니드*라는 약을 추가 처방했을 뿐이다. 나도 페니드의 효과에 만족했다. 약을 먹으면 집중력도 좋아졌고, 일에 대한 의욕도 생겼다. 하지만 향정신

---

* 페니드는 중추신경을 자극해 주의력결핍, 과잉행동장애, 우울증, 수면장애 등의 질환을 치료하는 메틸페니데이트(methylphenidate, MPH)의 상표명 중 하나다.

성 의약품답게 페니드의 효과는 점점 떨어졌다. 하루 최대용량인 네 알을 한 번에 삼켜도 겨우 2시간 정도 효과를 발휘할 뿐이었다.

나는 어렸을 때부터 두뇌에 대한 자신감과 자부심이 꽤 높았다. 우울증 따위야, 환청이나 환각 따위야 견딜 수 있었다. 하지만 인지능력이 떨어지는 것만은 두려웠다.

처음으로 의사에게 의존하고 싶었다. 의사가 매번 경고하는 말은 익숙해져서 외울 수 있을 정도였다.

"항우울제나 공황발작 억제제는 단기기억력을 떨어뜨리고 정신이 혼미해지는 부작용이 있죠. 우울증이 정말 심각해지면 가성치매가 올 수도 있어요. 건망증이 심해지고 환청이나 환각에 시달리죠. 오래전 일은 잘 기억하는데 최근 일은 잊어버리는 경우가 많아요."

의사는 그렇게 말하며 내 눈치를 살폈다. 아버지는 이제 언제나 내 곁에 함께했다.

"혹시 환각이나 환청이 나타나지는 않나요?"

나는 당연히 고개를 저었다. 의사에게 내 약점을 모두 말하고 싶지는 않았다. 내가 미쳐가고 있다는 사실을 아무도 몰랐으면 했다. 하지만 의사는 의심을 버리지 못하는 눈빛이다. 나는 수면제 용량을 늘려달라고 부탁했다. 심각한 불면증 때문에 피곤해서 생긴 일시적 건망증이라고 판단했다.

작은 비닐봉지 안의 약은 매번 색깔이 달랐다. 의사는 내 말을 믿지 않았다. 새로 처방한 항우울제는 훨씬 강했다. 항우울제는 정신을 멍하게 만드는 부작용이 있다. 잠을 충분히 자지 못하니

멍한 증상은 더 심각해졌다. 깨어 있어도 아무 일도 할 수 없는 식물인간이나 마찬가지였다. 아니, 정확히 말해 뭔가를 하고 싶은 욕구가 없어졌다. 철저하고 완벽한 무기력은 자살 충동마저 억누른다. 죽고 싶어도 죽을힘이 없어서 죽을 수 없다.

"더 이상은 항우울제와 수면제를 강하게 처방할 수 없어요. 페니드는 휴지기를 가져야 하는데 환자분이 우겨서 계속 복용하고 있잖아요. 지금도 페니드 부작용 때문에 손을 덜덜 떨고 있네요. 게다가 지난달부터는 하지불안증후군*이 심해져서 항경련제도 처방하고 있어요. 너무 많은 약을 복용하면 해독작용을 하는 간에도 무리가 가요. 그러니 이번 주부터는 페니드와 수면제의 휴지기를 가져보죠."

"하지만 일상생활이 불가능할 만큼 집중력이 약해졌어요. 아침에 했던 일을 기억하지 못하고 오후에 다시 하는 경우도 있고, 출근하다 갑자기 길이 기억나지 않을 때도 있어요. 리탈린이나 콘서타*라는 약도 있던데……."

나는 말끝을 흐리며 의사의 표정을 살폈다. 다른 증상은 견딜 수 있었지만 인지능력의 저하만은 견딜 수 없었다. 의사의 표정이 살짝 일그러졌다.

"잘 아시네요. 그렇다면 부작용도 잘 아시겠군요. 페니드나 콘서

---

* 하지불안증후군은 휴식 중에 다리에 이상 감각과 초조감이 느껴지는 질환으로 밤에 증상이 심해져 수면장애까지 초래한다.

타는 각성제의 한 종류이기 때문에 불면증을 유발해요. 환자분은 불면증이 심한 편이고요. 페니드를 먹고 두뇌를 활성화시키고, 졸피뎀을 먹고 두뇌를 둔화시키는 악순환의 반복인 거죠."

의사는 기분이 나쁘다는 것을 감추지 않았다. 질병에 대한 지식을 드러내는 것은 의사들이 가장 싫어하는 환자의 태도다. 나는 입을 꾹 다물고 눈을 내리깔았다. 누구나 기죽은 상대에게는 한 수 접어주기 마련이다. 고개 숙인 나를 물끄러미 바라보는 의사의 시선이 느껴졌다.

긴 침묵이 흘렀다. 마침내 의사가 한숨을 내쉬며 입을 열었다.

"일단 뇌 MRI를 찍어보죠. 환자분이 말한 것처럼 심각한 상태라면 뇌손상이 의심되니까요. 만약 MRI에서 문제가 나타나면 더 강한 처방이 가능합니다."

거절하고 싶었지만 결국 스케줄을 잡았다. 나는 별로 걱정하지 않았다. 더 악독하고 처참한 미래의 가능성을 부정했다. 그렇게 많은 절망과 체념을 떠안은 삶이란 비현실적이었다. 하지만 삶은 언제나 예측 불가능했다.

＊ 콘서타는 ADHD, 우울증, 만성피로, 기면증에 처방되는 메틸페니데이트 계열 향정신성 의약품의 상표명이다.

제9장

창조자의 길

Vom Wege des Schaffenden

나의 형제여, 그대의 사랑, 그대의 창조와 함께 그대의 고독 속으로 들어가라. 그러면 나중에 가서 정의가 다리를 절며 그대를 뒤따라올 것이다. 나의 형제여, 그대의 눈물과 함께 고독 속으로 들어가라. 나는 자기 자신을 넘어 창조하려고 파멸하는 자를 사랑한다.

- 프리드리히 니체, 《차라투스트라는 이렇게 말했다》 중에서

9-1

"MRI 검사 결과 전두엽 손상이 이미 많이 진행된 상태입니다. 전두엽을 손상시키는 요인에는 알코올중독, 우울증, 졸피뎀 등 여러 가지가 있죠. 환자분은 그 모든 원인을 다 갖고 있으니 전두엽 손상을 피할 수 없었어요."

부정하고 싶었다. 손떨림, 극도의 무기력, 집중력 저하, 충동적이고 일시적인 판단, 극단적인 감정기복, 무계획, 작업 기억의 소실, 언어능력 저하……. 이미 일어나고 있는 증상을 더 이상 외면할 수는 없었다. 유식한 말로 전두엽 손상이지, 실은 치매였다.

"심각한 우울증 환자의 경우 가성치매가 치매로 진행될 수도 있어요. 환자분처럼 단시간에 폭음을 하거나 블랙아웃 현상을 겪는 사람은 알코올성 치매에 걸리기 쉽다고 여러 번 경고했죠? 알코올중독의 경우 티아민 결핍이 되기 쉬운 데다 알코올중독으로 지방간이나 간 섬유증이 발병하면 간에 저장된 티아민의 양이 줄어들어 치매 발병 가능성이 높아져요. 분명히 여러 번 경고했죠. 게다가 티아민이 부족할 때 발생하는 베르니케-코르사코프 증후군은 진행성 기억상실이나 역행성 기억상실, 작화증, 환각, 해리장애를 일으켜요."*

복잡한 병명 따위는 듣고 싶지 않았다. 아나운서처럼 또박또박 말하는 의사의 말을 끊고 물었다.

"티아민을 투여하면 나을 수 있나요?"

"기억상실과 사고능력 저하는 티아민을 투여해도 대개는 회복되지 않아요. 그래도 병의 진행 속도를 조금 늦출 수는 있습니다."

순간, 웃음이 터졌다. 의사의 얼굴이 일그러졌다. 연민과 동정. 내가 질색하는 감정이 의사의 눈에 가득했다. 위로는 아무 도움이 되지 않는다. 위선과 가식은 나에게 통하지 않았다. 나는 거대한 악(惡)에서 태어나 절망과 좌절을 겪으며 자라났다. 그리고 거대한 악을 소멸시키고 살아남은 더 강한 악이다. 호의나 긍정 따위는 나와 어울리지 않았다.

불행에는 익숙했다. 내게 닥칠 위험, 장애, 질병 등 모든 불행에 대해 상상했다. 실현 가능한 불행을 모두 예상할 수 있다고, 그 모든 비극을 감당할 수 있다고 여겼다. 암, 교통사고, 심장병……. 고통과 불행이 두렵지 않았다. 하지만 좌절과 절망 속에서 살아남은

---

* 진행성 기억상실은 기억상실을 일으킨 사건이 발생한 뒤 새로운 기억을 할 수 없는 증상이다. 역행성 기억상실은 기억상실을 일으킨 사건이 발생하기 전의 기억을 하지 못하는 증상이다. 작화증은 환자 자신이 체험한 것과는 다른 이야기를 지어내서 기억의 틈을 메우려 하는 증세다. 해리장애에는 해리성 기억상실, 해리성 둔주, 해리성 정체성 장애, 이인성 장애 등이 있다.

나 자신을 잃어버린다는 상상은 해본 적이 없었다.

9-2

　하서경찰서의 흡연 구역은 경찰서 한 귀퉁이에 있었다. 아직 출근 시간 전이라 흡연 구역은 텅 비어 있었다. 후우, 내뿜은 담배연기가 흐려지자 옥상 간판의 '정의실현'이라는 문구가 선명하게 보였다. 하여간 공무원들은 창의성이 부족하다니까. 같은 업체를 이용했는지 크기만 좀 작을 뿐, 안곡경찰서의 옥상 간판과 같은 문구에 같은 디자인이었다. 간판의 하얀 바탕은 누렇게 변색되고, 파란색 글씨도 빗물에 섞여 내린 먼지가 달라붙어 얼룩져 있었다. 익숙했던 간판이 이상하게도 낯설었다.

　"선배! 잘 지냈어요?"

　놀라서 돌아보니 희성이 철제 펜스 너머에서 웃고 있다.

　"왔어?"

　"잠깐만 기다려요."

　희성은 방긋 웃고는 정문으로 향했다. 빳빳하게 다린 하얀 와이셔츠에 검은색 슈트를 입은 희성은 멀리에서도 빛났다. 정말 집에서 잠만 잤는지 한여름인데도 피부가 뽀얗다. 오늘따라 희성의 외모가 돋보였다. 여자라면 누구나 한 번쯤 고개 돌려 바라볼 만한 외모였다. 심지어 희성을 빤히 바라보며 큰 목소리로 외모를 품평

하는 여학생들도 있었다. 희성은 여자들의 시선을 모른 척하면서도 쑥스러운 듯 볼이 발개졌다.

희성이 철제 펜스를 따라가 정문에서 신분증을 확인할 때까지 민수는 희성에게서 눈을 떼지 못했다. 희성이 활짝 웃으며 다가왔다. 순수하게 싱그러운 미소는 꽤 오랜만이었다. 안개 낀 듯 뿌옇던 머릿속이 깨끗이 정돈되었다. 민수는 희성을 다시 한번 잡아보려던 생각을 완전히 접었다. 저 미소를 흐리게 만들고 싶지 않았다.

"민재는 아직 안 왔네요?"

고개를 끄덕이며 담뱃갑을 내밀었지만, 희성은 고개를 저었다.

"간접흡연도 아이한테 안 좋다고 해서요. 어제 영상 통화했는데, 일주일이나 고열에 시달려서인지 탐스럽던 볼살이 완전히 내렸어요."

민수도 물고 있던 담배를 재떨이에 비벼 껐다. 민재는 오늘 경기도 이천에 있는 보육원에 입소할 예정이었다. 원남시는 부동산 가격이 비싸기도 하고 안곡구민들의 극성스러운 시위로 보육원마저 다른 지역으로 이전한 터라 원남시의 고아들은 전국 각지 보육원으로 흩어졌다. 원래 예정된 입소 날짜는 민재의 마지막 진술 다음 날이었다. 하지만 낯선 곳으로 가는 것을 어떻게든 미루고 싶었는지 민재는 그날 밤 갑자기 열이 올랐다.

연주의 자동차가 정문을 통과하는 것을 보고 민수와 희성이 다가갔다. 어린이용 자동차 시트에 앉은 민재는 희성을 보자마자 훌쩍이며 팔을 벌렸다. 희성의 말대로 안쓰러우리만큼 야위어 있었다. 민재는 희성의 목을 껴안고 어깨에 고개를 기댔다. 민재의 얼굴은 물론 바지에까지 누런 토사물이 묻어 있었지만 희성은 개의치 않았다.

"아, 이 형사님. 오다가 토해서 냄새가 좀 날 텐데……."

"괜찮아요. 일단 좀 씻기고 출발해야겠네요."

"제가 화장실에서……."

연주가 안아 들자 민재는 울음을 터뜨리며 희성에게 손을 내밀었다.

"어쩔 수 없네요. 그럼 부탁드릴게요. 그동안 저도 옷 좀……."

그러고 보니 연주에게서도 역한 냄새가 났다. 연주는 민재의 목욕용품과 옷가지를 챙겨주고는 여자 화장실로 향했다. 하서경찰서 화장실은 리모델링을 했는지 꽤 넓은 데다 온수까지 나왔다. 다행히 사람도 없었다. 희성은 민재를 세면대 위에 앉히고는 재빨리 옷을 벗겼다. 민수가 도와주겠다고 했지만 희성은 오히려 방해가 된다며 나가주길 바라는 눈치였다.

화장실 밖에서 기다리는 것도 머쓱해서 민수는 정재현 형사에게로 향했다. 희성과 연주에게는 강력팀으로 오라고 문자메시지를 남겼다. 재현은 컴퓨터 모니터를 보며 이맛살을 잔뜩 찌푸리고 있었다. 민수가 손으로 모니터를 톡톡 치자 어리둥절해서 쳐다보았다.

"아, 맞다. 오늘이 민재가 보육원 들어가는 날이구나. 희성이가 같이 가주기로 했죠? 하여간 희성이 개도 못 말려요. 때려치운 주제에 기어이 배웅까지 해야겠다니."

"왕성재 형사는요?"

"강재준 진술 받는 중이에요."

강재준이라면 이효진의 전남편이다.

"그래도 광주에서 원남까지 왔네요. 어때 보여요?"

"어이구, 완전 삼류 양아치예요. 대놓고 이효진이 당한 게 속 시원하답니다. 청소부를 존경한다나 어쩐다나, 별 쓸데없는 헛소리만 해요. 민재가 어디로 갔는지 꼬치꼬치 캐묻기나 하고. 뭐라더라, 어쨌든 민경이 동생이니까 얼굴이나 한번 보고 싶다고. 미친놈. 하여간 꼴값을 해요. 강재준보다는 안소연이 범인일 가능성이 더 높지만, 안소연은 계속 출두를 거부하니 쉬운 사람부터 진술받는 거죠, 뭐. 곧 안소연과 정기영에게 영장이 떨어질 것 같아요. 그런데 진짜 정기영의 가스라이팅으로 각각 범행을 저질렀을까요? 너무 믿기 힘든 일이라서……."

"어? 강 형사님 오셨네요?"

어느새 뒤에 왕성재 형사가 와 있었다.

"네. 오늘 민재가 보육원으로 가는 날이라서요."

"아, 그렇지. 그런데 민재는 어디 있어요?"

"멀미하는 바람에 옷을 버려서 희성이가 화장실에서 씻기고 있어요. 이효진은 어때요?"

"아무래도 완전히 정신을 놓은 것 같아요. 하도 화장품을 달라고 졸라서 간호사와 의사들이 안 쓰는 화장품을 주었더니, 하루 종일 화장만 해요. 아마 문신을 가리려고 하는 모양인데, 그게 쉽겠어요? 조현병도 약을 먹으면 낫기도 한다는데, 정확히 예측하긴 어려워요. 부모님이랑 남동생 전부 다 통화했는데, 이효진이라는 이름을 듣자마자 인연 끊었으니 연락하지 말라더군요."

왕성재 형사가 이야기하는 동안 뒤에서 키 큰 남자가 어슬렁거렸다. 처음에는 왕성재 형사에게 용건이 있나 싶었는데, 남자는 대화가 들릴 만한 거리에서 멈춰 어슬렁거렸다. 아무래도 신경이 쓰였다.

"그런데 저분은 누구?"

민수가 한 발자국 떨어진 곳에 서 있는 남자를 눈짓했다. 그제야 성재가 뒤를 돌아보며 살짝 미간을 찌푸렸다.

"아, 강재준 씨. 이제 가셔도 되는데요. 혹시 더 여쭤볼 게 있으면 연락드릴게요."

재준은 성재가 눈치를 주는데도 비뚜름히 서서 민수를 뚫어지게 바라보았다. 민수도 화려한 꽃무늬 셔츠와 꽉 끼는 바지까지 천천히 훑어 내렸다. 후욱, 재준의 입바람에 노란 곱슬머리가 날렸다. 재준은 껄렁하게 고개를 까닥이더니 천천히 돌아섰다. 건방진 눈빛인데, 단순히 기분 나쁜 느낌이 아니었다. 뭔가 더 있었다. 도대체 왜……?

"우리 민재 왔어요."

희성이 민재의 손을 잡고 걸어왔다. 아장아장 걷는 아이는 수척했지만 웃고 있었다. 작별 인사를 하는 성재와 재현의 얼굴에 안쓰러움이 묻어났다. 연주도 민재를 향해 다가왔다.

다 함께 사무실에서 나와 복도를 걷는데, 민재를 알아본 몇몇 사람이 인사를 해서 시간이 걸렸다. 어떤 형사는 오만 원을 꺼내 민재에게 쥐어주기까지 했다.

"뭐 하러 그래요? 돈 쓸 줄도 모르는 아이한테."

"고아원에서 통장 만들어주잖아요. 거기에 저금해달라고 해주세요."

민재는 그새 돈을 입에 넣어 빨고 있었다. 희성은 재빨리 돈을 빼앗아 자기 호주머니에 넣었다.

민수는 현관 유리문을 열고 민재와 희성이 나오기를 기다렸다. 하서경찰서는 산을 깎아 지은 곳이라 본관 건물을 나오면 계단이었다. 희성의 손을 잡고 걸어 나오던 민재가 유리문을 보더니 갑자기 꼼짝하지 않고 버텼다. 아니, 뒷걸음질 치려 했다.

"왜? 왜 그래, 민재야? 신발이 이상한가?"

희성이 살폈지만 문제가 없었다. 결국 희성이 민재를 안아 들었다. 민재가 내려달라고 바둥거렸다.

"이상하네. 왜 이렇게 칭얼대지? 정말 고아원에 가는 걸 아는 모양이네. 민재야, 괜찮아. 내가 같이 갈 거야."

희성이 민재의 머리를 쓰다듬으며 가슴에 꼭 품었다. 민재의 침이 하얀 와이셔츠에 묻었다. 건물 현관으로 나서자 민재의 몸부림이 더 심해졌다.

"민재 착하지? 이러다간 점심때 되겠다. 자, 이거 민재가 제일 좋아하는 거!"

연주가 과자를 꺼내 민재 손에 들려주었다. 과자를 입에 문 민재의 눈에서 눈물이 흘러내렸다. 울면서도 과자는 포기할 수 없는 모양이었다.

"그렇게 몸부림치는데 안고 갈 수 있겠어?"

"어쩔 수 없죠, 뭐."

희성은 전혀 불편한 기색이 없었다. 그저 안타까운 모양이었다.

"너무 더워서 그런가? 제가 먼저 내려가서 자동차 가져올게요."

괜찮다고 말하기도 전에 연주가 계단을 뛰어 내려갔다. 희성은 민재를 껴안고 혹시라도 발을 헛디딜까 조심조심 내려왔다. 민재는 덥지도 않은지 희성의 가슴에 꼭 안겨 있었다. 늦여름 태양에 가만있어도 땀이 줄줄 흘렀다.

"그냥 걸어가게 해."

"여기 계단이 좁고 가파르잖아요. 아직 어린애가 내려가기엔 위험해요."

후우, 한숨을 내쉬며 앞서갔다. 차라리 보지 않는 게 나을 것 같았다.

"여기예요."

연주가 계단 밑에 자동차를 세우고 손을 흔들었다. 민수는 앞서가서 뒷문을 열었다. 에어컨 바람이 서늘했다. 마침내 희성이 계단을 모두 내려왔다. 희성이 유아용 시트에 민재를 앉히려고 가슴에서 살짝 뗀 순간, 누군가가 옆에서 달려들었다. 희성은 넘어지면서도 민재를 안은 채 재빨리 웅크렸다. 하지만 재준의 칼을 피하기에는 늦었다. 욱, 소리와 함께 희성의 등에서 피가 솟구쳤다. 민재가 놀라서 울음을 터뜨렸다. 계단을 내려오던 형사 몇 명이 급하게 달려왔다. 재준은 쏜살같이 도망쳤다.

"난 괜찮으니 저놈 쫓아가요!"

민수는 희성의 말을 무시하고 휴대폰을 꺼냈다. 119 버튼을 누르는 손이 부들부들 떨렸다. 다행히 정문에서 상황을 인지한 듯 이미 철제 정문이 닫히고 경찰들이 재준을 막아섰다. 건물에서 형사와 경찰이 쏟아져 나왔다. 재준은 방향을 바꾸어 낮은 펜스 쪽으로 달렸지만 넘기도 전에 포위당했다.

"앰뷸런스 곧 올 거야."

"뭐 하러 앰뷸런스를 불러요? 쪽팔리게. 그냥 스치기만 했어요. 다행히 뼈나 장기는 멀쩡한 것 같아요."

"네가 의사야? 그걸 어떻게 알아? 도대체 왜……."

희성이라면 충분히 피할 수 있는 상황이었다. 재준은 분명 민재를 공격하려 했다. 만약 민재가 품에 안겨 있지 않았더라면……. 차마 그 말은 하지 못했다. 몸을 피했던 연주가 달려왔지만 아이는 희성의 목을 놓지 않았다. 연주가 겨우 달래서 민재를 떼어놓았다.

"아이 씨, 팔찌 잃어버렸을 때부터 뭔가 찜찜하더니. 수호 팔찌가 없어서 재수 없는 일이 생겼나 봐요. 도대체 어디에다 놔두고 온 건지."

구급상자를 들고 온 사람이 등을 붕대로 감아 지혈하는 동안 희성은 왼쪽 손목을 문지르며 투덜거렸다. 그러고 보니 익숙한 나자르 본주 팔찌 대신 시계를 차고 있었다. 멀리서 앰뷸런스 소리가 들려왔다.

"민재가 많이 놀란 거 같아 걱정이네요."

좀 떨어진 곳에서 연주가 민재를 달래고 있었다. 악을 쓰며 버둥거리는 민재 때문에 연주는 몇 번이나 고꾸라질 뻔했다. 사방에서 구경꾼이 몰려들었다.

"어린아이들은 육감이 날카롭다고 하더니 민재가 뭔가 느꼈나봐요. 순한 아이가 이상하게 건물에서 나오기 싫다고 칭얼거렸잖아요. 신기하네. 그렇죠?"

"말하지 말고 가만있어. 상처 벌어져."

붕대가 피에 젖는데도 희성은 별 반응이 없었다. 마치 고통을 느끼지 못하는 것처럼 보였다.

"앰뷸런스 곧 올 테니 걱정 말고 민재한테 가요. 연주 씨 혼자 너무 힘들어요."

"말도 안 되는 소리!"

"연주 씨가 운전하는 동안 민재를 달래줄 사람이 필요해요. 아직 미열이 있는데 놀라기까지 했으니 경기할 수도 있어요. 낯선 사람에게 맡기고 싶지 않아요. 그래도 얼굴 아는 선배가 함께 가주는 게 좋겠어요."

희성은 앰뷸런스에 타면서도 고집을 부렸다. 결국 민수가 고개를 끄덕였다.

민재는 다행히 자동차가 움직이기 시작하고 얼마 지나지 않아

울음을 멈췄다. 홀쩍거리긴 했지만 좀 안정된 듯했다. 휴지로 눈물, 콧물을 닦아주었다. 우느라 지쳤는지 눈꺼풀이 천천히 내려앉았다.

"신기하죠? 이상하게 자동차만 타면 자더라고요. 다른 아기들도 많이 그래요. 약간씩 흔들리는 게 안정감을 주나 봐요."

원남시를 벗어나기도 전에 희성에게서 전화가 왔다. 자신은 괜찮다며 오히려 민재를 걱정했다. 민재를 깨울까 봐 짧게 통화를 끝냈다. '이천'이라는 표지판이 보일 무렵 민재가 깨어 칭얼거렸다.

"위탁모 일을 하면서 민재처럼 얌전한 아이는 처음이었어요. 아침 일찍 깨서도, 배가 고파도, 놀다가 넘어져도 칭얼거리지 않아요. 학대받고 자란 아이들의 특징이죠. 울면 더 맞으니까. 그런데 이상하게도 요 며칠 동안은 투정이 심하네요. 아마 낯선 곳으로 보내진다는 걸 아나 봐요."

민재는 자동차 시트가 답답한지 자꾸 벨트를 풀고 일어나려 했다. 억지로 앉히려고 실랑이를 하는데 아이의 발목에 채워진 발찌가 보였다. 나자르 본주가 달랑거리는 발찌는 익숙했다. 희성이 녀석, 민재에게 주고는 잃어버렸다 생각한 모양이다.

하여간 그놈의 건망증! 슬그머니 체인 고리를 풀려고 하는데 민재가 조그만 손으로 발목을 움켜쥐었다.

"내 거야!"

낯선 사람에게 입을 여는 법이 없던 아이는 민수를 노려보았다.

"착하지. 이거 희성이 삼촌 거잖아. 넌 다른 걸 사줄게."

"내 거야."

"희성이 삼촌 거잖아. 희성이 삼촌이 자기 부적이라고 아끼는 건데 그걸 너한테 췄을까? 네가 신기해하니까 잠시 빌려준 거야. 그러니까 희성이 삼촌한테 돌려주자."

민재는 입을 꼭 다물고 아무 말 하지 않았다.

"뭔데요?"

연주가 룸미러로 쳐다보며 물었다.

"민재가 차고 있는 발찌, 이 형사 거예요. 아이가 신기해하니까 잠시 채워준 모양인데, 민재가 안 주려고 고집이네요."

"어? 그 발찌, 민재를 처음 보던 날부터 있었는데요?"

그럴 리가! 그날 희성은 늦잠을 자서 지각했고, 하서경찰서로 곧장 와서 회의에 참석했다. 희성이 회의 중 민재의 안부를 물었고, 희성다운 질문이라 생각했던 기억이 선명했다. 분명 연주가 착각했을 것이다. 괜히 따져 묻는 것도 우스울 만큼 사소한 일이었고, 유아용 시트에서 자꾸 일어서려는 민재를 달래느라 바빠 그냥 넘겼다. 민재는 보육원에 도착하자마자 숨이 넘어가게 울었다. 얼굴이 빨개지도록 우는 아이에게서 나자르 본주를 빼앗을 수는 없었다.

9-3

"지난달, 한인걸이 12년의 형기를 마치고 출소하면서 13세 미만 아동을 대상으로 하는 성범죄의 처벌을 강화하자는 목소리가 높아지고 있습니다. 아동 성범죄 피해 건수는 매년 지속적으로 증가해 2019년에는 1,217건이 발생했습니다. 또한 폭력과 절도, 경제사범의 재범률과 비교할 때 성범죄자의 재범률이 더 급격한 증가 추세를 보이고 있는 것도 문제입니다. 2019년 말 기준, 법무부의 성폭력 사범 심리치료 프로그램을 이수한 출소자의 재복역률은 4년 평균 16.6%로 집계되었습니다. 이는 성폭력 사범 10명 중 2명은 재복역한다는 의미입니다. 법무부 범죄예방정책국의 성범죄자 신상 등록 현황에 따르면, 신상을 재등록한 범죄자 중 62.4%, 즉 10명 중 6명이 3년 이내에 다시 성범죄를 저지릅니다. 다른 범죄보다 성범죄의 재범률이 높은 것은 여러 가지 요인이 복합적으로 작용한 결과입니다.

하지만 일명 청소부라 불리는 범인이 나타난 뒤, 성폭력 출소자들의 재범률이 갑자기 감소하기 시작했습니다. 강력한 처벌이 얼마나 범죄 예방효과가 높은지 보여주는 단적인 예라 할 수 있습니다. 청소부는 피해자의 신체 일부를 훼손하거나 눈을 멀게 하는 등 잔인한 범행을 저질렀지만, 그 피해자가 과거에 제대로 처벌받지 않은 범죄자였으며, 청소부가 나타난 뒤 범죄율이 감소했다는 사실 때문에 비난보다는 호감을 얻고 있습니다. 그렇다면 범죄 없는 사회를 위해서는 정말 강력한 처벌만이 답일까요? 전문가의 의견 들어보겠습니다."

텔레비전을 껐다. 반복되는 이야기가 지겨웠다. 찬사에 들뜨지도, 비난에 흔들리지도 않았다. 하지만 자신들의 기준으로 나를 정의하고 판단하는 소모적인 목소리가 끈적하게 달라붙어 머릿속을 지저분하게 만들었다.

화살표 버튼을 누르자 환자용 침대가 뒤로 젖혀져 수평이 되었다. 조금 불편할 뿐 아프지 않았다. 육체적 고통은 나를 괴롭히지 못한다. 나는 아주 오래전에 나의 상처를 나에게서 분리하는 방법을 익혔다. 나에게서 벗어나면 감각은 마비되고 감정은 증발해 현실에서 멀어진다. 그러면 현실이 견딜 만했다.

9-4

늦은 시간이라 잠들었을 거라 생각했는데, 희성은 침대 위에 앉아 있었다. 등이 아파 기댈 수 없어서인지 꼿꼿하게 앉아 있는 모습이 너무 멀쩡해 보여 걱정한 게 민망할 정도였다. 민수는 가져온 쇼핑백을 희성에게 내밀었다.

"사 올 게 이거밖에 없더라."

"푸후후, 진짜 내가 환자 같네. 그냥 스친 거라니까요. 오늘 하루만 입원하는 건데, 뭐 하러 병문안까지 와요?"

"병원에 입원했으면 다 환자지."

희성이 버튼을 누르자 침대에 딸린 테이블이 자동으로 올라왔다.

"와, 요즘 병원은 정말 최신식이구나."

"신기하죠? 저도 놀랐다니까요. 1인실만 이런 줄 알았더니 6인실도 침대는 똑같대요. 그런데 무슨 두부를 이렇게 잔뜩 샀어요? 선배가 두부를 이 정도로 좋아한 것 같지는 않은데? 누구 아는 사람이 두부 가게라도 열었어요?"

"병원 안 상가에 두부요리 전문점이 있더라고. 단백질이 환자한테 좋대. 넌 고기를 안 먹으니 두부라도 먹어."

희성이 빤히 바라보았다. 오늘따라 황금빛 눈동자가 옅어 보였다. 민수가 먼저 눈을 돌렸다. 쇼핑백을 열어 일회용 플라스틱 도시락통을 꺼냈다. 도시락 뚜껑을 열어 차례차례 놓으니 테이블이 꽉 찼다. 둘이 먹기에는 많다 싶은 양이었다. 젓가락을 건네주자 희성이 두부 샐러드부터 집었다. 꽤 오랫동안 둘은 말없이 먹기만 했다. 침묵이 버거운지 희성이 텔레비전을 켰다. 또 청소부 특집 르포 프로그램이었다.

"강재준 얘기는 들었지?"

희성은 고개를 끄덕였다. 강재준은 강민경의 복수를 위해 민재를 공격하려 했다고 진술했다. 언제나 인간의 감정은 이해하기 힘들다. 강민경이 살아 있을 때는 없었던 부성애가 죽고 나서 갑자기 생겨났을 리는 없다. 그저 딸을 핑계로 세상에 화풀이를 하는 것뿐이었다. 분노조절장애 환자의 진정한 범행 동기는 딱 하나, 자신 안의 분노를 쏟아내는 것이다. 나머지는 다 핑계고 변명이다.

"청소부 사건이 어떻게 되어가는지 안 궁금해?"

"대외비 아니었어요?"

"미제로 넘어갈 것 같아."

"정기영은요?"

"거짓말탐지기나 뇌검사에서도 아무것도 안 나오고, 가스라이
팅했다는 증언도 증거도 없으니 기소는 불가능해. 나도 더 이상은
청소부에 집착하지 않으려고."

희성은 고개만 끄덕였다.

"그러니까 돌아와. 아직 사표 처리 안 됐어. 내가 곧바로 사직 처
리하지 말고 연가로 해달라고 서장님께 부탁드렸거든. 서장님도 네
가 아까운지 선선히 허락하셨어. 너 아직 안곡경찰서 강력팀이야."

희성이 힘없이 웃으며 고개를 저었다.

"꼭 청소부 때문에 그만두겠다는 건 아니에요. 그냥 많이 지쳤
어요. 걱정하지 말아요. 선배는 좋은 파트너 만날 겁니다. 제 별명
이 선무당인 거 알죠? 좋은 사람이 보여요."

희성이 눈을 살짝 감고 웃으며 말했다. 하지만 민수는 농담에도
웃을 수 없었다. 좋은 사람이라⋯⋯. 후우, 한숨만 나왔다. 희성은
민수의 한숨을 모른 척하며 시선을 피했다.

"벌써 자정이 넘었네요. 이제 자야겠어요."

"그래."

민수는 주섬주섬 테이블을 치우고 일어섰다.

"내일 퇴원 수속할 때 올게."

희성은 고개를 저었다.

"아뇨, 그러지 말아요."

"어차피 급한 일도 없고……."

"후우, 결국 더 이상 모른 척하지 못하게 만드네요."

민수가 놀라서 희성을 바라보았다. 희성은 민수와 눈을 맞추고 한참을 기다렸다. 황금빛 눈동자가 서늘했다. 조심했는데 결국 들킨 모양이다. 희성은 천천히 고개를 저었다.

"좋은 사람 만날 거예요. 그러니까 그만해요."

민수는 이를 악물었다. 턱이 덜덜 떨렸다. 희성은 말끔한 얼굴이었다. 급히 시선을 돌렸다.

"정말 미안해요."

뭐가? 하고 모르는 척 묻고 싶었다. 그렇게 모른 척 곁에 있고 싶었다. 하지만 목소리가 나오지 않았다. 누가 목을 조르는 것처럼 숨 쉬기조차 힘들었다. 그저 희성의 나자르 본주 귀걸이만 바라보다 이내 뒤돌아섰다. 발걸음이 무거웠다. 병실 자동문이 열렸다. 민수는 한낮처럼 밝은 복도를 바라보며 망설였다.

"기다릴게. 돌아와."

희성은 대답하지 않았다. 문을 나서자 등 뒤로 자동문이 닫힌다. 젓가락질하던 희성의 빈 손목이 눈에 밟혔다. 나자르 본주 팔찌도 시계도 없는 팔목에는 희미한 흉터가 남아 있었다. 팔목을 그은 흔적이었다. 희성은 굳이 숨기려 하지 않았다. 그래서 민수는 따져 묻지 않았다. 민재는 나자르 본주를 만지며 중얼거렸다. 이모, 예뻐! 민재에게 이모는 없었다. 이모, 좋아! 민재의 목소리가 신경을 살살 긁었다.

민수는 답답한 가슴을 두드렸다. 억지로 먹은 두부가 소화되지 않고 들러붙은 것 같았다. 말도 안 되는 추측이었다. 아니, 추측이 아니라 엉뚱한 상상이었다. 그럴 리 없었다. 그러니 더 알아볼 필요도 없었다. 괜찮다. 자신을 달래며 가슴을 두드렸다. 괜찮다. 괜찮다. 괜찮다.

9-5

최악의 순간에 죽음을 선택하는 사람들을 많이 보았다. 그들은 사채에 쪼들려 다리에서 뛰어내리고, 직장을 잃고 방황하다 수면제를 집어 삼키고, 연인과 헤어진 절망감에 연탄불을 피운다. 가난하고 무식한 나의 이웃들. 그들의 자살은 누구에게나 이해 가능한 선택으로 받아들여졌다.

"나 같아도 죽고 말지, 그렇게 살아서 뭐 하겠어?"

고독사하거나 자살한 이웃들은 대부분 무연고 시신으로 처리된다. 운 좋으면 며칠, 운 나쁘면 몇 달 뒤에 발견되어 경찰에게 실려나가는 이웃을 보며 동네 사람들은 통곡한다. 이웃의 죽음이 슬퍼서가 아니라 자신에게 닥칠 비슷한 미래가 두려워서다.

그런 비참한 죽음을 접할 때마다 다짐했다. 나는 절대로 최악의 순간에 죽지 않으리라. 절망이나 좌절 따위의 감정에 휘둘려 떠밀리듯 어쩔 수 없이 죽음을 선택하지는 않으리라.

신이나 운명 따위가 내 죽음을 결정하도록 내버려두는 것은 더욱 용납할 수 없었다. 무능력하고 무기력한 인간들이나 늙고 병들어 고통스러워도 자연적 죽음을 기다리는 법이다.

나의 죽음을 결정할 권리는 오로지 나만의 것이다. 내 죽음은 나의 이성이 합리적으로 판단한 바로 그 순간에, 철저한 나의 자유의지로 결정되어야 했다. 내 삶을 기어이 살아낸 나는 우아하고 평화로운 죽음을 맞을 자격이 충분하다.

디그니타스, 엑시트 인터내셔널, 모르핀 직장 투여, 번개탄, 투신, 비활성기체, 지하철, 동맥 절단, 니코틴, 쿠라레, 오두, 부륜당가, 초산 스트리크닌, 만드라고라, 벤조디아제핀, 독시라민, 디펜히드라민, 세코바르비탈, 펜토바르비탈, 청산가스, 보툴리늄 톡신, 디기톡신, 부동액, 모르핀, 디펜히드라민, 베큐로니움 브로마이드. 케루빔, 클로랄 하이드레이트, 염화칼륨, 메토헥시탈, 시안화칼륨, 티오펜탈과 알쿠로늄, 티오펜탈과 판쿠로늄, DDMP⋯⋯.

나는 죽을 수 있는 방법을 수없이 많이 알고 있다. 황홀하게 죽는 법, 찰나의 순간에 죽는 법, 천천히 죽는 법, 깔끔하게 죽는 법⋯⋯. 하지만 내가 원하는 단 하나의 조건은 꽤 까다로웠다. 나의 죽음을 누구에게도 알리고 싶지 않았다. 세상에서 완벽하게 사라지고 싶었다. 어리석은 인간들이 감히 내 자살 이유를 오해할 가능성은 차단해야 했다. 무가치한 감정 따위로 나의 이성적 판단이 모욕당하는 것은 견딜 수 없었다.

9-6

아직 새벽이어서 아파트 흡연 구역에는 아무도 없었다. 민수는 멍하니 벤치에 앉아 내리는 빗줄기를 바라보고 있었다. 까맣던 하늘이 서서히 회색빛을 드러냈다. 출근 시간이 가까워오면서 사람들이 하나둘씩 왔다가 사라졌다. 민수는 텅 비어버린 담뱃갑을 손에 쥔 채 사람들이 피우는 담배연기가 흩어지는 것을 멍하니 바라보았다. 사실 눈동자의 초점이 맞지 않아 보고 있으면서도 보이지 않았다. 그저 고개가 담배연기 쪽을 향했을 뿐이다.

더위가 아직 가시지 않은 데다 습도가 높아서 축축한 옷이 몸에 달라붙었다. 수면을 취하지 못한 머리가 둥둥 울렸다. 누나가 죽었다. 이제는 아무도 민수에게 복수를 말하지 않을 것이다. 하지만 억눌렀던 복수심이 성큼 다가와 목을 조르는 것만 같았다.

우승현은 같은 반 여자아이였다. 또래 남자아이보다 덩치가 좋고 싸움을 잘해서 학년 짱이었다. 겁이 많고 소심한 민수와는 어울릴 일이 없었다. 문제는 우승현과 같은 반이 되고 나서 벌어졌다. 초등학교 2학년 3월 내내 승현은 시간이 날 때마다 민수를 괴롭혔다.

"너네 아버지가 경찰이라고 자랑했다면서? 깡패 새끼 주제에!"

쉬는 시간과 점심시간이 가장 두려웠다. 어떻게든 가족에게는 비밀로 하고 싶었다. 그런데 6학년이던 누나가 복도를 지나가다 민수가 괴롭힘당하는 장면을 목격했다. 누나는 친구들과 몰려와 승현을 두들겨 팼다.

다음 날, 누나는 하굣길에 승현 아버지에게 끌려가 성폭행을 당했다. 어기적어기적 기다시피 하며 집으로 돌아온 누나를 보고 아버지는 눈이 돌아버렸다. 아버지는 곧장 부엌 식칼을 찾아 손에 들고 교회로 달려갔다. 승현 아버지는 교회 집사라 근무하지 않을 때는 교회에 살다시피 했다.

비리 경찰과 조폭 중간 보스, 둘은 보자마자 엉겨붙었다. 둘 사이에 저속하고 비열한 욕설이 오갔다. 엎치락뒤치락 싸우는 둘을 말릴 수 있는 사람은 아무도 없었다. 아무리 불러도 목사님은 나타나지 않았다. 교회의 아름다운 스테인드글라스에 칼날이 아름답게 빛났다. 칼날은 민수 아버지를 향했다가 승현 아버지를 향했다가 하며 반짝였다. 승현 아버지가 식칼을 빼앗아 휘두른 순간, 누나가 싸움을 말리려고 끼어들었다. 누나의 등을 가르고 나간 칼날은 아버지의 배를 쑤셨다.

아버지는 혼수상태로 일주일을 버티다 세상을 떠났다. 누나는 척수를 다쳐 하반신마비가 되었다. 어머니는 화병으로 시름시름 앓다 세상을 등졌다. 승현 아버지는 누나의 성폭행에 대해서는 증거불충분으로 무죄판결이 났고, 아버지의 죽음에 대해서는 정당방위라는 이유로 집행유예 2년에 징역 1년형이 선고되었다.

'잊어라. 잊어버려라. 용서해.'

고개를 끄덕이며 어머니의 눈을 감겨드렸다. 이성적이고 합리적인 선택이었고 어머니의 유언이었다. 하지만 언제나 답답했다.

'내가 죽으면 절대 내 눈을 감기지 마. 지옥문 앞에서 그 인간들 기다려야 하니까. 네가 못하겠다면 내가 해! 죽어서라도 복수하고 말 거야.'

누나는 언제나 말했던 것처럼 두 눈을 뜬 채 죽었다. 차마 눈을 감기지 못했다. 장의사가 이상한 눈으로 바라보았지만 특별요금이라는 말에 누나의 눈을 감기지 않고 염을 했다.

경찰이 되고 나서는 무엇보다 먼저 승현에 대해 알아보았다. 승현의 결혼식에도 몰래 갔다. 승현의 첫딸도 태어나자마자 신생아실에서 훔쳐보았다. 가끔 승현의 딸 근처를 맴돌았다. 어떤 날은 승현의 딸이 놀이터에서 다른 아이에게 모래를 던졌다. 또 어떤 날은 그네를 타는 아이를 밀어 넘어뜨리고는 신나게 그네를 탔다. 엄마를 꼭 닮은 아이를 물끄러미 바라보며 주먹을 쥐곤 했다.

승현의 딸은 올해 초등학교 2학년이 되었다. 민수가 지긋지긋한 상처를 입은 나이다. 민수는 아파트 공동현관으로 나오는 아이를 바라보았다. 그새 좀 자라 있었다. 아이가 아파트 바로 앞에 있는 초등학교로 향했다. 민수는 호주머니에 손을 넣고 아이를 따라갔다. 아이의 머리 위로 노란 은행잎이 떨어진다. 이제 가을이 오는 모양이다.

9-7

≫ 10일 전

인간과 똑같은 방법으로 안락사를 해준다는 동물병원을 알게 된 건 3년 전이었다. 출근길, 치매 어머니를 버린 딸이 체포되는 것을 구경하려고 사람들이 도로까지 점령해버려 자동차들은 거의 멈추다시피 했다. 자동차 창문 밖으로 고개를 빼고 상황을 살피는데, 사람들의 대화가 또렷이 들렸다. 갑작스럽게 귀를 파고든 목소리가 선명했다.

"아이고, 몇 십 억짜리 주상복합 살면서 너무했네. 한겨울에 얼어 죽으라고 구원남 공사장에 버리고 온 게지."

"요양원에 내는 돈이 아까웠나 보지. 저 집 여자가 은근히 짠순이잖아."

"개새끼는 안곡 동물병원에서 200만 원이나 주고 사람과 똑같은 방법으로 안락사를 시켰다고 자랑하더니만, 쯧쯧. 정작 자기를 키워준 어머니 병원비는 아깝다니, 인간도 아냐."

애완동물 안락사가 증가하면서 마취제 유통량도 증가했다. 마취제 없이 근육이완제만 사용하면 동물이 고통으로 신음하며 죽어가는 상황을 지켜봐야 한다. 주인들은 반려동물의 마지막 평화를 위해 인간 안락사와 같은 수준의 의료 서비스를 요구했다.

속는 셈치고 안곡 동물병원장의 국제 우편목록을 조사했더니 발송국이 모두 멕시코였다. 스위스를 비롯한 유럽의 자살 조력업체들은 보통 서류심사에서부터 허가가 날 때까지 1년 정도의 기간이 걸린다. 게다가 비용도 만만치 않고 동행자를 요구하는 등 조건도 까다롭다. 그런데 멕시코의 개인병원 의사는 불면증이라는 단 한마디에 넴뷰탈이나 세코날을 처방해준다. 넴뷰탈은 펜토바르비탈나트륨 성분, 세코날은 세코바르비탈 성분의 약품명으로 모두 안락사를 위해 사용된다. 현금 30달러만 내면 누구나 세코날이나 넴뷰탈을 손에 쥘 수 있었다.

넴뷰탈은 판매하는 나라도 많았다. 수요가 있으면 공급도 있기 마련이다. 다크웹이나 SNS에는 넴뷰탈 판매 광고가 버젓이 올라왔다. 대부분은 사기였다. 가상화폐로 결제하자마자 계정이 사라졌다. 넴뷰탈은 커피포트만 있으면 집에서 만들 수 있을 만큼 제조 방법이 간단해 가격이 쌌다. 하지만 유럽의 자살 조력업체는 도시 하나를 통째로 잠들게 만들고 작은 시골 마을 몇 개를 서비스로 죽일 수 있을 정도의 가격을 요구한다. 모든 경제법칙을 단숨에 무시하는 초저비용 초고이익 블루오션 사업이다.

생명의 가치 따위는 돈의 절대적 가치와 비교가 불가능했다. 죽음마저도 편안하고 안락하려면 돈이 필요하다. 그게 자본주의 사회다. 결국 업체에서 거절당한 사람들이나 기다릴 여유가 없는 사람들,

가난한 사람들은 죽기 위해 머나먼 멕시코까지 찾아가기도 한다.

언젠가는 넴뷰탈이 필요할지 모른다는 예감이 들었다. 나쁜 일에 관한 한 내 예감은 틀리는 법이 없었다. 그래서 안곡 동물병원의 소식에 주의를 기울였다. 안곡 동물병원은 동물 안락사로 유명해지면서 돈을 많이 벌어 건물까지 세우고 확장 이전했다.

안곡과 광주 오포읍의 경계인 태재고개를 넘어가자 어둠이 짙어졌다. 고층아파트의 불빛이 없는 2차선 도로는 점점 어두워졌다. 비싼 월세를 감당하지 못해 안곡에서 밀려난 사람들이 모여들면서 시골 마을은 다세대 빌라촌으로 변신했다. 아무 계획 없이 지어진 다세대 빌라 사이의 좁은 길은 미로보다 복잡하고 어지러웠다. 방범용 CCTV는 고사하고 가로등 하나 없는 골목길에 주차하고 빌라촌을 빠져나왔다.

최근에 지어 외양이 깔끔한 건물의 1층 전면 유리창으로 투명 박스 안에 잠든 어린 동물들이 보였다. 강아지, 고양이, 도마뱀, 햄스터, 다람쥐……. 휴대폰 앱으로 사설 경비업체의 보안 시스템을 해제하는 것은 시시하리만큼 손쉬웠다.

동물들을 깨우지 않으려 더듬거리며 어둠을 헤치고 계단을 올랐다. 계단 벽쪽에는 애완동물 사료, 장난감 등이 전시돼 있었다. 유리문으로 구분된 3층 동물병원으로 들어서면서 휴대폰의 손전등을 켰다. 입원실과 수술실 사이, '관계자 외 출입금지'라는 안내문이 붙은 문은 잠겨 있지도 않았다.

한림제약에서 판매하는 엔토발 상자가 잔뜩 쌓여 있었다. 가장 손쉽게 구할 수 있는 마취제 중 하나다. 하지만 엔토발은 2ml 앰플에 겨우 100mg의 펜토바르비탈나트륨이 들어 있을 뿐인 데다 주사용이었다. 급여 의약품이라 건강심사평가원과도 관련이 있어 몰래 빼돌리기 힘든 약품이기도 했다.

EMS 운송장이 붙은 커다란 상자는 개봉도 하지 않은 상태로 약품 냉장고 뒤편에 숨겨져 있었다. 접착 테이프를 뜯어내니 빨간 줄무늬 상자가 가득했다. 펜토바르비탈 이니엑터블, 가축용 넴뷰탈이었다. 가축용 넴뷰탈 한 병에는 6.5g의 펜토바르비탈나트륨이 들어 있다. 치사량이 9g이니 두 병을 마시면 즉사할 것이다.

≫ 9일 전

해수를 끓여 농축시켜서 간수를 만들었다. 간수에 암모니아와 이산화탄소를 흡수시킨 뒤 가열하니 탄산나트륨이 하얗게 석출되기 시작했다. 금속 나트륨 조각의 표면을 탄산나트륨으로 코팅해 크리스털 병에 담았다. 처음 진단을 받고 석 달치의 월급으로 산 크리스털 병 5종 세트 중 가장 큰 병이었다.

어떤 폭탄을 만들까 많이 고민했다. 안곡 북고등학교에서 나트륨을 훔치면서 다른 화학약품도 훔쳤다. 염소산이나 과망간산칼륨에 설탕만 섞어도 건물 하나쯤은 날려버릴 폭탄을 간단히 만들 수 있다. 하지만 폭발의 흔적을 남기고 싶지는 않았다. 나트륨을 코르크로 감싸고 산으로 녹이는 방법도 고려했지만, 녹는 데 시간이 너무 오래 걸렸다.

병을 흔들자 물에 닿는 순간 폭발할 덩어리가 흔들리며 빛을 반사한다. 탄산나트륨이 물에 모두 녹으면 속에 있는 나트륨이 드러나 물에 닿게 된다. 나트륨은 물과 반응해 열을 내면서 수산화나트륨과 수소로 변한다. 수소가 공기에 닿는 순간 폭발이 일어난다. 수산화나트륨은 물에 녹아 희석되므로 폭발물 흔적이 남지 않는다.

≫ 8일 전

S대학교 지하철역에서 내려 5513번 버스를 타고 농생대에서 하차했다. 한밤중인데도 S대학교 약학대학 건물인 20동과 21동에는 드문드문 불이 켜져 있었다. 다행히 U0126* 연구실 창문은 어둠에 싸여 있었다. 흰 가운을 입고 복도를 활보하는 나를 눈여겨보는 사람은 아무도 없었다. 오래된 디지털 도어락에 지문 가루를 뿌리고 자외선 조명을 비추자 잔류지문이 남아 빛났다. 투명박스 안의 하얀 생쥐들만이 연구실을 지키고 있었다.

MEK 인히비터(Inhibitor) U0126은 해외 인터넷 사이트에서 40만 원 정도면 구입이 가능하지만 통관 시 문제가 될 수도 있었다. U0126 5mg 병을 가져온 백팩에 가득 담았다. 나의 모든 기억

---

* 강력한 선택적 억제제로 기억상실을 유발한다. 쥐를 대상으로 연구한 결과, U0126을 복용한 쥐는 공포의 기억은 상실하면서도 다른 기억에는 문제가 없었다(뉴욕대 신경과학센터). U0126이 편도체의 뉴런 간의 작용을 방해해 기억을 지우거나 다른 기억으로 변형하는 것으로 추측된다. - (스미스 K, "Wipe out a single memory", 〈네이처〉)

을 지우고 떠나고 싶었다.

≫ 7일 전

안곡백화점의 주류 판매 코너에는 꽤 많은 종류의 보드카가 있었다. 여자 직원이 신나서 설명하며 이것저것을 권했다. 벨루가, 스미르노프, 루스키 스탄다르트, 스톨리츠나야를 선택했다. 판매원은 미니 보드카 몇 병도 서비스로 주었다.

넴뷰탈은 고약한 맛이 나기 때문에 에탄올이나 도수가 높은 술에 섞어 마셔야 한다. 보드카는 보통 40도 정도지만 최고 95도까지 다양한 도수로 판매된다. 냉동실에 보드카를 넣었다. 보드카는 차가워야 그 맛을 제대로 느낄 수 있다.

≫ 6일 전

냉동실에서 보드카를 꺼내 시음해보았다. 얼음보다 시린 액체가 식도를 따라 내려가면서 뜨거워지는 느낌이 괜찮았다. 벨루가가 마시기에 가장 수월했다.

벨루가 100ml, 가축용 넴뷰탈 2병, 설탕 시럽, 복숭아맛 인공감미료를 섞어 크리스털 병에 넣었다. 가장 중요한 과정이 끝났다. 다시 냉동실에 병을 넣어두었다.

≫ 5일 전

설탕과 물, 넴뷰탈을 섞어 중불에서 끓였다. 온수를 섞은 다음 바로 틀에 부었다. 전자레인지에서 우유 200ml를 데워 설탕을 넣고 녹였다. 달걀을 풀어 우유에 섞으며 바닐라 에센스를 2방울 넣었다. 체에 거른 뒤 틀 위를 쿠킹포일로 덮어주었다. 틀을 오븐용 냄비에 담고 물을 절반 정도 잠길 만큼 넣었다. 140℃에서 40분쯤 구운 뒤 나무 꼬치로 찔러보니 아무것도 묻어나지 않았다. 식혀서 냉장실에 넣어두었다. 커스터드푸딩은 냉장실 문을 열 때마다 탱글탱글 흔들렸다.

≫ 4일 전

비가 내렸다. 이제 가을이 시작되려는지 서늘했다. 안곡백화점에서 수제 요구르트와 유기농 딸기를 사 왔다. 딸기를 으깨 냄비에 넣어 졸였다. 잼이 눌어붙지 않도록 저어주는 틈틈이 거품을 걷어내느라 불 옆에 오래 있었더니 금세 지쳤다. 설탕과 레몬즙, 넴뷰탈을 넣고 약한 불에 다시 졸였다. 식혀서 뜨거운 물로 소독한 병에 담으니 붉은빛이 예뻤다. 달콤한 딸기향이 눅눅한 집안에 가득했다. 빗물이 흘러내리는 거실 창문을 멍하니 오래도록 바라보았다.

≫ 3일 전

아무것도 하지 않고 방바닥에 누워 있었다.

≫ 2일 전

7시 30분, 중고물품을 처리해주는 업체에서 왔다. 집주인은 전

세금을 돌려주기 위해 와서는 어디로 이민 가냐, 혼자 가냐고 쓸데없는 질문을 해댔다. 대충 대꾸해주었다. 어차피 다시 보지 않을 사람이었다. 18평 아파트에는 이제 가장 큰 사이즈의 하드캐리어와 나만 남았다.

≫ 24시간 전

H호텔 스위트룸을 결제했다. 서비스는 부담스러우리만큼 훌륭했다. 침대는 내가 원하던 그대로였다. 네 개의 기둥에 레이스로 된 캐노피가 둥글게 말려 묶여 있었다. 어린 시절 좋아하던 동화책에서 나오던 침대였다. 한 번도 동화를 믿지 않았다. 그래도 동화를 꿈꾸었다. 탄생에서부터 달라지는 운명을 무시하고 뛰어넘고 싶었다.

≫ 12시간 전

구토 방지제인 조프란을 삼켰다. 목이 칼칼했다. 물을 마시려고 냉장고 문을 열었다. 괜스레 아이스박스를 열어 다시 확인했다. 보드카, 푸딩, 잼, 요구르트가 반짝였다.

≫ 2시간 전

정확히 주문한 시간에 노크 소리가 들렸다. 카트에 실린 아침 뷔페는 제법 다양했다. 이상하게 목에 메어 음식이 넘어가지 않았다. 부드러운 빵을 스프에 적셔 삼켰다.

≫ 1시간 전

작은 어촌 마을 입구에 들어서자 비린내가 훅 코를 찔렀다. 2년 전 연쇄강간 살인범이 숨어든 마을이었다. 당시 이곳에 살고 있던 할머니 두 명의 사망신고를 끝으로 마을은 사라졌다. 해안가는 썩어가는 그물과 부서진 배 두 척이 지키고 있었다. 혹시 몰라서 마을을 한 바퀴 돌아보았다. 아무도 없었다.

비스듬히 경사진 항구의 끝, 등대도 비어 있었다. 관리되지 않아 곳곳이 파이고 부서진 시멘트 바닥의 끝을 향해 자동차가 덜컹거리며 움직였다.

≫ 그리고 지금

다이어리를 펼치고 내가 해야 할 일을 다시 한번 확인했다. 만약의 경우에 대비해 몇 번이나 확인한 목록을 다시 체크했다. 캐리어에서 아이스박스를 꺼내 조수석에 놓아두었다. 낑낑대며 캐리어를 모래밭으로 옮겼다. 노트북, 휴대폰, 수십 권이 넘는 다이어리 그리고 내가 세상에 존재했다는 증거가 모두 캐리어 안에 있었다. 휘발유를 뿌리고 불을 질렀다. 나의 삶이 빛을 내며 불타올랐다. 한참을 멍하니 불꽃만 바라보고 있었다.

불꽃이 사라지는 순간, 머릿속이 갑자기 텅 비어버렸다. 놀라서 주위를 둘러보았다. 아무도 없는 바닷가, 파도 소리가 크게 들렸다. 온몸에 소름이 돋았다. 미친 사람처럼 주위를 둘러보았다. 도대체 여기가 어디지? 내가 뭘 하고 있었지? 털썩 주저앉았다. 무의식적으로 손을 들어 얼굴을 감싸는데 손바닥에 쓴 글씨가 보였다. 깨알같이 빼곡한 글자는 내가 해야 할 일을 알려주고 있었다. 그제야 내가 뭘 하고 있는지 깨달았다.

불에 타서 우그러진 캐리어 안에는 새까맣게 그을린 금속류만 남아 있었다. 휴대폰의 부속품, 노트북, 다이어리의 스프링 그리고 나자르 본주. 바람에 재가 날리자 푸른 눈동자가 드러나 빛났다. 이상하게도 나자르 본주만 전혀 탄 자국이 없었다. 나자르 본주가 매달린 체인도 새까맣게 그을렸다. 나도 모르게 나자르 본주로 손이 갔다. 뜨거운 열기에 화들짝 놀라서 떨어뜨렸다. 나자르 본주가 닿은 손가락은 벌써 물집이 생겨 부풀어 오르고 있었다. 모래밭에 떨어진 나자르 본주가 식기를 기다렸다가 다시 집어 들었다. 따뜻한 푸른 눈동자가 나를 바라보았다. 허전한 손목을 문지르다 시커멓게 탄 체인을 감았다.

캐리어를 다시 자동차 트렁크에 싣고 운전석에 올라탔다. 자동차 수리업체에서 배운 대로 에어백 장치를 해제했다. 나트륨 폭탄이 든 크리스털 병뚜껑을 열었다. 내가 움직일 때마다 팔목의 나자르 본주가 달랑거렸다. 자동차 안이 푸른빛으로 가득했다.

보드카는 시릴 정도로 차가웠고, 푸딩은 부드러웠고, 딸기잼을 넣은 요구르트는 조금 달았다.

물에 빠진 시체는 썩으면서 발생하는 가스로 부풀어 올라서 가벼워져 떠오른다. 그래서 시체를 바다나 호수에 버릴 때는 반드시 배를 갈라 부패가스가 빠져나올 구멍을 만들어주어야 한다. 돌덩이를 함께 넣어도 되지만 이효진의 딸 강민경처럼 떠오를 수 있다. 손으로 갈비뼈 중앙의 명치를 찾았다. 외과용 메스가 쑥 들어가는데도 느낌이 없다. 단 한 번에 배꼽까지 갈랐다. 너무 추웠다. 에어컨을 껐다. 기어를 D에 놓았다.

서서히 졸리기 시작했다.

인생의 순간들이 빠르게 스쳐 지나갔다.

고등학교 3학년 여름에 처음 찾아간 병원은 낯설었다. 당시 청소 아르바이트를 하던 트랜스젠더 바의 호스티스가 소개해준 비뇨기과였다. 성전환 수술을 하기 위해 돈을 모은다는 동갑의 호스티스는 나에게 유난히 친절했다. 어디가 아프냐고 묻지도 않고 병원 주소를 알려주었다.

평일 오전, 변두리 병원은 한가했다. 진료실에서 나는 또다시 아랫도리를 벗은 채 개구리가 되었다. 의사의 집요한 시선을 더 이상 견딜 수 없을 때쯤 비로소 진료가 끝났다. 여기저기 쑤시며 살살이 관찰한 것으로도 부족해 채혈과 초음파를 비롯한 검사가 이어졌다. 지루했다.

"고등학교 3학년이라고? 보호자는?"

나는 고개를 저었다. 의사는 모니터를 보더니 한숨을 내쉬었다.

"의료보호환자라⋯⋯. 혹시 돈 때문에 병원에 안 오고 버틴 거야? 얼마나?"

"3년이요."

"겁나지 않았어? 죽을병이면 어쩌려고?"

"죽을병이에요?"

나는 아무렇지도 않게 물었다. 의사는 나의 심드렁한 반응에 당황한 듯했다.

"아니, 죽지는 않아. 그래도 궁금하지 않았어?"

호기심은 언제나 내게 상처를 입혔다. 이 상처는 왜 생겼니? 부모님은 뭐 하시니? 어디에 살아? 나는 언제나 내 안의 호기심이 커지기 전에 차단하고 파괴했다.

"죽으면 죽는 거죠, 뭐. 죽을병은 아닌 것 같고, 치료는 할 수 있나요? 죽는 건 겁나지 않는데 불편해서요."

"그, 그게⋯⋯."

의사는 한참을 망설였다. 긴 한숨을 몇 번이나 쉬고 나서야 입을 열었다.

"주민등록증도 발급받았을 테니 성인이나 마찬가지. 어차피 숨길 수 있는 일도 아니고. 자, 천천히 설명할 테니 이해가 안 되면 말해. 일단, 정자와 난자가 수정되어서 인간이 탄생한다는 건 배웠지? 자, 봐. 정자가 X염색체를 가지고 있으면 여자가 되는 거고,

Y염색체를 가지고 있으면 남자가 되지. XX는 여자, XY는 남자. 그런데 수정 과정에서 염색체들이 교란을 일으켜서 성별이 모호해지는 경우가 가끔 생겨. 그런 경우 아기는 남녀 성기를 다 가지고 태어나. 그걸 인터섹스, 우리말로 알아듣기 쉽게 말하자면 양성 인간이라 할 수 있겠네. 보통은 태어나자마자 발견돼서 한쪽 성기를 없애는 수술을 하는데, 너는 남성 생식기가 확연히 노출돼 있는 데다 질과 음순이 항문 뒤에 숨어 있어서 출생 당시에는 발견하지 못했던 것 같아.

유전자 검사결과가 나와야 확실하겠지만 너는 염색체는 분명히 XX염색체, 즉 여성 성염색체 배열인데 수정 과정에서 Y염색체가 흘러들어가 남성과 여성의 성기를 동시에 가지게 된 것으로 추측돼. 아마도 난소와 자궁이 남자 생식기에 이어져 있기 때문에 생리혈이 요도를 통해 배출되는 거야. 정소는 제 기능을 하지 못하고 난소는 난자를 생성할 수 있으니 빨리 발견했다면 여성으로 수술을 했을 거야. 항문 뒤에 숨어 있는 질을 바깥으로 빼내고 정소를 제거하는 수술을 하는 게 가장 좋은 방법이니까. 하지만 위험한 수술이기도 하고, 너는 이미 남자로 사회화된 상태라서……. 물론 호르몬제를 지속적으로 투여해 남자로 살 수도 있어. 선택은 네가 하는 거지."

기나긴 설명이었다. 의사는 그림까지 그려가며 여러 번 반복해서 설명했다. 멍한 귓속으로 의사의 목소리가 들어온다. 간성, 인터섹슈얼, 양성자……. 영어와 한문이 뒤섞인 단어가 넘쳐났다.

그제야 왜 아버지가 나를 괴물이라 불렀는지 이해할 수 있었다.

"넌 괴물이야!"

태어난 그 순간부터 나는 이미 괴물이었다.

갑작스런 공기의 진동이 나를 깨운다. 울퉁불퉁한 바다 때문에 흔들리는 자동차의 움직임이 둔하게 느껴졌다. 보조석에 세워두었던 크리스털 병이 쓰러져서 이리저리 흔들렸다. 크리스털에 반사된 푸른빛이 사방으로 흩어진다.

초점이 맞지 않는 눈앞으로 푸른 바다가 다가왔다. 천천히 바다가 나를 감싸 안았다. 바다는 신발을 적시고 갈라진 복부에서 쏟아지는 피와 섞이며 가슴을 적셨다. 어느새 입안으로 파도가 밀려왔다.

희망 따위는 가져본 적 없으니 버릴 것도 없었다.

나는 초라하고 평범해도 언제나 한결같은 초록빛 상록수였다.

까마득히 먼 푸른 하늘을 향해 힘껏 뻗은 가지를 하르피이아가 쪼아댄다. 상처가 나고 진물이 흘러도 하르피이아는 멈추지 않는다. 아프다. 괜찮다.

괜찮다. 다시 나의 나뭇가지에 목을 매달고 죽는다 해도. 그리고 또다시 이 숲에서 깬다고 해도. 괜찮다.*

고개가 뒤로 꺾였다.

선루프를 통해 보이는 일렁이는 바다와 늦여름 태양빛이 눈부셨다.

눈을 감았다.

✽ 단테 알리기에리(Dante Alighieri, 1265년 3월 1일경 또는 5월 30일~1321년 9월 13일 또는 9월 14일)의 《신곡》 '지옥편' 내용이다. "여기에 들어오는 그대, 모든 희망을 버려라"라는 글귀가 새겨진 지옥의 문을 통과하고 아케론 강을 건너면 림보(limbo), 음욕, 식탐, 탐욕, 분노, 이단, 폭력, 사기, 배신 지옥이 차례로 나온다. 그중 제7지옥인 폭력 지옥은 타인에게 해를 끼친 사람들이 가는 플레게톤 강, 자신에게 해를 끼친 사람들이 가는 자살자의 숲, 하느님과 자연에 해를 끼친 사람들이 가는 가증의 사막으로 나뉜다. 자신에게 폭력을 가한 자들, 즉 자살한 사람들과 재산을 탕진한 사람들은 나무가 되어 하르피이아가 와서 쪼아대도 움직이지 못하며 고통을 참고 있다. 하르피이아는 그리스 신화에 나오는 날개 달린 정령들로 아이들과 인간의 영혼을 잡아먹고 산다. 자살자의 숲에 있는 사람들은 스스로 육신을 버렸기 때문에 최후의 심판 후에도 몸을 되찾지 못하고 나무가 된 자신들에 스스로의 육신을 매달게 된다.

제10장

죽은 자를 위해 울지 말라

Don't cry for the dead.*

이제 나를 떠나보내고 자신을 찾으라. 그리고 그대들이 나를 모두 부정했을
때 나는 그대들에게 돌아가리오.
- 프리드리히 니체, 《차라투스트라는 이렇게 말했다》 중에서

---

* "너희는 죽은 자를 위하여 울지 말며 그를 위하여 애통하지 말고 잡혀 간 자를 위하여
슬피 울라." - 〈예레미야〉 22장 10절
"죽은 자들을 위하여 슬퍼하지 말고 조용히 탄식하며 수건으로 머리를 동이고 발에 신을
신고 입술을 가리지 말고 사람이 초상집에서 먹는 음식물을 먹지 말라 하신지라." - 〈에스
겔〉 24장 17절
"죽은 자를 위해 울지 말라. 그는 휴식을 취하고 있기 때문이다." - 레오나르도 다빈치

10-1

11월 2일, 죽은 모든 이를 기억하는 위령의 날(Commemoration of All the Faithful Departed)은 아직 연옥에서 고통받고 있는 영혼들이 빨리 정화되어 복된 나라로 들어갈 수 있게 한마음으로 기도하며 그들을 위한 위령미사를 봉헌하는 날이다. 위령의 날에는 모든 사제가 3대 위령미사를 집전할 수 있다. 제1차 세계대전 중이었던 1915년, 교황 베네딕토 15세는 많은 전사자들을 기억하기 위해 모든 사제들에게 이 특권을 주었다. 이 특권은 위령의 날과 주님 성탄 대축일(크리스마스)에만 허락되어 있다.

텔레그램 메시지는 짧았다.
'9시 정각, M성당 미사.'

성당 앞에는 천주교 관련 물건을 파는 가게가 있었다. 십자고상, 성상, 묵주, 미사보……. 오래된 먼지 냄새가 났다. 장례미사이거나 미망인일 경우에는 검은색 미사보를 사용한다고 들었다. 하지만 효리는 죽음을 떠올리는 검은색이 싫었다. 흰색은 부활의 뜻을 내포하기 때문에 장례미사에서 사용하기도 한다는 가게 주인의 말에 거침없이 하얀 레이스로 손을 뻗었다. 낯설고 지루한 강론 중에 졸음을 참기 어려울 때 쓸모 있을 것 같았다. 어차피 일회용, 아무거나 집어 들고 5만 원짜리 한 장을 내밀었다. 주인은 가게 유리문 밖을 내다보다 뒤늦게 잔돈을 내밀었다.

"청소년부 학생들이 미사 사이사이에 공연을 한다더니 미사 전에도 할 모양이네요. 신부님께서 끝까지 허락을 안 하셔서 성당 정문 앞에서 하는 모양이네. 신부님도 너무하시지. 애들이 전도를 위해서 저렇게 애쓰는데."

가게 유리문 밖으로 조르르 줄을 맞추는 아이들이 보였다. 검은색 상의와 청바지 차림의 아이들은 어색한 표정으로 목을 가다듬고 악기를 조율했다. 가게 문을 열자 음악 소리가 선명해졌다. 속이 울렁거리기 시작했다. 슈베르트가 작곡한 가곡 〈아베마리아〉의 전주였다. 이 곡은 프란츠 슈베르트가 월터 스콧의 서사시 〈호수의 연인〉을 가사로 하여 발표한 가곡이다. 하지만 성당에서는 세속적인 곡을 연주하지 못하니 아마도 가사를 성모송으로 바꾸어 부를 것이라 예상했다. 그런데 아니었다.

아베마리아! 자비로우신 동정녀여,
이 어린 소녀의 간청을 들어주소서.
쓸쓸하고 거친 이 바위 동굴에서

뜨거운 기도로 당신께 간구합니다.
당신은 험한 땅에서 바치는 기도를 들으시고
절망의 한복판에서 저희를 구해주십니다.

순간, 소름이 돋았다. 독어 가사는 오래전에 외웠다. 그때는 가사
가 무슨 뜻인지는 몰랐다. 그저 부드러운 곡조가 좋아서, 위안이
되어 하루 종일 들었다. 돌이켜 생각해보면 소름끼치는 짓이었다.
성당 안으로 들어가려면 아이들을 지나쳐야만 했다. 효리는 공
연하는 아이들 바로 앞에서 귀를 막을 정도로 무례하지는 못했다.
숨을 쉬기 힘들었다. 시야가 좁아지며 어지러웠다. 공황장애의 전
조 현상이다. 핸드백을 열어 약병을 찾았다. 성급한 손길에 플라스
틱 약병이 미끄러졌다. 데파스 세 알을 입안에 털어 넣고 씹었다.

쫓겨나고 버려지고 모욕당한 저희들이지만
두려움 없이 잠잘 수 있도록 당신께서 지켜주소서.

변성기 전 아이들의 맑고 높은 목소리가 공기를 진동시킨다. 심
호흡을 하며 구역질을 참았다. 약의 쓴맛이 남아 입안이 아렸다.
아무리 힘을 주어도 마비된 다리는 두뇌의 명령을 무시했다. 소녀
는 성모께 아버지의 죄를 용서해달라고 간청한다. 순수한 아이들
의 노래는 간절했다.

오, 동정녀여, 어린 소녀의 슬픔을 보소서.
오, 어머니여, 간청하는 소녀의 소리를 들으소서!
숭고하신 동정녀여! 땅과 대기의 악마들은
당신의 자비로운 눈앞에서 도망을 칩니다.
그들이 떠나고 당신의 미소와 장미 향기가
이 축축한 바위 동굴로 날아 들어옵니다.
오, 어머니여, 당신 아기의 기도를 들으소서.
오, 동정녀여, 어린 소녀의 울음을 들으소서.

아버지의 죄를 용서해달라는 소녀의 기도가 온몸을 뒤흔들었다. 어지러웠다. 우욱, 숨을 쉴 수 없을 만큼 심한 구역질에 허리가 저절로 굽었다. 마비되었던 다리가 마침내 움직였다. 효리는 미친 듯이 달렸다.

노랫소리가 멀어져도, 숨을 멈추어도, 입을 막아도 참을 수 없었다. 달리면서 토했다. 먹은 게 없어 신물만 나온다. 구역질이 얼마나 심한지 눈물이 저절로 흘렀다. 쉰내가 진동하는 손으로 눈물을 닦았다. 반사작용이라 해도 눈물을 흘리는 것은 용납되지 않았다.

저 멀리 손을 모으고 기도하는 마리아상의 자애로운 눈빛이 효리를 향한다. 효리는 주먹을 꽉 쥐고 뒤돌아서 걸었다. 이제 모든 것이 끝났다. 그러니 괜찮다.

죽은 모든 이를 기억하는 위령의 날 첫 번째 미사에는 세상을 떠난 특정한 이를 위하여 예물을 받을 수 있다.

신부님은 성작과 성반을 내려놓은 뒤 팔을 벌리고 교우들과 함께 기도했다.

"하느님의 자녀 되어 구세주의 분부대로 삼가 아뢰오니, 하늘에 계신 우리 아버지, 아버지의 이름이 거룩히 빛나시며, 아버지의 나라가 오시며, 아버지의 뜻이 하늘에서와 같이 땅에서도 이루어지소서. 오늘 저희에게 일용할 양식을 주시고, 저희에게 잘못한 이를 저희가 용서하오니 저희 죄를 용서하시고, 저희를 유혹에 빠지지 않게 하시고, 악에서 구하소서. 주님께 나라와 권능과 영광이 영원히 있나이다."

신부님은 팔을 벌린 채 계속해서 기도한다.

"주님, 저희를 모든 악에서 구하시고, 한평생 평화롭게 하소서. 주님의 자비로 저희를 언제나 죄에서 구원하시고, 모든 시련에서 보호하시어, 복된 희망을 품고 구세주 예수 그리스도의 재림을 기다리게 하소서."

신부님이 손을 모으자 교우들은 기도를 끝맺는다.

"주님께 나라와 권능과 영광이 영원히 있나이다."

눈을 감은 민재의 고개가 뒤로 휙 젖혀졌다. 유진은 재빨리 민재의 뒷머리를 손으로 받쳤다. 눈을 감은 채 얼굴을 찡그릴 뿐 아이는 깨어나지 못했다. 복잡하고 긴 미사는 역시 무리였다. 휴지를 꺼내 입가로 줄줄 흐르는 침을 닦아주었다. 미사가 거의 끝나갈 무렵 유진은 민재를 안아 들고 허리를 수그린 채 가장자리 통로로 나왔다.

맨 앞자리에 앉아 있던 언니 수진이 뭔가를 느낀 듯 뒤를 돌아본다. 수진의 눈은 언제나처럼 순수하게 사랑만으로 충만하다. 따뜻하고 부드러운 눈은 용서와 위로를 속삭인다. 괜찮아. 괜찮아. 괜찮아.

고해성사를 해도, 정신과 상담을 해도 답답했다. 언제나 자신을 향한 원망, 증오, 경멸이 치솟아 유진을 갉았다. 가슴속에 엉킨 감정은 절대 사라지지 않았다. 그 감정이 유진을 집어삼킬 것 같아 두려웠다. 아니, 가끔씩 그 감정이 유진을 집어삼켰다. 눈을 뜨고 있는데 아무것도 보이지 않았다. 낄낄낄, 아무도 웃지 않는데 쇳소리가 나는 웃음소리가 귓속을 파고들었다. 몸은 통제되지 않았다. 숨이 막혔다. 추웠다. 덜덜 떨렸다. 팔다리가 비틀렸다. 정확히는 알 수 없다. 발작이 끝나면 기억도 함께 사라졌다. 하지만 극한의 공포는 남았다.

발작을 일으킨 날이면 수진은 침대 위에 걸터앉아 유진이 잠들 때까지 성모송을 불러주었다. 아베마리아, 이제와 저희 죽을 때까지 저희 죄인을 위하여 빌어주소서. 수진이 누워 있는 유진의 머리를 쓰다듬며 노래하면 잠이 들 수 있었다. 괜찮아, 괜찮아. 그

말을 들으면 잊을 수 있을 것 같은 착각이 들었다.

유진은 일부러 수진에게 활짝 웃어주었다. 수진의 시선이 꽤 오래 민재에게 머물렀다. 유진은 재빨리 민재의 머리를 감싸며 뒤돌아 나왔다.

"봉사하는 고아원에서 제일 예뻐하는 아이라서 미사에 한번 데려오고 싶었어. 종교가 있으면 힘들어도 살게 되잖아. 세례를 받았으면 좋겠어서."

새벽에 이천까지 가서 데려왔다. 유진의 어설픈 거짓말을 수진은 한 치도 의심하지 않았다. 수진의 눈동자에서 무한한 신뢰와 사랑을 볼 때면 미친 사람처럼 소리를 지르고 싶었다. 차라리 수진이 자신을 미워했으면 좋겠다는 생각도 했다. 하지만 수진은 유진을 원망하지도, 증오하지도, 경멸하지도 않았다. 유진 때문에 '정혜미'라는 또 다른 이름을 얻고 난 뒤에도.

무거운 성당 문이 닫혀도 성모송은 들려온다. 수진이 가장 좋아하는 슈베르트의 곡조다.

은총 가득하신 성모 마리아여, 기뻐하소서.
주님께서 함께 계시니 여인 중에 복되시며
태중의 아들 예수님 또한 복되시나이다.
축복 받으소서, 성모 마리아여.

천주의 성모 마리아님, 이제와 저희 죽을 때까지
저희 죄인을 위하여 빌어주소서. 아멘.

민재가 깨어나 칭얼거렸다. 유진은 민재의 머리를 쓰다듬어주
었다. 아이의 눈에서 눈물이 흘렀다. 뭐가 그리 서러운지 울음소
리가 커졌다. 유진은 품에 안긴 민재의 머리를 쓰다듬으며 속삭였
다. 괜찮아, 괜찮아. 눈물 때문에 앞이 흐려졌다. 혹시 수진이 나와
서 보기라도 할까 봐 미사보를 내렸다. 아직도 부족했다. 그래서
자꾸 눈물이 흘렀다.

10-3

죽은 모든 이를 기억하는 위령의 날 두 번째 미사는 세상을 떠
난 모든 교우를 위해 예물 없이 봉헌한다.

"눈은 눈으로, 이는 이로 갚으라 하였다는 것을 너희가 들었으
나, 나는 너희에게 이르노니 악한 자와 대적하지 말라. 또 네 이웃
을 사랑하고 네 원수를 미워하라 하였다는 것을 너희가 들었으나,
나는 너희에게 이르노니 너희 원수를 사랑하며 너희를 박해하는
자를 위하여 기도하라."

사람들이 흘끗거리며 뒤돌아보았지만 소연은 신경 쓰지 않고

질겅질겅 껌을 씹었다. 못마땅한 듯 이맛살을 찌푸리는 사람들에게는 일부러 순진한 척 환히 웃으며 보란 듯 풍선도 불어주었다. 피시식, 바람이 빠진 풍선을 혀로 말아 넣고 다시 씹기 시작하면 사람들은 후우, 포기했다는 듯 고개를 젓고는 시선을 돌려버렸다. 누구도 강론 중 소란을 일으킬 용기는 없었다. 확실히 종교란 인간의 인내심을 고양시키는 좋은 수단이다.

원수를 사랑하라…… 이질적인 단어의 조합은 소연의 귓속으로 파고들지 못했다. 사랑, 소리 없이 말해보려 했지만 혀가 뻣뻣하게 굳어 저항한다. 부드러운 솜사탕처럼 달콤하고 간지러운 단어는 자신과 어울리지 않았다. 풍선껌의 인공적인 과일향이 너무 강해 역했다. 가짜는 있는 힘을 다해 흉내내봤자 절대로 진짜는 될 수 없다.

"너희가 만일 너희를 사랑하는 자만을 사랑하면 칭찬 받을 이유가 무엇이냐. 죄인들도 사랑하는 자는 사랑하느니라. 너희가 만일 선대하는 자만을 선대하면 칭찬 받을 이유가 무엇이냐. 죄인들도 이렇게 하느니라. 너희가 받기를 바라고 사람들에게 꾸어주면 칭찬 받을 이유가 무엇이냐. 죄인들도 그만큼 받고자 하여 죄인에게 꾸어주느니라. 또 너희가 너희 형제에게만 문안하면 남보다 더 하는 것이 무엇이냐. 이방인들도 이같이 아니하느냐."

소연은 강론을 흘려들으며 휴대폰을 만지작거렸다. 민경과 커플로 맞춘 휴대폰이었다. 벌써 3년, 다른 아이들이 너무 구형이라고 놀렸지만 바꾸지 않았다. 소연은 휴대폰 바탕화면에서 환히 웃고 있는 민경과 자신을 보며 입술을 깨물었다. 민경과의 모든 추억이 담긴 휴대폰이었다. 일부러 백업을 하지 않았다. 민경의 웃음과 눈물을 복사해서 다른 곳에 저장하고 싶지는 않았다.

"어제 엄마가 뭐라고 했는지 알아? 강재준 그 새끼가 자꾸 나를 만진다는 말은 절대로 믿지 않는대. 그러면서 정말 그 새끼가 그랬다면, 자기 같으면 매일 성추행을 당하느니 아파트 옥상에서 뛰어내렸을 거래. 그거, 나 보고 죽으란 소리지? 그래서 안 죽을 거야. 강재준 개새끼와 엄마가 미워서라도 절대로 죽지 않을 거야. 그리고 더 강해질 거야. 그래서 꼭 복수하고 말 거야."

함께 손잡고 뛰어내리기로 계획했던 아파트 옥상에서 민경은 그렇게 말했다. 이제 그런 민경의 모습을 다시는 보지 못한다.

텔레그램 메시지는 간결하고 명확했다.
'휴대폰을 복구불능으로 만드시오.'

"오직 너희는 원수를 사랑하고 선대하며 아무것도 바라지 말고 꾸어주라. 그리하면 너희 상이 클 것이요. 또 지극히 높으신 이의 아들이 되리니 그는 은혜를 모르는 자와 악한 자에게도 인자하시니라. 너희 아버지의 자비로우심같이 너희도 자비로운 자가 되라."[29]

지겹고 지루한 말장난이 계속되었다. 종교는 세뇌를 바탕으로 권위와 권력을 유지한다. 세뇌의 기본 원칙은 반복이다. 세뇌당할 정도로 나약한 사람만이 자기 자신을 미워하고 원수를 사랑하게 되는 법이지. 아니면 미친 사람이거나.[30] 후우, 다시 분홍색 풍선을 불었다. 펑, 풍선이 터졌다. 새빨간 틴트가 연분홍 덩어리에 얼룩을 만들었다. 단물이 빠진 껌 덩어리는 질겼다. 입안에서 굴리던 껌을 손가락으로 집어 성당에서 무료로 나눠준 성경 표지에 붙였다. 이 정도면 충분하다.

벌떡 일어서자, 강론하던 신부님의 시선이 소연을 향했다. 멀리서도 그 눈동자 안의 감정이 보였다. 사랑과 용서에 대해 강론하면서도 겨우 강론을 방해하는 이를 경멸하고, 비판하고, 정죄하는 인간을 존중할 이유가 없었다. 신부님의 시선을 따라 모든 신도들이 뒤를 돌아보았다. 소연은 당당히 뒤돌아서 걸었다. 맨 뒷자리라 단 세 걸음 만에 예배당의 두껍고 무거운 문을 밀고 나올 수 있었다.

문 앞에는 대리석으로 만든 성수대가 있었다. 성수 그릇에 휴대폰을 던져 넣었다. 활짝 웃는 민경과 소연을 검은 화면이 순식간에 집어삼켰다. 그대로 뒤돌아섰다. 더 이상 미련은 없었다.

10-4

죽은 모든 이를 기억하는 위령의 날 세 번째 미사는 교황의 뜻대로 예물 없이 집전해야 한다.

"저희를 구원하시는 하느님 아버지, 오늘 저희가 한데 모여 세상을 떠난 이를 위하여 간절히 청하오니 자비를 베푸시어 이 세상에서 주님을 바라고 믿었던 이의 모든 잘못을 용서하시고, 성인들과 함께 영원한 안식과 기쁨을 누리게 하소서. 또한 주님을 믿는 모든 이가 주님을 소리 높여 찬미하고 영원한 기쁨 속에 다시 모일 때까지 서로 위로하며 사랑하게 하소서. 우리 주 그리스도를 통하여 비나이다. 아멘."

모두가 알지만 모두가 모르는 사람이었다. 더 이상 나타나지 않는 이유는 죽음밖에 없었다. 한 번쯤은 기도해주고 싶었다. 기도해주어야 한다고 생각했다. 기영은 두 손을 모으고 눈을 감았다.

"주님, 그에게 영원한 안식을 주소서. 영원한 빛을 그에게 비추소서. 그와 세상을 떠난 모든 이가 하느님의 자비로 평화와 안식을 얻게 하소서. 아멘."

〈끝〉

Avenge

인용 출처 ------------------

1) 아르투르 쇼펜하우어(Arthur Schopenhauer, 1788년 2월 22일~1860년 9월 21일)

2) 제러드 메이슨 다이아몬드(Jared Mason Diamond, 1937년 9월 10일~)

3) 마하트마 간디(Mahatma Gandhi, 1869년 10월 2일~1948년 1월 30일)

4) 로렌스 피터 "요기" 베라(Lawrence Peter "Yogi" Berra, 1925년 5월 12일~2015년 9
   월 22일)

5) 프란츠 카프카(Franz Kafka, 1883년 7월 3일~1924년 6월 3일)

6) 존 밀턴(John Milton, 1608년 12월 9일~1674년 11월 8일)

7) 프리드리히 니체, 《우상의 황혼》 중에서

8) 프리드리히 니체, 《도덕의 계보》 중에서

9) 클린턴 리처드 도킨스(Clinton Richard Dawkins, 1941년 3월 26일~)

10) 프리드리히 니체

11) 프리드리히 니체, 《선악의 저편》, 고병권, 《다이너마이트 니체》 중에서

12) 말콤 엑스(Malcolm X, 1925년 5월 19일~1965년 2월 21일)

13) 블레즈 파스칼(Blaise Pascal, 1623년 6월 19일~1662년 8월 19일)

14) 아르투르 쇼펜하우어, 《죽음에 이르는 병》 중에서

15) 레프 니콜라예비치 톨스토이의 《부활》 중에서

16) 프리드리히 니체, 《도덕의 계보》 중에서

17) 프리드리히 니체, 《이 사람을 보라》> 중에서

18) 마하트마 간디

19) 스티븐 체리, 《용서라는 고통, 상처의 황무지에서 싹틔우는 한 줄기 희망》 중에서

20) 블레즈 파스칼

21) 바뤼흐 스피노자(Baruch Spinoza, 1632년 11월 24일~1677년 2월 21일)

22) 미하일 바쿠닌, 《신과 국가》 중에서

23) 프리드리히 니체, 《도덕의 계보》 중에서

24) 프리드리히 니체, 《즐거운 학문》 중에서

25) 프리드리히 니체, 《인간적인, 너무나 인간적인》 중에서

26) 프리드리히 니체. 《아침놀》 서문 3번

27) 프리드리히 니체, 《차라투스트라는 이렇게 말했다》 중에서

28) 프리드리히 니체, 《이 사람을 보라》 중에서

29) <누가복음> 6장 27절~38절, <마태복음> 5장 38~48절 중에서 편집

30) 말콤 엑스(Malcolm X)

새우와 고래가 숨 쉬는 바다

《바보엄마》최문정 작가의 신작 장편소설

어벤지 : 푸른 눈의 청소부 Avenge

지은이 | 최문정
펴낸이 | 황인원
펴낸곳 | 도서출판 창해

신고번호 | 제2019-000317호

초판 인쇄 | 2022년 09월 19일
초판 발행 | 2022년 09월 29일

우편번호 | 04037
주소 | 서울특별시 마포구 양화로 59, 601호(서교동)
전화 | (02)322-3333(代)
팩시밀리 | (02)333-5678
E-mail | dachawon@daum.net

ISBN 979-11-91215-55-7 (03810)

값 · 15,000원

Publishing Club Dachawon(多次元)
창해·다차원북스·나마스테